中国书籍文学馆
名家文存

文坛小世界

孟繁华 / 著

中国书籍出版社
China Book Press

图书在版编目（CIP）数据

文坛小世界 / 孟繁华著 . —北京：中国书籍出版社，2014.3
（中国书籍文学馆·名家文存）
ISBN 978-7-5068-3938-9

Ⅰ.①文… Ⅱ.①孟… Ⅲ.①随笔—作品集—中国—当代 Ⅳ.① I267.1

中国版本图书馆 CIP 数据核字（2013）第 306300 号

文坛小世界

孟繁华　著

图书策划	武　斌　崔付建
责任编辑	钱　浩
责任印制	孙马飞　张智勇
出版发行	中国书籍出版社
地　　址	北京市丰台区三路居路 97 号（邮编：100073）
电　　话	（010）52257143（总编室）（010）52257153（发行部）
电子邮箱	chinabp@vip.sina.com
经　　销	全国新华书店
印　　刷	北京富达印务有限公司
开　　本	710 毫米 ×1000 毫米　1/16
字　　数	150 千字
印　　张	16.75
版　　次	2014 年 5 月第 1 版　2016 年 1 月第 2 次印刷
书　　号	ISBN 978-7-5068-3938-9
定　　价	48.00 元

版权所有　翻印必究

目 录

第一辑 人与事

002　谢冕先生的性情
008　一个歌者的浩茫心史
011　从北京到沈阳
014　新世纪的新青年
023　吴玄和他的"恶之花"
026　儒雅的诗人　诚恳的朋友
030　小叙事与大历史
034　山岩上刻满的都是情和义
037　令人感动的是文化理想
040　"姓黄的河流"
043　在精神的云端拥抱生活
047　厚今不薄古　守正即创新
051　关于"母爱"的忏悔录
054　让爱成为精神疗治的良药
057　"我们为什么不快乐"
060　大清的覆灭与"越轨的笔致"
063　休提纤手不胜兵　执笔便下风华日
067　迷人的七都

第二辑 读小说

072　从高加林到涂自强
077　太行深处民间秘史
079　无边的痛苦与想象的长虹
082　都市深处的冷漠与荒寒
085　在历史与虚构之间
088　重临小说的起点
092　追问"红尘"的共同困惑
096　秋日的忧伤与温婉的笔致
098　荒诞的生活像诗篇
101　社会密码与文化记
105　为什么对"缓慢"如此迷恋
108　"现代"欲望与乡土的"溃败"
112　生活的深水区　人性的纵深处
116　《云端》与历史边缘经验
118　当个人的历史已无法书写
121　本土文化资源的现代之光

124　"70后"的身份之谜与文学地位
128　在绝望的尽头看到光

第三辑 "后"时代

132 "清"的美学和批判

135 话语狂欢与"多余的人"

138 一个"报信的人"

141 后先锋时代的先锋写作

144 风雨飘摇中的历史与人性

146 花季的焦虑与校园病

149 两种文学的交融或嫁接

152 这一代人的爱与狂

154 少年的感悟

第四辑 看文坛

158 新人民性的文学

166 当代文学地理学与地方性经验

171 文学大东北：地缘文学的建构与想象

175 非虚构文学：走进当下中国社会的深处

179 文学经典与"伟大的小说"

183 一份杂志与都市文学

187 琴坛村的民主琴弦

190 浪漫主义文学思潮的兴起

195 《五十度灰》和它的"神话"制造

199　隐士并未归去
202　媒体文化与精神生活的重建
207　内心的困惑

第五辑　序与跋

212　为了精致的写作和阅读
214　一份杂志与当代中国文学现场
220　文人的情怀、趣味与文化信念
227　地域风情与人文关怀
234　幽灵化的江湖王国
240　风声 雨声 读书声
242　三十年：携手走过青春
244　《众神狂欢》第三版后记
246　《坚韧的叙事》后记
249　《坚韧的叙事》韩文版序
251　《文学革命终结之后》后记
254　《谢冕的意义》后记

256　后　记

[第一辑]

人与事

谢冕先生的性情

与谢冕先生接触，最直观的印象大概就是他的达观性情，率真坦白，同时他的"爱美之心"也是出了名的，他自己不仅衣着整洁溢光流彩，而且爱美景、美图、美酒、美食、美女、美文，凡是与美有关的人与事，他都喜欢。因此，说谢先生是一个"唯美主义者"也大体不谬。他到过世界许多地方，不论远近，他一定带上一部相机，除了与新朋老友"合影留念"外，还要拍许多入眼的风光备日后欣赏；谢先生爱美食，他的所谓美食不是一掷千金的"生猛海鲜""满汉全席""法国大菜"，而是在家常菜中吃到的美味，比如当年北大校园外"天上天"的"五花肉"，蓝旗营"红辣子"餐馆的"枝江鸭"，家乡的鱼圆汤或各地小吃，如果有老馆子烧的传统菜肴，那就更好了。吃过后，谢先生总会曲终奏雅有一番评点。如果遇上不明事理的我们，下次会再点上那道菜，这时谢先生总会委婉否决："吃过了，换一个吧？"说谢先生爱美女可能有些不全面，全面的说法是美女也爱谢先生。只要到外地开会或有其他聚会的时候，夸张一点说，谢先生身边总是吸引着不同年龄段的各路美女们，然后谈笑风生一路拍照，这是聚会的一道抢眼风景。上个世纪末在武汉开会,一个美女博士生总是追随谢先生左右,但晚饭后散步时却被程文超、陈晓明花言巧语抢先一步。谢先生后来笑谈曰:"商场无父子,情场无师生"。文超已过世,晓明有口难辩,虽有《与谢公相忘于东湖》公开发表试图过关,但历史公案莫衷一是,发乎情止乎礼一时传为佳话却是事实;谢先生爱美文是大家都知道的,而且他也写过许多脍炙人口的美文,或被教材选用,或被北大校长在迎新生的大会上引用。

谢先生写美文是出自真心的热爱。他在读少年时代朋友王鹤龄《躬逢其盛自奋蹄》感言中说:"人的一生有很多偶然的因素,决定了他日后的发展。例如王鹤龄,他的才分是在文学,但命运却对他作了另外的安排。这也许是一种遗憾。但是,我想,文学这东西变成专业未必是好事,这种'职业病'我是受够了。文学在本质上是一种人生的滋润和补充,把文学当作赖以生存的手段和方式,总有一点不妥。我很羡慕那些有一个正式的职业而把文学当作业余爱好的那些人。在他们,文学就不是一种'苦役',而是一种兴趣和享受。"在谢先生那里,写率性而为信手拈来下笔万言倚马可待的散文随笔之类的文字,因其"业余"就成了一种享受。遗憾的是先生总是日理万机事必躬亲,这样的文字远不如"苦役"中"熬出"的文字多。于是,我们就会认为谢冕是一个"唯美主义"者。

谢先生经常出访国内外,大都是对方的邀请,好像他还没有享受过"公派"出国的待遇。在完成邀请者要求的演讲或交流后,他有机会目睹了不同的自然风光和人类文明。这是他散文随笔重要的题材之一。但这些文章中的谢先生,显然不是一个纯粹的"游山玩水"者,他在欣赏造物主的鬼斧神工,慨叹大自然的亦真亦幻,惊异人类创造伟力的同时,也总会想到自己国家发生的事情,想到他亲历或目睹的现实。他曾写过两篇花园都市维也纳的文章。我们读到了这样的文字:

"三年后的一个元旦之夜,我从噩梦中醒来,眼前依旧翻涌那一片难泯的血污。维也纳的乐声唤起了一片生意,它令我忘却昨日。古典的交响乐声中端坐着盛装的维也纳:西服、领带、长裙、项链、香水和鲜花。乐队指挥的燕尾服,闪光的铜号长笛,又是鲜花、谢幕和掌声。最后是拉德斯基进行曲,台上和台下,有节奏的击掌,四座同歌!曲声尽处,人影依依。

维也纳新年音乐会当然不仅仅是一场音乐会,它同时也是来自世界各地的人们向欧洲伟大文明致敬的仪式。"它显示着修养和情趣。……尽管年年如此,却总是年年如此的认真、充满兴味,最要命的是,总是这样的高雅,高雅得让人嫉妒。"对音乐和高雅的意属,我们仍会认为谢冕是一个"唯美主义"者。

但是,就在欣赏这高雅音乐的同时,电视里还播放着另一个晚会:"那里是一台中国的新年节目。两个穿长衫的男人头上各翘一只小辫,脸上好像都抹着白粉。他们品位不高的逗乐引发了一阵又一阵的哄笑。这里的喧闹和世界另一边的安静、肃穆、有节奏的击掌,这里的小辫、花脸和那里的香水、项链、曳地的长裙造出了反差。无情的对比构成了心的蒙羞。"还有,在维也纳的"金戒指"内环大街上,他看了"两侧展出连绵不断的建筑物。从古希腊罗马到文艺复兴,从哥特式到巴洛克式,所有的建筑都保持完好,虽历经世纪的沧桑而不改容颜。……这里尊重文化的品格让人嫉妒,这里的一尘不染和彬彬有礼也让人嫉妒。还有,在那些最古典的建筑群中,竟然也容纳了最现代的建筑物,雍容典雅之中居然允许最异端的'怪物',它的包容性和大度也让人嫉妒。"然而回望故乡,古城被摧毁,园林在消失,垃圾掩埋城市,污水倾注河流。而所有的道路"都在翻掘,翻掘,再翻掘"。看到这些文字,还能认为谢冕仅仅是一个唯美主义者吗?

在国内,我们所到之处如果遇到记者,他们总会问上一句:"我们这里有什么变化？"事实上，当变化太多，变得没有章法或唯变是举的时候，我们宁愿看到那些没有变化的东西。谢先生肯定也有类似的想法。他看到家乡旧居后面那片梅林消失的时候，他"拥有的怅惘和哀伤是说不清的"；看到北京城甚至大学院墙上，撕了贴贴了又撕的"花柳病"广告时，他想起了"这民族的劣根性，它的冥顽和麻木说明痼疾的深重"；看到苏州街重修之后，秀丽的景色被一排挡遮蔽，他震怒了：大小围墙是为了遮人眼目，只因这是一个"农民王国"，苏州街的排挡，"挡住那风景是为了不允许人不花钱就能看到那绿树、那曲水、那挑在树梢的酒旗"。还有许许多多，在各种风景中，谢先生总要洞穿那些弥漫四方的污浊气息或胆大而无知的妄为。这时，我们还能认为他仅仅是一个"唯美主义"者吗？

这时，我想起了谢先生另一篇不大引人注意——也与时尚相去甚远的文章：《寻找雨花台》。他在文中写道：

> 那些死去的人都是一些崇高的人。雨花台埋葬着敢于为理想献身的人们。在人类社会，那些拥有理想者无疑属于这个社会的优秀分子——先不论他们的理想属于何种形态。有理想的人，比浑浑噩噩的人、醉生梦死的人更有益于社会的前进。因为他不满足现在，他有对于未来的希求。在各种各样"理想主义"者中，能够为自己的信仰去牺牲的人——就是说，他不是一般地相信什么，而是能以生命去殉自己的目标——更是一种超凡的伟大。雨花台埋着的就是这样一些人。

在时尚引领风潮的时代，敢于说出自己诚实的体会不是一件容易的事情。90年代中期，世风已变，随意嘲笑或诋毁那一代有理想的仁人志士已经不当做一回事。谢先生当然不会为风潮左右，但在那个时代，他不是在为雨花台烈士说公道话，这没有必要，他是在这些亡灵面前言说他自己。

这种情怀,曾伴随他走过青年时代,我相信至今他还是没有改变。他那代人的青春让人羡慕。

谢先生无疑是一位美文作家,他诗意的文章饮誉文坛。他崇尚文明、高雅和与美有关的一切事物。但他决不仅仅是一个"唯美"作家。他所接受的教育和传统以及他内心的要求,决定了他的情感方式和关注的问题所在。这和倡导"纯文学"的批评家们是大异其趣的。他有一散文名篇《永远的校园》,北大校长许智宏在2005年本科新生开学典礼上的讲话引用了谢先生文章中的话。他说:正如谢冕先生在《永远的校园》中写到的,"……因为这里是一块圣地。从上个世纪末叶到如今,近百年间中国社会的痛苦和追求,都在这里得到集聚和呈现"。谢先生关注的是"中国社会的痛苦和追求"。因此,他甚至反对为"唯美"而唯美的艺术,反对为艺术而艺术。在上个世纪90年代中期,各种奇异的文学观念还前赴后继此起彼伏的时候,谢冕先生重申了"文学的使命"。当"教化"成为文学唯一要求的时候,他反对"教化",当文学的"教化"功能被要求抽空的时候,他却强调文学家行使这一职责。他发现了一些人对伟大文学家诸种言说的断章取义甚至偷梁换柱。这"有意的忽略""不是装作没有看见,便是装作毫无所知,因为,这些话多少都在批判着他们的失去历史记忆和对事实的麻木不仁":

> 加缪说:"为艺术而艺术的真理,其实不过是喊出了不负责任的声音罢了。为艺术而艺术是一位超然艺术家与世隔绝的消遣,确实也是一个人为的、专门利己的社会矫揉造作的艺术。这种理论的逻辑结果就是小团体的艺术,或者是那种靠着装模作样、抽象观念以及导致整个现实毁灭而存在着的纯粹形式主义的艺术。这样,少数几部作品打动了少数几个人,而多数粗制滥造之作则腐蚀其他许多人。最终,艺术便在社会之外形成,而与其活的根源却断绝了关系。渐渐地,即使是颇有名望的艺术家,也只好孤

独寂寞。"他还说："不负责任的艺术家的时代结束了。当艺术自由的唯一目的是保证艺术家安逸舒适时，它就没有多少价值了。"萨特的话同样强调了文学对世界的介入，指出文学并非与世无涉的事业，他说："不管你以什么方式来到文学界，不管你曾经宣扬过什么观点，文学把你投入战斗；写作，这是某种要求自由的方式；一旦你开始写作，不管你愿意不愿意，你已经介入。"他特别提出劝告："作家应关心人们所写的时代，为同时代人写作，为改变我们周围的社会出一份力。"

谢先生是借助加缪的话来表达他的文学观念，也是用心良苦。我之所以原文照搬地大段引用，意思是说，谢先生这番话距今已经十几年过去了，但他忧虑的那些问题不仅没有得到缓解，而且愈演愈烈有增无减。在这个惊慌失措的"文化乱世"，文学正在失去它的精神方向。文学的英武气象已荡然无存，它的甜蜜和卑琐几乎惨不忍睹。它艺术上的成熟和气质上的卑微形成了巨大的反差，因此，文学已经不再属于这个时代。

谢先生是一个热爱肖邦、热爱雨果、热爱雪莱的知识分子。他外在的达观性情不能遮蔽他内心深刻的忧患和批判意愿。他热爱美的事物，但通过美的事物他要暴露不能容忍的丑恶，他要通过美的事物让世界的丑恶有所顾忌无处藏身。因此，他的那些美文就不仅仅是"唯美"的告白。这就是90年代散文随笔中的谢冕。我之所以选择谢先生90年代的散文随笔来谈论他，是因为在一个大转型的时期、在一个慌乱而难以作出文化选择的时代，是最能够体现一个人的镇静、勇气和洞察能力的。他那个时期的文章为我们显像了另一个真实的谢冕：一个热爱生活、热爱艺术、热爱家乡和朋友，同时这个世界的一切都与他有关的谢冕。

一个歌者的浩茫心史

2010年3月,张炜出版了经过20多年创作、450多万字的长篇小说《你在高原》,它获得了第八届"茅盾文学奖"。铁凝评价这部小说是我国当代长篇小说创作的重要收获。认为"作品对于人类发展历程的沉思、对于道德良心的追问、对于底层民众命运和精神深处的探询、对于自然生态平衡揪心的关注等方面,都给我们留下了深刻的印象。"然而,由于时间的原因,《你在高原》的巨大成就批评界还没来得及充分研究和阐释的时候;三年后的2013年2月,张炜又出版了他十八卷本、400多万字的散文随笔集。仅凭这两个400多万字的作品,张炜足可以步入当代中国伟大作家的行列。

当然,一个作家是否伟大,并不取决于他创作数量的多少——唐代诗人张若虚的《春江花月夜》,孤篇横绝一首冠全唐。但是,这个极端的例子只能发生在古代中国;进入现代之后,"鲁郭茅巴老曹"除了他们文学的天才和思想的深邃,如果没有等身的著作,要想在灿若群星的民国脱颖而出并成为百年中国经典作家,几乎是不可能的。因此,创作数量在今天同样是对作家考量的重要指标。当然，我要说的不是这些。在我看来，"张炜散文随笔年编"的重要，诚如出版者所说，它表达了"中国文坛最沉静最纯粹的精神守夜者"几十年的精神历程，它是一个"心事浩茫"的歌者对"隐匿心史"的"畅谈录"，是一个"奔跑女神""芳心似火"的"纵情言说"；当然，它是一部有根也有来路的大书——它的根，就是张炜的故地万松浦，它与张炜故乡的土地和父老乡亲有关；它的来路，就是从故乡出发的张炜，面对三十余年的中国历史和个人精神履历的浩茫歌吟与记录。

要全面评价张炜三十余年来的精神履历和记录是不可能的。这里我只想讲一件事情，这就是1993年代的张炜。1993年，知识界掀起了一场旷日持久的人文精神大讨论。在这场讨论前后，张炜发表的几篇文章不仅预感到"1993年好像是很特殊、很重要的一年，起码对于文学是这样。在新时期文学的短暂历史上，哪一年也没有这一年怪：像开端又像结尾，很匆忙又很迟缓。"(《九三年的操守》)"现在国家正在发生很重要的事情，出现了很多陌生的东西。原有的话题不再令人感兴趣。无论是就一个人、一种心境而言，随着时间的延续，人们都可以走进这样一个感觉：对很多事情正在失去热情……表现是多方面的，主要一个是无言。"(《精神的魅力》)于是他愤懑地发问："诗人你为什么不愤怒？你还要忍受多久？快放开喉咙，快领受原本属于你的那一份光荣！我不但是痴迷于你的吟哦，我还要与你同行。"(《诗人，你为什么不愤怒》)而且他的一些文章也成为这场讨论具有代表性文章的一部分。比如1993年3月21日《文汇报》发表的《抵抗的习惯》等，他号召有良知的知识分子"抵抗投降"。对他个人而言，他能寻找的只是"忧愤的归途"："即便到了今天，即便人类心灵上的秩序如此混乱，高贵与卑贱之分还会依然存在。我们仍然这样认为，并以此抵挡着自己的堕落，也抵挡'前不见古人、后不见来者'的孤寂与忧伤……。"(《忧愤的归途》)这就是一个歌者在1993年前后的浩茫心史。

说张炜是一个"歌者"，是因为张炜本质上是一个诗人。这并不是说张炜在他的行文中多用诗人的语言方式和情感方式，重要的是张炜的理想主义情怀。面对一个红尘滚滚的世界，他有"抵抗"的勇气和决绝。1995年，张炜写了一篇《心上的痕迹》的文章。他说："现在不断有人怂恿人民去经历金钱的冒险体验，去消受可能来临的豪华和富丽，其实这是虚幻的泡沫。那些没有根基的楼堂、华丽的宫殿都会倒塌，那些刺耳的音乐也会中断。一个民族如果走入了不幸的狂欢是非常可怕的。"张炜不是一个"先知"，但是将近二十年过去之后，张炜所说的这些不期而至——当下的中国仍然走在这条冒险的路上。

张炜是一个理想主义者，是一个有强烈批判精神的作家。但是，面对中国现代性"未竟的方案"，他又不是一个悲观主义者。作为作家可以呈现他所看到的，他不能或难以改变这一切。但是，作为一个歌者，他依然在歌唱，依然芳心似火"纵情言说"。这就是张炜对历史、自然、爱情、友谊、风俗、哲学等的畅想。当然，这就是我们想象和期待的张炜。

从北京到沈阳

贺绍俊是当下大名鼎鼎的文学批评家，曾任《文艺报》常务副主编、《小说选刊》主编。谁都知道这个位置对文学界来说举足轻重。但有趣的是，圈子里的朋友都称贺大主编为"小贺"。于是，我们在文学界的各种场合——各大报刊的头条文章、作品讨论会、学术研讨会、茅盾文学奖、鲁迅文学奖、老舍文学奖等各种评奖会上都可以看到"小贺"的身影。"小贺"在文学界的重要和显赫由此可见一斑。

我与"小贺"的交往有20多年，是非常熟悉的老朋友。在我的印象里，"小贺"是一个温良恭俭让的谦谦君子，他为人谦和，处事练达，脸上总是写满阳光的笑意。因此，"小贺"无论到哪里都是一个备受欢迎的人，尤其受到美女们的欢迎。这也让很多人对"小贺"咬牙切齿又奈何不得；"小贺"也是一个很有趣味很性情很"时尚"也很"小资"的人。他嘲笑喝啤酒的我辈没有品位，他要用水晶玻璃杯喝红葡萄酒；他喜欢小注怡情偶尔通宵达旦；在我问学生现在流行什么歌曲的时候，"小贺"已经能够声情并茂地高唱《两只蝴蝶》了。这样我就明白了绍俊为什么被称为"小贺"。

"小贺"不老的青春我等虽不能至却艳羡不已。

2004年6月,绍俊和我成了同事,我们一起从北京来到了沈阳师范大学,在一个研究所里工作。过去是朋友,只能说是熟悉。在一起工作朝夕相处,才能够说是了解。在我看来,绍俊浪漫、达观,但他确实又是一个成熟的人。初到沈阳时,绍俊经常一个人步行在沈阳街头。尤其是隆冬时节,寒风呼啸,大雪飘飞,他穿着夸张的冬装,将孑然的身影投射到盛京古老的大街上。没有人知道他要做什么。想到北京各种会议上绍俊的万千风采,此时却淹没在东北的万象人间。我想绍俊是不是对北上的决定感到失望甚至绝望了。其实不然,没有多长时间,他就熟悉了沈阳的大街小巷,偶尔提着几个纸袋,像采购了满意商品的中年妇女,得意就这样写在了他阳光灿烂的脸上。

说绍俊成熟,我是指他的宽容。可以说,不涉及原则的事情,绍俊都不计较,他有足够的能力处理各种关系。这当然与他在北京长期做部门领导工作有关,与他积累了丰富的工作经验有关。但我觉得也与他的为人、修养和性格有关。我很少看到他剑拔弩张义愤填膺的时候,很少或根本没有听到他随意臧否人物,随便说长道短。绍俊更多的时候是爱开玩笑,但决不过分,分寸火候恰到好处,就像一个顶级的高尔夫球手,举重若轻地一杆子就将球打进了洞洞里。然后他自己先哈哈大笑起来。绍俊乐观、健康的心态,与他宽容的胸怀和人生智慧是有关的。

当然,绍俊首先是一个文学批评家。在上世纪80年代,他和潘凯雄联袂出演于文坛,在"双打"的批评家里出类拔萃打遍天下无敌手。从那时起,他就奠定了自己重要的文学批评家地位。他长期做文学部门的领导工作,写作是业余的事情。因此,那时绍俊的文章时文较多,或作家论或作品论。但这些评论都言之有物,见解独到,是那个时代健康的文学声音,也参与推动了那个时代文学的发展。到沈阳师大之后,学院体制要求学术论文,要求言必有据据必可藉的长篇大论。对有些人说来,这个转变是困难的，但对绍俊说来是水到渠成。大学的工作相对单纯，有充分的时间思考与文学相关的学术问题，于是，绍俊的长篇大论就纷纷出现在各种学术刊物上。

我多次听到陈晓明、程光炜、陈福民等朋友对绍俊文章和见解的夸奖。他们认为，这么多年，绍俊的文章一直在很高的水平线上，是非常难得和不容易的。雷达先生也曾开玩笑说："绍俊的业余爱好可能就是写文章？他的文章怎么那么多。"后来我知道，绍俊不仅才思泉涌，下笔万言倚马可待，同时他的勤奋也很少有人能比。他答应的文章，几乎从没有失信。因此，绍俊在编辑那里的信誉也是屈指可数的。

前面说到绍俊宽容、不计较，那是指非原则的事情。事实上，绍俊也有非常激烈的一面，比如在文学观念上，他从来没有妥协，涉及是非的问题他决不含糊。他的特立独行还经常表现在对流行看法的"反动"，比如，当"宏大叙事"被普遍质疑或批判的时候，他却反其道而行之，提出了"重构宏大叙事"的主张；当媒体批评被普遍不信任的时候，他却认为这一不信任与我们对媒体批评了解的不全面有关；在"天涯若比邻"的全球化时代，他却提出地域、地缘对作家的重要性……凡此种种，都表明了绍俊独立的文学批评品格和理想的文学追求。在当下的文化语境中，这样的品格和追求是有难度的。

绍俊虽然离开了北京，但在各种重要的文学场合，我们依然能够看到他矫健的身影和泛着红光的笑脸，依然可以看到他和男性或女性青年作家亲切交流的感人场景。从北京到沈阳——绍俊的角色变了，但他英姿勃发的青春气没变；从主编到教授——绍俊的地位变了，但他联系群众的作风没变。

新世纪的新青年

李云雷是这个时代最年轻的文学批评家之一。他毕业于北京大学，来自于新文化运动的策源地。不同的是，他没有那些"才子们"头颅高昂眼光轻慢的优越，也没有故作的深沉或激进的面孔。接触他的人，无论年长年幼都有一种一见如故的信任；他单纯、友善，为人诚恳、处事认真；他热爱朋友，尊重别人，讨论问题从不咄咄逼人居高临下。在他身上，有一种扑面而来的浪漫主义和理想主义气质。他出生于1976年，至今三十出头。当然，令人艳羡的不止是他的青春，还有他才华横溢的文章和不能妥协的批评锋芒和立场。在并不漫长的文学批评实践中，李云雷却逐渐形成了自己独特的批评风格。这就是：在注重文学审美标准的基础上，同时注重文学实践与社会生活的关系；在支持先锋前卫探索的同时，更注重对传统文学理论遗产的继承；在密切关注文学自身发展变化的时候，也注意从其他艺术形式中看到文学艺术发展变化的相关性和同一性。因此，李云雷的文学批评不仅与当下文学生产实践密切相关，同时，他宽阔的视野和鲜明的介入意识，使他成为维护这个时代文学批评尊严最具活力的声音之一。他迅速地站在了时代批评的最前沿，他是新世纪的新青年。

文学批评不断遭到诟病的重要理由，就是文学批评的软弱、甜蜜，是文学批评的缺乏担当，不能直指时代文学的病症，文学批评的公共性正在丧失，信誉危机正在来临。从某种意义上说，这样的指责并非全无道理。因为这确实是文学批评的一部分，而且在大众传媒中甚至是主流。但是，这却不是文学批评的主流。我曾多次表达过，评价一个时代的文学，应该着眼于它的高端成就而不是它的末流。同样的道理，评价一个时代批评的成就，也应该着眼于它最有力量的声音，是它突出的高音声部而不是合唱。如果这个看法成立的话，那么我们可以说，李云雷的批评实践就是这个时代最有力量的批评声音之一。他不那么华彩，但言之有物；他不那么激烈，但立场鲜明；他平实素朴，但暗含着内在的不屈和坚韧。

几年来，"底层文学"的出现和伴随的争论，是这个时代唯一能够进入公共视野的文学现象。这一现象的出现不是空穴来风，不是人为制造的文学骚乱。事实上，社会分层业已成为事实，现代化过程中始料不及的问题日益突出并且尖锐。文学当然不能无视这一存在，"底层文学"正是在这样的背景下发生发展的。李云雷是一直关注这个文学现象的重要批评家。几年来，他先后发表了《转变中的中国与中国知识界——〈那儿〉讨论评析》、《"底层文学"在新世纪的崛起——在乌有之乡的演讲》、《"底层叙事"前进的方向——纪念〈讲话〉65周年》、《"底层叙事"是一种先锋》、《底层写作所面临的问题》以及与这一问题相关的访谈等。在这些文章中我发现，李云雷的批评并不只是一种情感立场或表态式的站队。在《转变中的中国与中国知识界——〈那儿〉讨论评析》中，他细数了《那儿》发表以来不同的观点和看法，分析了作品引起反响的社会和思想界论争的背景，评价了作家曹征路前后发表作品的不同凡响等。这一细致的梳理，是李云雷掌握了大量的第一手材料做出的。这不只是一种批评修养或学术训练，它更是一种求真务实的精神。他有自己的观点，但绝不忽视或轻视别人的观点，而是客观地反映了论争中存在的不同观点。这一梳理和呈现显示了李云雷文学批评的胸襟和纯粹。

李云雷参与的论争,不仅密切联系创作的具体情况,比如他对曹征路、胡学文、刘继明、鲁敏、陈应松等的评论。这些评论分析中肯,切中要害。他评价胡学文是"底层生活的发现者",鲁敏"更注重从精神方面考察底层人的生活状态,……不追求戏剧化的冲突,而力图在对底层生活的描绘中呈现其真实状态,在这种意义上,"鲁敏对"底层文学"的书写是一种丰富与发展。他评价刘继明的创作"代表了一种趋向,他的写作向我们表明了'先锋'的当下形态,那就是向'底层'的转向。"这些评论表明了李云雷对"底层写作"主要作家的熟悉,这也是他赖以建构自己批评观点的基础。事实上,分析具体作家作品或许相对容易些,如何从理论上阐明"底层写作"的来源、发生以及承继关系,可能要困难许多。

与"底层写作"对现实的介入参与不同的,是对"纯文学"的讨论。李云雷显然不同意"纯文学"的说法。事实也的确如此,百年来能够进入"公共论域"的文学从来也没有"纯"过。80年代中期以来,"纯文学"离开关注社会现实的立场,在形式和语言试验中寻找新的方向是有具体语境的。文学要求自主性,要求自立,是为了反抗政治的强侵入或胁迫。但时过境迁之后,文学有理由重返现实,有义务关怀当下的公共事务。因此,在李云雷看来:"对'纯文学'的反思,是文学研究、理论界至今仍方兴未艾的话题,而'底层叙事'的兴起,则是创作界反思'纯文学'的具体表现,也是其合乎逻辑的展开。在这一意义上,我们可以说'底层叙事'是一种真正意义上的先锋,它将'纯文学'囿于形式与内心的探索扩展开来,并以艺术的形式参与到思想界、中国现实的讨论之中,发出了自己的声音,这是难能可贵的一种良性状态。"将"底层文学"命名为"真正意义上的先锋",是李云雷的一大发现。这种识见与他的文学史训练有关。左翼文学,特别是蒋光慈的作品,在他的时代引领了文学风潮,蒋光慈就是那个时代的先锋文学。"底层写作"继承了左翼传统,说它是今天的先锋文学未尝不可。当然,"底层写作"不是对左翼文学简单的继承或"克隆"。他们在精神传统或文学脉流上的关系,也不是历史简单的重复。这一点李云雷有清醒的认识。他在认同左翼文学精神的同时,也指出"'左翼文学'的最大教训,则在于与主流意识形态结合起来,成为一种宣传、控制的工具,并在逐渐'一体化'的过程中,不仅排斥了其他形态的文学形式,而且在左翼文学内部不断纯粹化的过程中,走向了最终的解体。在这一过程中,'左翼文学'逐渐失去了最初的追求,不再批判不公正的社会,也不再反抗阶级压迫,逐渐走向了自身的反面。"这种警醒决定了李云雷面对"底层文学"批评时所能达到的思想深度。

事实上,我认为李云雷对"底层写作"的研究和批评,更大的贡献可能来自于他对这个文学现象的检讨和批判。他坚定地支持这个写作方向,但不是一味地偏爱袒护,而是为了它更健康地发展。他曾指出:"我们必须反对两种倾向:一种倾向是从'纯文学'的角度出发,认为凡是写底层的作品必然不足观,必然在艺术上粗糙、简陋,持这样观点的批评家颇有一些,他们还停留在反思'纯文学'以前的思想状态,并没有认识到'纯文学'的弊端,也没有认识到'底层叙事'出现的意义;另一种倾向则相反,他们认为凡是写底层的作品必然是好的,这样就将题材作为唯一的评判标准,从而降低了对'底层'文学在美学上的要求。"类似的意见大概只有李云雷在强调并坚持。他在维护这一文学现象的前提下,更多的是看到了"底层写作"的问题,这些问题,"在很大程度上制约了其发展,因而值得我们关注与思考,这些问题主要有:(1)思想资源匮乏,很多作品只是基于简单的人道主义同情,这虽然可贵,但是并不够,如果仅限于此,即使作品表现的范围过于狭隘,也削弱了可能的思想深度;(2)过于强烈的'精英意识',很多作家虽然描写底层及其苦难,但却是站在一种高高的位置来表现的,他们将'底层'描述为愚昧、落后的,而并没有充分认识到底层蕴涵的力量,也不能将自己置身于和他们平等的位置;(3)作品的预期读者仍是知识分子、批评家或(海外)市场,而不能为'底层'民众所真正阅读与欣赏,不能在他们的生活中发挥作用。"

在具体的创作中,他发现了"作家无法对历史、现实有自己独到的观察,因而呈现出了一种雷同性",比如:

在《受活》中,我们看不到茅枝婆、柳鹰雀等人行为做事的内在逻辑,在《生死疲劳》、《第九个寡妇》中同样如此,当一个人的行为无法为人理解的时候,作者便会将之归结为主人公性格的"执拗"。于是,在《第九个寡妇》中,当我们无法看到王葡萄20多年掩藏"二大"的合理解释时,作者便将这些归于王葡萄性格上的"一根筋":"她真是缺一样东西,她缺了这个'怕',就不是正常人。她和别人不同,原来就因为她脑筋是错乱的。"在《生死疲劳》中也是这样,蓝脸在"合作化"大潮中一直单干、洪泰岳在公社解散后仍然坚持"合作化",似乎都没有什么的道理,仿佛都是因为他们"认死理儿",是性格上的孤僻、偏执所导致的,将故事的进展及逻辑推进仅仅诉诸于人物的"一根筋",大大削弱了作品的美学意义和社会普遍性。

另一方面,在《生死疲劳》等小说中,我们很少看到"中间人物"。而在《三里湾》、《创业史》、《艳阳天》等作品中,我们既可以看到"社会主义新人"王金生、梁生宝、萧长春,也可以看到丰富多彩的"中间人物"如范登高、梁三老汉、弯弯绕、滚刀肉等等。如果说前者代表着时代方向和作家的社会理想,因而不免有些单薄,那么为数众多的"中间人物"则让我们看到了农村中的更多侧面,其中既有作家对时代精神内涵的把握,也有对民间文化、农民心理的深入了解。

对"雷同"现象的批评,显示了李云雷锐利的眼光。这些作品是否存在"观念化"的问题可以讨论,可以肯定的是在观念的统摄下,乡村中国丰富、复杂以及超稳定的文化结构一定会被遮蔽。特别是在细节的展现上,作家对乡村生活究竟有多少了解，读者一目了然。在这一点上，《红旗谱》、《创业史》、《山乡巨变》、《三里湾》、《许茂和他的女儿们》、《芙蓉镇》等，所积累的艺术经验并没有在90年代以来同类题材创作中得到继承。事实上，即便是《艳阳天》、《金光大道》等小说，如果剥离了它阶级斗争的观念，那里丰饶的乡村生活气息以及生动的人物形象，仍然是今天的小说难以超越的。

另一方面，李云雷还发现了"底层写作"中对"中国"叙述的问题。他以《碧奴》、《新结婚时代》、《凶犯》等作品为例，具体探讨文学的生产与流通方式如何影响了作品的想象，如何决定了它们对"中国"的叙述。他认为：

上述三种类型的作品视为一个"文学场"，它们分别代表了三种不同的作品类型与生产模式：适应海外市场跨国运作的先锋派作品；面向市民阶层、与电视剧制作紧密相关的新写实作品；借助于影视媒介权力的"主旋律"作品。事实上，这三类作品构成了当前文学作品尤其是长篇小说的主体。他们借助媒介、意识形态、市场的力量，构成了一个互相交错又互相制约的"文学场"。一个有趣的例子，是在《当代》杂志最新的一期"阅读排行榜"上，《碧奴》和《新结婚时代》分别获得了专家奖与读者奖，这反映了这两部作品在艺术与商业上的成功，但同时也说明，它们的生产方式尚未得到足够的重视与反思。我们不否定这些作品在某一类型中是优秀的，但在这些作品中我们看不到"真的中国"，它们所提供给我们的或是意识形态的幻想，或是商业化的通俗故事，或是"纯文学"的幻觉。而关于当下中国的真实情况，却没有被表现或者被很片面地表现了出来，呈现在作品中是暧昧不明的形象，是一个死气沉沉的中国。

类似的问题还表达在李云雷对"大片时代""底层叙事"的批评中。他考察了《三峡好人》、《盲井》、《盲山》、《长江七号》、《苹果》、《我叫刘跃进》、《疯狂的石头》、《卡拉是条狗》、《我们俩》、《公园》、《落叶归根》、

《光荣的愤怒》、《好大一对羊》、《光荣的愤怒》、《乡村行动》等影片。认为这些影片是当下中国文艺"底层叙事"的一部分,在突破商业大片垄断,找到了一条关注现实并进行艺术探索的新希望和新道路,但同样存在着"精英视角"以及"被娱乐遮蔽的大众"的问题。他激烈地批评了《苹果》、《我叫刘跃进》和《疯狂的石头》等影片。在《苹果》中,虽然出现了底层的洗脚妹与"蜘蛛人",但影片真正表现的主题却是"情欲",底层以一种在场的方式"缺席",并没有得到关注,而只是构成了影片的叙述元素,并被精英阶层的审美趣味刻意地扭曲了。在《疯狂的石头》复杂的故事网络中,也涉及到了房地产商对公共资源的侵占,以及下层小偷的困窘处境等社会问题,但这些问题并没有得到正视,影片以将之作为背景或者纳入到总体性的叙事结构中,成就了一场叙事上的狂欢。

《我叫刘跃进》与《疯狂的石头》相似,也力图将对底层的叙述纳入到一个大的结构中去,在"几伙人"的互相斗争与寻找中,影片试图表现小人物的无奈和世界的复杂性。然而这个影片却不是很成功,首先在娱乐性上,它并没有达到《疯狂的石头》的狂欢效果,这是因为它的线索并不清晰,出场人物比较杂乱,又过于讲究戏剧性与偶然性,这使故事本身显得支离破碎,缺乏一个稳定的内核;其次,在对底层的表现上,影片将之纳入到与不同阶层的对比中,应该说这是一个不错的构思,但影片虽然触及到了底层的真实处境,但却将重心放在不断地编织外部关系上,从而以一种游戏的态度滑过了对底层的关注。因此,李云雷是一个真正的"底层文学"批评家。他不止是以题材判断作品,不是写了"底层"就是好作品。他是真正关心这一文艺现象。从他的立场上看,这些批评言之有理、持之有据,他是在具体细致的艺术分析中概括出自己观点的。这使他超越了"左翼"以来文学批评的民粹主义立场。

与此相关的是,李云雷的所有批评几乎都与乡村中国有关。他对《苍生》、《秦腔》等的批评,一直在关注社会主义中国的经验。这个问题的敏感性，使很多人避之不及。无视社会主义中国的经验，在今天已经是一个时髦的事情。但是，社会主义中国的经验是一个历史存在，而且今天仍然没有成为过去。特别是美国"次贷危机"以及由此引发的全球金融危机以来，资本主义"市场"作为唯一选择的神话不攻自破。政府干预或"救市"行为在西方世界也普遍实行。如是看来，不仅资本主义的"现代性"是一个未竟的方案，社会主义的"现代性"同样处于不确定性之中。过早地怀疑甚至抛弃社会主义中国的经验，也是危险和不负责任的思想潮流。李云雷"逆潮流"而动，坚持本土关怀，持久地凝望百年中国革命历史，并将其作为重要资源试图总结出有益的经验，这一出发点和批评实践使他独树一帜卓然不群。

对李云雷的文学批评的肯定，并不意味着我全部同意他的看法。事实上，李云雷同样有为"真理意志控制"的问题。比如，"底层写作"的提出和它的承继关系，原本是在严肃文学的范畴内展开的。他在这一范畴内展开的批评几乎无可厚非，提出的问题敏感而尖锐。但是，当他把包括电影在内的艺术形式也囊括其中的时候，他模糊了严肃艺术与文化产业的界限。严肃艺术是形式探索、追寻意义、表达价值观和终极关怀的艺术；文化产业是以文化作为依托，最大限度地寻找附加值，并赚取剩余价值的产业行为。一个是精神活动，处理人类的精神事务；一个是商业活动，处理的是经济事务。如果全部用精神活动的尺度要求或度量商业或经济活动，就是一种错位的批评。如果从严肃文艺的角度说，《满城尽带黄金甲》、《疯狂的石头》等是不成功的话，那么，从文化产业的角度说它们就是成功的。这也是大众文化和严肃文化或精英文化的根本区别。事实上，李云雷在分析或批评这些影片的时候，其说服力也没有达到批评《色·戒》的高度或水准。这个"真理意志"还表现在他的概念的使用，比如"真的中国"，就是一个似是而非的概念。"真的中国"是无从表述的，任何一个人都只能表达部分的中国，只能表达他所理解的中国，那个"真的中国"只能是本质主义指认的"中国"。如是看来，李云雷在批判"精英主义"立场的同时，他自己就在这个立场之中。话又说回来，从事文学批评的人，有谁站在这一立场之外呢？

当然，无可非议的批评是不存在的，如果存在也无足观。尽管我对李云雷提出了不见得准确的"批评"，但我仍然欣赏并支持他的"深刻的片面"。在70年代出生的批评家中，有了李云雷，文学批评就有了新世纪的新青年。

吴玄和他的"恶之花"

对作家来说,这是一个不写作就死亡的时代。于是,文学生产在当下的"繁荣"是历史任何一个时期都难以比较的。在这种文学之外的竞争中,像吴玄这样能够持久坚持耐心的作家可谓凤毛麟角。他的作品并不多,至今也只有十几个中篇和一部长篇。因此他不是一个风情万种与时俱进的作家,而是一个厌倦言辞热爱修辞的作家。今天对这样一个作家来说不是一个恰逢其时的时代。他不仅要面对大众文学的激烈竞争,同时要与他们的前辈"战斗"。因此,他们的焦虑不仅来自当下的环境,同时还有大师经典的"影响"。但作为"异数"的吴玄似乎淡然处之不为所动:他坚持自己对现实生活和心理经验的感受,直至写出长篇小说《陌生人》。

吴玄写得很慢,关于《陌生人》先得从《同居》说起,这部中篇小说对吴玄来说重要无比,他开始真正地找到了"无聊时代"的感觉,何开来由此诞生。何开来这种人物我们也许并不陌生:德国的"烦恼者"维特、法国的"局外人"阿尔道夫、默尔索、"世纪儿"沃达夫、英国的"漂泊者"哈洛尔德、"孤傲的反叛者"康拉德、曼弗雷德、俄国的"当代英雄"毕巧林、"床上的废物"奥勃洛摩夫、日本的"逃遁者"内海文三、中国现代的"零余者"、美国的"遁世少年"霍尔顿及其他"落难英雄"等，他们都在何开来的家族谱系中。因此，"多余人"或"零余者"是一个世界性的文学现象。值得我们注意的是，当中国的"现代派"文学潮流过去之后，"多余人"的形象也没了踪影。为什么在这个时候吴玄逆潮流而动，写出了何开来？吴玄对何开来的家族谱系非常熟悉，塑造何开来是一个知难而上正面强攻的写作。他一直是有自己独立的看法的，他说："我写的这个陌生人——何开来，可能很容易让人想起俄国的多余人和加缪的局外人。是的，是有点像，但陌生人并不就是多余人，也不是局外人。多余人是19世纪批判现实主义的产物，是社会人物，多余人面对的是社会，他们和社会是一种对峙的关系，多余人是有理想的，内心是愤怒的；局外人是20世纪存在主义的人物，是哲学人物，局外人面对的是世界，而世界是荒谬的，局外人是绝望的，内心是冷漠的；陌生人，也是冷漠绝望的，开始可能是多余人，然后是局外人，这个社会确实是不能容忍的，这个世界确实是荒谬的，不过，如果仅仅到此为止，还不算是陌生人，陌生人是对自我感到陌生的那种人。""对陌生人来说，荒谬的不仅是世界，还有自我，甚至自我比这个世界更荒谬。"（《陌生人》自序）何开来和我们见到的其他文学人物都不同，这个时代几乎所有的人物对生活充满了盎然兴趣，对滚滚红尘心向往之义无反顾。无边的欲望是他们面对生活最大的原动力。但何开来对所有的事情都没有兴趣，生活仿佛与他无关，他不是生活的参与者，甚至连旁观者都不是。

因此，《同居》里的何开来既不是早期现代派文学里的"愤青"，也不是网络文化中欲望无边的男主角。这个令人异想天开的小说里，进进出出的却是一个无可无不可、周身弥漫的是没有形状的何开来。"同居"首先面对的就是性的问题，这是一个让人紧张、不安也躁动的事物。但在何开来那里，一切都平静如水处乱不惊。何开来并不是专事猎艳的情场老手，重要的是他对性的一种态度；当一个正常的男性对性事都失去兴趣之后，他还会对什么感兴趣呢？于是，他不再坚持任何个人意志或意见，柳岸说要他房间铺地毯，他就去买地毯，柳岸说他请吃饭需要理由，他说那就你请。但他不能忍受的是虚伪或虚荣，因此，他宁愿去找一个真实的小姐也不愿意找一个冒牌的"研究生"。如果是这样，作为"陌生人"的何开来的原则是不能换取的，这就是何开来的内部生活。

长篇小说《陌生人》可以看作是《同居》的续篇，主人公都是何开来，也可以看作是吴玄个人的精神自传，作为作家的吴玄有表达心理经验的特权。《陌生人》是何开来对信仰、意义、价值等"祛魅"之后的空中漂浮物，他不是入世而不得的落拓，不是因功名利禄失意的委顿，他是一个主动推卸任何社会角色的精神浪人。一个人连自我都陌生化了，还能同什么建立起联系呢。社会价值观念是一个教化过程，也是一种认同关系，只有进入到这个文化同一性中，认同社会的意识形态，人才可以进入社会，才能够获得进入社会的"通行证"。何开来放弃了这个"通行证"，首先是他不能认同流行的价值观念。因此在我看来，这是一部更具有"新精神贵族"式的小说。吴玄是将一种对生活、对世界的感受和玄思幻化成了小说，是用小说的方式在回答一个哲学问题，一个关于存在的问题，它是一个语言建构的乌托邦，一朵匿名开放在时代精神世界的"恶之花"。在这一点上，吴玄以"片面的深刻"洞穿了这个时代生活的本质。有思考能力的人，都不会怀疑自己与何开来精神状态的相似性，那里的生活图像我们不仅熟悉而且多有亲历。因此，何开来表现出的是一个时代的精神病症。如果从审美的意义上打量《陌生人》，它犹如风中残荷，带给我们的是颓唐之美，是"今宵酒醒何处，杨柳岸，晓风残月"的苍茫、无奈和怅然的无尽诗意。因此，因为有了《陌生人》，使吴玄既站在了这个时代文学的最前沿，同时使他有可能也站在了文学的最深处。我可以不夸张地说，这是很长一段时间以来我读到的最具震撼力的小说。

儒雅的诗人　诚恳的朋友

在这个红尘滚滚的时代,提起诗歌或诗人,仿佛距我们是那样遥远。高贵的诗歌、文学的王冠,就这样被甚嚣尘上的消费主义浪潮淹没了。于是,诗人和诗歌一起,仿佛于云端之上,渐行渐远,在人间几近了无踪影。诗人在这个时代是不幸的,狂欢的"超女"运动和所有的"真人秀"造就了粗鄙的灵魂和"娱乐至死"的意识形态。这真是"人间天堂",但这个天堂是空心的天堂。就在这个天堂的边缘上,我看到了一个"骑自行车"的人:他郁郁寡欢地随意前行,不急不躁从容不迫但也并不快乐。他似乎经常这样"骑着自行车"在天堂的边缘行走着——这个人就是诗人杨克。

不知为什么,想起杨克,我眼前就会映出杨克这样的形象。也许与杨克办过诗歌刊物《自行车》有关,也许后来杨克的诗歌中还经常出现自行车的意象、或者与他平民诗人的姿态有关。不管怎样,这样的诗人杨克形象,我觉得很不坏,这样的形象于我们就亲近了。

认识杨克有多长时间已经记不清楚,但有一段时间——大概也是十年前了吧,杨克在北大谢冕先生那里做访问学者,那是谢先生最后一批访问学者,人数众多群英荟萃。那时,谢先生主持的"批评家周末"还在举办,我虽然已经离开了北大,但"批评家周末"我还参加。记得杨克总是不急切地发言,他以他那特有的温和宽厚的微笑认真倾听,但每当谈起什么,似乎总是语惊四座——他那与诗歌或其他形式创作有关的感受,总能给人耳目一新的启发或感觉。然后我们就成为朋友了。我记得那一年,北京一批朋友聚会,当时谢先生的访问学者几乎悉数出动,在一个简陋的酒馆里吃饭。那时的我喝酒没有节制,一把年纪了还纵谈天下,不觉中就天亮了。十几个人的饭局只剩下杨克与我,然后杨克把我送到了当时租住的蔚秀园家里。

此后类似的事情还有一遭。大概1999年,诗歌界在北京郊区召开了"龙脉诗会"。去参加的有许多诗歌界的大师,但会议似乎没什么交锋,却也热闹得很。我对诗歌素来没有研究,应邀参加也是票友而已。但见了许多朋友,一时兴起便喝了许多酒。余兴未尽,回到房间时,楼房一层有一个巨大的客厅,有许多朋友在聊天,也是几十或十几人。我落座之后便开始"上课",广东诗人黎明鹏不知从哪搞来许多啤酒,我"边喝边聊"不省人事,最后还是杨克与我。后来谢先生说,"看来杨克太厚道"。这不是说别人不厚道,事实是谢先生在批评我没有节制。杨克宽容地听我一任胡说,他是怕我出什么事情,一直在陪着我。事后我懊悔不已他竟没有任何怨言,出言却是宽慰:"喝酒哪有不多的"。杨克就是这样的朋友。

这样的场景后来不多见了,杨克回到了广东作家协会工作。记得有一年他主编年度诗歌年鉴,他约我到编选现场看看。那是一个敏感的年代,正是诗歌界所谓的"知识分子"和"民间写作"大论争的年代。杨克说,"你只去看看、听听,可以不发言。"杨克用心良苦。他知道"知识分子写作""阵营"有我许多朋友,我不便表达态度。事实上,我当时就对那场"论争"很不以为然,我认为那是构不成矛盾的"论争","民间"应对"庙堂",知识分子也在民间,怎么就和民间过不去了?现在看来确实也是一场没什么学术价值的意气之争罢了。事过境迁,各自为战,诗人与团伙帮派没有关系。但我看了杨克和他的朋友们的工作,他们的认真和负责让我深怀感动。也正是那一次,我有机会领略了广东诗歌界的状况。"广东诗会"那个场景太壮观了——200多名诗人与会,但他们的身份很少有"专业诗人"。他们自报的身份大多是"企业经理"、文案人员、公司职员、教师或自由撰稿人等等。在一个经济发达地区有这么多的诗人——而且不是职业诗人,让我感慨万千。那时我才真正意识到中国文学将要或已经发生的变化。这个机会是杨克为我提供的。

  杨克是我见到的为数不多的温和儒雅的诗人。在我印象里,许多诗人很极端,愤世嫉俗唯我独尊,不大考虑别人的感受,这当然是一种个性,也需要尊重。但杨克是一个处处都为别人着想的人,他周到细心,很有风度,特别是对女性,更显出耐心和优雅。因此,杨克也是一位特别受到女性欢迎的诗人。做到这一点是多么不容易!与杨克交往时间长了,觉得他是一种参照,他的优点给人以温暖。所以杨克是一位很儒雅的诗人。

  杨克以诗人名世。我已经读不大懂现在的诗歌了。但读到他《风中的北京》:"风吹人低见车辆／骑自行车的我／像一支箭／紧绷在弓弦上／射进北京的风里／射入租的家门"的时候,我看见的还是骑自行车的杨克。那个场景我无数遍经历,亲切而熟悉。这时的杨克回到了民间,回到了我们可以感知或触及的生活。他用很平实或"口语"的方式,表达他对世间生活的理解和感受。那些口语,"以简单表现繁复,在他冷静的文字背后可以感受到深藏不露的激情。他的诗呈现的是生命中那些最纯粹也最智慧的部分。他在并不自由的物质世界中,不竭地寻求独立而尊严的精神价值。他把心灵的追求看得比什么都重要。"(谢冕语)谢先生把杨克诗歌的价值和在当代的意义所作的评价,中肯而精确。我在认同之外略有补充的是,杨克诗歌中经常出现的机场、火车站、公共汽车、自行车等意象,这是一些驿站或奔走的意象，它寓意了诗人内心漂泊和不确定的心绪或情绪。他要到哪里或要做什么我们不能得知，但我们知道，那也是我们的心绪或情绪。我们的不自由不仅在物质世界中，在精神世界同样如此。于是，杨克的温和儒雅中就隐含了一种"激烈"：那是不动声色的激烈，是连同世界和自我一起犹疑矛盾的激烈。于是，我想到，真正有力量的诗歌不仅是狂飙突进，不仅是揭竿而起，在温婉平和的表达中，同样可以成为一个"越狱的黑豹"。在不是诗歌的时代，诗歌并没有死去，它在朋友中默默流传，一如我们在空谷听到足音，在高山看见流水。只因为，杨克所表达的一切与我们有关，他关怀的是我们共同关怀的精神事件。

在任何一个时代，与诗人相遇都是一件值得庆幸的事情。诗人在这个时代确实"奢侈"，因为"眼球经济"不再在乎高贵的事物。但当我读到杨克这样的诗句的时候，我仍不免心怀感动：

那是地球最高的地方／圣山下是泉水／圣山上是蓝天／那里没有时间人生／与其他阶段没有分别／只区分成人／童年只要是成人／就可以和任何一个人相恋／甚至和九个成人相恋／那里没有婚姻的刀子能把爱情割断／那里每一颗石头都有灵魂／每一棵草都能长成仙子／那里是一个女孩曾唱过的歌／清澈的湖泊是眼泪滴在离天堂最近的地方。

恍如隔世的声音，就这样在杨克的诗歌中从天而降，他给我们带来浪漫和感动，映照着那些粗鄙的灵魂和生活。这个时代，假如没有诗人将会怎样？！平民的诗人形象和这样的高贵诗句，就这样统一在杨克的身上——这儒雅的诗人、诚恳的朋友。

小叙事与大历史

  与日常生活的关系甚为密切。古今中外，无论男女，饮酒者遍布天下。就是这一个酒字，让俗人雅士生活绚烂表情精彩，与酒相关的人与事于是就生动起来。普通人喝酒也就喝酒了，或饮酒助兴，或借酒浇愁，或寻衅滋事，或装疯卖傻，酒中人的性情纤毫毕现没了遮拦；文人就不同了，酒的世界似乎与文人关系更密切，酒与诗、酒与文、酒与情，都可敷衍成篇一泻千里。这是因为文人有话语权，在文人笔下，最难受的事都写成了最浪漫的事，比如贫寒，比如失恋，比如醉酒。因此，在文人雅士那里，写与酒有关的诗文车载斗量汗牛充栋。

  吴晓煜先生在官场为官，同时也是一位历史学者。他阅酒无数自称"酒翁"。但有趣的是这部《酒史钩沉》的缘起：他去太原出差，主人用名酒竹叶青款待，他喝了两大茶杯后神志难支纳头便睡。于是发誓"酒把我整糊涂了，我要把酒弄明白。"作为一个历史学者，他专业训练有素，翻检材料查考文献，实地考察不一而足。一年过后便有了"酒翁谈酒三百篇"。《酒史钩沉》的书名非常学术化，当然也可当作学术书籍阅读。但这部书的最大特点却是，它很学术但更好看。说它学术，它又不是学院的高头讲章，不是端着架子拒人千里；说他是散文小品未尝不可，但那里又处处透着学问。这两者要结合好并不是一件容易的事情。

我首先感慨的是《酒史钩沉》里的学问。我经常饮酒，也经常被酒"整糊涂"，但至今也没有整明白酒。晓煜先生饮酒风雅从不酗酒，他对自己的要求也令人钦佩。也许只有如此理解酒的人才可能与酒结下这般缘分。在杂说酒史中，他谈到的许多知识性问题我闻所未闻，比如酒的历史要早于文字的历史，而且最早发明酒的是母系氏族社会的妇女；中国的葡萄酒先秦就有了；再比如古代掌酒的官职，周代有酒人、汉代有酒士、唐代有酒坊史、宋代有酒务官，而司酿是女性酒官；而且有法酒、家酒、烧酒、苦酒、火迫酒、煮酒、药酒、压酒等。这些与酒有关的知识，不仅满足了我们对酒史的了解，同时也使我们有机会将酒与社会政治、历史、经济、文化等联系在一起，原来酒里有乾坤。虽然是杂说酒史，但这些零散材料一旦集中在一起，它的意义就被放大了许多——我们看到的已经不止是液体的或能够满足我们欲望的酒，也不止是无数朦胧的醉眼或狂狷或节制或披头散发的各色酒徒名士，而是在酒光里折射出了我们意想不到的大世界。

在"酒名、名酒溯源"一辑里，中国的酒文化被彰显出来。比如作家通过庾信、李商隐、李白、杜甫、柳宗元、孟浩然、戚继光等人的诗，考据出"古来美酒称流霞"，不仅让人联想到古代文化的优雅，对酒的热爱、尊崇，只听这"流霞"两字，就会让人浮想联翩忍俊不禁，恨不得转身回到古代去。另一方面是吴晓煜先生涉猎的广泛。比如在《〈镜花缘〉名酒与酒典故》中，他敢于指认"在谈及中国古代各类名酒的古典小说中，记录最全者，大概要数清人李汝珍的《镜花缘》了"。小说中列举的名酒凡五十五种，产地各异品种繁多。不仅从一个方面表达了酒的流通状况，而且也足以说明李汝珍先生是一个见多识广喝遍天下的大饮者。

读书求甚解，是《酒史钩沉》给我留下的鲜明印象。特别是读文史书籍，包括我们从事专业研究的人不曾留意的与酒有关的材料，都被作者记录下来然后再接着考据。比如"扶头酒"，是李清照的《壶中天慢》、贺铸的《南乡子》、赵长卿的《小重山》提到的；比如对醉酒、严重醉酒、假装醉酒、醒酒、解酒；对酒友、酒虫、酒狂、酒社、酒僧、酒祸等的考辨解析，都是言必有据据必可籍。不仅显示了作为学者的功力，而且也证实了一个学者的眼光和持久的关注。《酒史钩沉》与我读过的关于酒的书非常不同。很多文人写的与酒有关的书或文章，更多的是有趣，趣闻趣事，各色人等。这样的书当然也有意思。但《酒史钩沉》的有趣不只是通过饮酒人实现的，它更提供了许多与酒有关的知识性的材料，通过酒，我们更多地了解了中国历史文化的丰富性。同时，在《酒史钩沉》里，吴晓煜先生也直接或间接地表达了他的历史观。他认为：

我看中国古代酒文化史，不过是中国古代史的一个小侧面、一个特写的小照片，她始终受到政治环境、经济状况、文化氛围制约、影响和牵制。不管酒文化如何表现与演进，其牵线人、制衡者却都是有权者、统治者。而那些人们耳熟能详，言酒必称之的司马相如、曹植、孔融、阮籍、陶渊明、李白、杜甫、白居易、苏东坡、欧阳修……不过是过了酒瘾之后为酒文化添枝加叶的画家，不过是兜里有钱买酒，肚里有墨水的执笔者，不过是这一舞台上由时代所包装推出的演员，不过是有时笑有时哭，有时慷慨激昂有时忧悲啜泣的艺人。我还认为，古来那些脚踏实地，老老实实酿酒，为世人提供美酒琼浆的匠人、酒工，他们的智慧、创造力与体力都凝聚、倾注在酒上了，他们是酒文化的基本力量、基本层面。可惜的是，这类资料、专著太少了，少得可怜。

还有一点也许更重要的是，当古代的酒文化呈现在我们面前的时候，我们才深切感受到当下酒风的恶劣或粗俗不堪,很多人喝酒都喝得声名狼藉斯文扫地。因此,《酒史钩沉》在重述中国古代酒文化、酒文明的同时,也为我们带来了一面与酒的关系的镜子。当然,古代也有酒徒酒鬼,但钩沉的历史就是重新结构的历史,那是值得我们弘扬或继承的酒的文化史。如果是这样的话,那么,我认为吴晓煜先生的酒就喝出了名堂。于是有七绝一首相赠:

> 饮酒当如吴晓煜,
> 流霞深处史钩沉。
> 如数家珍醉如痴,
> 古今壶里是乾坤。

山岩上刻满的都是情和义

近些年来，散文诗的命运也许只有从事这一文体的作家才能真切地感受到。但是，与其说与诗有关的事物，因距这个红尘滚滚的时代过于遥远而被放逐，毋宁说是这个文体和作家自觉实现了一次自我放逐：他们宁愿守住与诗有关的语词和情怀，孤独地放浪于"精神的幻路"，决然行走在心灵的高地，也不屑与某些事物同流合污。他们是不合时宜的一群，但他们站在高处，当我们的目光与他们相遇时，内心只有深怀敬重。而且时间越久，我们越能清晰地识别他们的身影和价值。

因此，当我读到广义的散文诗集《裸露的山岩》时，内心惊喜有加感慨万端。李广义是我青年时代的朋友，他一直生活在家乡敦化，一生热爱诗歌，在《诗刊》以及全国各地报刊发表诗歌数百首，先后出版过《我的眷恋》《栖息之鹰》《心之吻》等多部诗集。《文艺报》曾发表过《敦化的文学火》的文章，高度赞扬了敦化的文学活动和作家成就，李广义就是敦化作家群的"掌门人"。在我的印象中，广义先生形象俊逸、内心清高；读书有体会、谈吐不流俗。但更重要的是，无论世风怎样变化，不变的是他对人与事的友善和诚恳。

　　文如其人。《裸露的山岩》是散文诗集，散文诗是诗的另一种形式。但无论抒情还是叙事，无论想象还是飞翔，在他裸露的这片山岩上，刻满的都是情和义。诗有五辑，或对人生感悟，追怀反省；或朝思暮想，"屐痕帆影"；或超越时空，重返传统；或走马观花，旅途拾贝；或乡情乡土，魂牵梦绕。无论广义先生写什么，力透纸背的都与情和义有关。比如他写对家乡的敬仰与感恩，不是把"家乡抽象成一幅单调的风景画或优美的田园诗"，而是发自内心地领悟"家乡已长满了时代的骄傲"、"亲人也收尽了人间的福祉"；他祭奠一个不曾谋面的诗友：虽然也"不吝啬泪花"，但他"以文祭情"，祭的是"你的真，你的善，你的美以及你我百年一遇的诗缘"。诗人走了，不曾谋面便成永远，不能弥补的憾事让活着的诗人悲痛欲绝——只因那是"生死之交"；他"崇拜企鹅"，也只为一个"情"字：情"乃人间圣物。所以，无论你是倾心于桃园结拜的馥郁还是沉醉于梁祝化蝶的神奇；也不管你是朝夕相伴的挚友还是水阻山隔的情侣；只要心的节拍能击响同一捶腰鼓，人间就一定会有最灿烂、最悲壮、最生动的故事在史书上演绎"。因此，《裸露的山岩》无论书写了什么，都可以在情与义中得到解释。这是个没有情义或薄情寡义的时代。物的欲望使所有的心灵都麻木又膨胀，但真正的艺术有所不同，它之所以能够存在并放射光华，只因选择了它的人群仍然需要它。

　　广义先生发蒙于中学时代，他高中的语文老师就是著名作家张笑天先生，笑天先生对他的深刻影响他在自序中有情意深长的表达。但兴趣同样是个人最好的老师，在广义先生的作品中，我们可以识别出他对屠格涅夫、泰戈尔、纪伯伦、蒙田以及柯蓝、郭风等中外散文诗名家名著的熟读、理解和接受。因此，广义先生是一个在传统与现代之间、在古代文人与现代知识分子之间的诗人。在这部作品中，他对自然、友情、爱情、人文景观的书写是最常见的。这些题材从古至今绵延不绝，但广义先生又注入了鲜明的时代色彩，以一个现代诗人的情怀和别一种诗情，使这些题材重临了起点。于是，在他的作品中，既有豪情万丈，又有款款深情，在平凡的现实和奇异的想象飞翔中，发现了美的无限可能。我惊异广义先生多年来内心的安静与激情，说他安静，是在红尘滚滚的年代，他处乱不惊安之若素，不为世风左右；说他激情，是一生痴心未改，始终与诗神相伴相随。在遥远的东北敖东古城，抒发着他对世间万物的艺术感受，在情与义中坚持着他的人生和艺术准则。于是，我的家乡古敖东因李广义而更具光彩和魅力。

令人感动的是文化理想

2006年3月15日的《中华读书报》发表了一篇访谈性的文章《"中国小小说教父"的梦想》，翔实地记述了杨晓敏为当代中国小小说作出的贡献和他的文化理想。在今日中国，"梦想"这个词已经多年不见，就像我们在文学作品中很难见到浪漫和感动一样。因此，看到这篇转述杨晓敏情真意切的文化"梦想"时，我真的被他感动了。现在，我同时看到这样两本书，一本是文学界朋友谈论杨晓敏的书，它被命名为《一个人的文化理想》；一本是杨晓敏的评论著作《小小说是平民艺术》。这两本著作使我们有机会从"外"到"内"了解了杨晓敏与小小说的关系，以及他在这个领域中的地位和贡献。

多年来，小小说在文学界的地位一直悬而未决，在各种文体中它的边缘性也许只有杨晓敏等人才有切肤之痛。主流作家和批评家几乎不了解这个文体究竟发生了什么，也很少有人投入精力专门研究这个文体。在这种情况下，是杨晓敏以矢志不渝的精神一直奋斗在这个领域，并以他的理论、才干、贡献等被坊间称为"小小说之父"。有材料说，20多年来，杨晓敏参与编辑和主编了《小小说选刊》《百花园》《小小说出版》（原名《小小说俱乐部》）等，总发行量逾亿册，主编或与人合作主编的各类小小说丛书、精选本、增刊60余种、200多本（卷）。这样的工作不要说做，就是想一想都会让人望而生畏。但正是这样坚忍不拔的工作，杨晓敏才有可能将"小小说"打造成为一个令人刮目相看的"独立王国"。

小小说如果作为一个独立的文体的话，显然它还没有自己独立的理论。如何建构这个文体的独立性或独特性的理论，是杨晓敏长期思考的问题。后来他总结出小小说是"平民艺术"："小小说是平民艺术，那是指小小说是大多数人都能阅读（单纯通脱）、大多数人都能参与创作（贴近生活）、大多数人都能从中直接受益（微言大义）的艺术形式。同时具备这三种艺术功能的文学品种并不多见。长中短篇小说和散文不可能让大多数人都能参与创作，诗歌也并不适宜于大多数人阅读，既然如此，这种无形中的距离感又如何使普通民众直接从中受益呢？而故事、小品文虽然具有上述三种功效，同样充满平民意味，但总体上属于通俗文化或泛文化之列，而极少能称其为'艺术'的。"在杨晓敏的小小说理论表述中，我认为这段话是最重要、也是杨晓敏小小说理论的核心内容。它并不高深，也不学院，但如果没有长期的思考、特别是组织、实践经验，要说出这些话几乎是不可能的。

在我看来，杨晓敏的"小小说人生"中，最令人感动的还是他的文化理想和情怀，他对这个文体的一往情深，是因为"小小说能让普通人长智慧，对传统的文化普及方式应该是一种有益的补充。我们大部分的人是没有能力去看《红楼梦》，去看'卡夫卡'的。你总得有一种循序渐进的文化滋润，来弥补这么一个非常漫长的过程。"这已经不只是个人趣味，它背后隐含了讲述者对国家民族的文化关怀，也可以说是"宏大叙事"。当文学的个人性可以自由张扬、个人的主体性和"私人写作"已经实现了的时候，有必要重建新的"宏大叙事"。事实上，杨晓敏钟情的小小说在民间有巨大的读者群体,他们早已取得成功,这个成功是"平民艺术"的成功,今天引起主流批评界的注意,只不过是时间问题。包括这个文体和它的"掌门人",显然自信地在等待历史的机遇,而他们终于被历史所选择。

"姓黄的河流"

  认识叶舟的时候,他是一个诗人。他的家在兰州叫做"一只船"的地方。这个诗意无比的故乡,太适合诗人了。但那时的叶舟好像正浪迹天涯居无定所。他曾到张承志写作过的房间去写作,曾在漆黑夜晚的大街上狂喊"没有人比我更懂得张承志",也曾在校园面对黄河独自朗诵《北方的河》……1993年1月16日的《兰州晚报》,发表了叶舟的《永远的张承志》,我曾为这篇感人至深的文章流下了热泪。我知道,一个热爱张承志到如此地步的人,日后必不同凡响。

  现在的叶舟不同凡响。他不仅是个诗人,同时是一个出色的小说家。这些年来,我先后读过他的《目击》等,并将《目击》选入我编选的2008年中篇小说选。叶舟的小说是心在云端笔在人间的小说,是丽日经天惊雷滚地的小说;他的小说有诗意但更有关怀,他的关怀不止是人性、人物命运或技巧技法,更重要的是他在追问、质疑、批判中有终极关怀。这个终极关怀,就是对人类普遍价值的守护。现在,我们读到的这篇《姓黄的河流》就是这样一部小说。

《姓黄的河流》在结构上层峦叠嶂迷雾重重。它有两条线索：一条是叙述者艾吹明与妻子迟牧云的婚姻危机；一条是德国人托马斯·曼——李敦白扑朔迷离的家世和命运。国人的婚姻危机是辅线，德国人的家世是主线；国人的婚姻危机虚伪而混乱；德国人的家世深沉而博大。当然，这不是妄自菲薄长他人志气灭自己威风。叶舟在这里无非是讲述两个故事，在比较中表达人性中最珍贵、高贵的情感和情怀，并借此传达他对人类普遍价值的理解和守护。衣衫褴褛的李敦白一出现是在黄河边上，他要自己修一只独木舟，然后顺着黄河一直漂下去。他要用黄河水洗去姐姐的罪恶。姐姐因一个梦魇诬陷了舅舅沃森强奸了她，舅舅沃森为此进了监狱；姐姐良心发现，与母亲到警察局做了供述洗清了沃森的不实之罪。母亲请求沃森原谅当初一个孩子的错误。这时的舅舅没有因这个奇耻大辱怨恨姐姐米兰达："沃森吻了一下米兰达的面颊，居然趁米兰达不注意时，一把抱起了米兰达，扛在肩上，雄赳赳地回了家。任凭米兰达怎么哀告，沃森不肯丢手，唱着歌，将米兰达扛进了家里。"当然，故事远没这么简单。事实上，沃森舅舅正是他们的父亲。在纳粹"驱犹"的日子里，沃森的父亲母亲被攥进了克拉克夫集中营。年幼的沃森被纳粹巡逻队带进了"儿童戒护所"。在"儿童戒护所"他认识了比他大两岁的女孩克拉拉，他一直叫她姐姐终身未改。姐姐是"纯种"的德国人，只因做大学教授的父母叛变了纳粹被枪杀并被做成了"标本"。为了保护沃森，姐姐主动委身于一个五十多岁的戒护所长受尽屈辱和苦难。战后，沃森和姐姐克拉拉分别了十年，他一直在寻找。但是，当他找到姐姐的时候，克拉拉居然有了丈夫，这个丈夫就是那个"日尔曼"所长瘫痪的儿子，是作为"人质"留给克拉拉的。克拉拉说："这小伙子人不错，乐观，阳光，积极。……和我成了无话不谈的朋友。"三年后，那个老纳粹没有找到克拉拉要的东西，从城里返回的路上被昔日戒护所同僚发现，为赏金被报官抓进了监狱。缓慢的审查三年未果，老纳粹自知恶贯满盈，等待他的只有死在狱中或枪决。于是他越狱了。当克拉拉问他回来的理由时他说："我是来给你和你的诗歌谢罪的。"半夜时分他在黑森林用一根绳子吊死了自己。这时的克拉拉可以离开黑森林去寻找沃森了，但老纳粹的病儿子怎么办？她去了教堂，表示愿意照顾他，并用了婚誓的誓言。于是，克拉拉就这样成了这个老纳粹儿子徒有虚名的"妻子"。沃森与姐姐相聚，老纳粹的儿子修改了遗嘱，愿意将克拉拉"纯洁无暇"地还给沃森，并将这里的一切归于克拉拉和沃森。当然，此后就有了克拉拉和托马斯·曼……

这个故事不仅千回百转九曲回肠，重要的是叶舟借用这个故事表达了人类应该恪守的基本价值。无论是沃森还是克拉拉，他们都饱受苦难和屈辱，但他们不是以恶报恶以怨抱怨，而是以高贵的无疆大爱处理了那些难以逾越的万重关口：他一次次地化解了仇怨，一次次地筑起了爱意无限的高原。与艾吹明与妻子迟牧云虚伪的婚姻相比较，那就是天上人间。这当然是叶舟对异国文化和文明的一种想象，但在我看来，这个故事无论发生在哪里并不重要，重要的是叶舟发现了在红尘滚滚心无皈依的时代，还有这样的故事和讲述的可能。因此，在当下的小说创作中，《姓黄的河流》是一个奇迹，尽管它难以改变我们面对的一切。但是，无论哪个时代，只要有高贵和诗意的声音在隐约飘荡，我们就有勇气朝向那个方向——让我们一起祝福李敦白吧，祝他早日抵达他的彼岸……

在精神的云端拥抱生活

鲍尔吉·原野是一位专事散文创作的作家,至今已经出版了24本散文选集。对一个古老文体如此坚持并痴迷,本身就是一件值得探究的事情。我对散文素无研究,因此并不了解原野在散文创作上究竟取得了多大的成就。但读了他新近结集出版的《让高贵与高贵相遇》之后,我对原野散文中表达的那份情怀、趣味和处乱不惊甚至孤芳自赏的坚忍与决绝,深感惊叹。

散文是最具"原生态"意味的文体,自先秦到"五四",虽经文言到白话的语言转换,但在表达方式上并未发生革命性的变化,它不能虚构,难以先锋。上世纪80年代虽有过文体试验,但大多并不成功。因此,散文所展示的作家的修养、气象、情怀、趣味以及掌控语言、节奏的能力和高下,几乎一览无余。原野当然也难以超越这个文体的制约。但是,原野恰恰是在这样规定的范畴内,显示了他卓然不群的散文写作才能和决不流俗的文学品格。原野的散文不是时下流行的"文化大散文",他的散文恰恰是"小散文"。在《让高贵与高贵相遇》中,几乎都是两千字左右的微型短制,一个人物、一个情景、一段音乐、一起往事，信手拈来浑然天成，得心应手一蹴而就。原野的被述对象，都是我们司空见惯的日常生活，那里没有宫廷秘闱达官显赫，没有江山代变斗转星移。他书写的对象是我们常常想起的朋友、经常思念的亲人，忘情流连的自然山水或偶然邂逅的他乡故知。

原野的散文如此平凡和貌不惊人。那么，究竟是什么力量如此深深地打动了我们，让我们在这红尘滚滚的市声中，犹如猛然遭逢了高山流水空谷足音？在我看来，原野书写的虽然是我们身置其间的日常生活，是我们熟知的亲人和朋友，但是，就在这日复一日的平凡生活中，他发现了闪烁其间的高贵、尊严和不能换取的人间冷暖。它是现实的，但更是精神的。因此，原野是在精神的云端拥抱生活。在原野这里，高贵是一种精神向往，是一种纯粹的情谊，是没有计较的大爱，是与自然倾心的交谈或初恋般的迷恋，是不老的童真、真切的忧伤和奔涌无碍的友人聚会，它是鲜花、美酒、音乐，是一览无余的草原、莽莽林海，是草原上悠扬的长调、翩然的舞姿，是绽放在母亲布满皱纹的笑脸和做针线时的宁静安详，是一次意外的邂逅，一次孤身独旅，它是世界上一切美好的事物。只有内心充满阳光、一心向善的人，才会有如此的情怀。他与怀疑、妒忌、尔虞我诈的阴谋、阴暗算计的蝇头小利无关。因此，原野的散文是那些小小忧伤、小女人情调、狂乱煽情或坐而论道的文字不能比较的。原野散文的独特性与他的修养、阅历、阅读有关，更与他的精神向往、对生活的信任有关。他在议论、抒情和叙述中，总是彰显着他鲜明的浪漫主义风格。这是我们久违的、也是熟悉并期待的文学风貌或风采。

在原野的散文表达中，他是一个没有怨恨只有感念的人。在生活中，我们到处可以见到类似布鲁姆所说的"憎恨学派"，他们对一切都深怀不满，憎恨所有的事物。但憎恨不是批判，也不能替代批判，憎恨是用偏激的眼睛惩罚了自己。原野不同。在他的散文里，我到处看到的是感激和怀念。我经常读到这样的文字：

……我不是一个多愁善感的人，为何会常常流泪？

……

后来我渐渐明白了，泪水，是另外一种东西。这些高贵的客人手执素洁的鲜花，早早就等候在这里，等着与音乐、诗和人们心中美好之物见面。我是一位司仪吗？不，我是一个被这种情景感动了的路人，是感叹者。

如果是这样，我理应早早读一些真诚的好书，听朴素单纯的音乐，让高贵与高贵相遇。

这是原野对音乐和诗的赞美。在另一篇文章中他曾说到，一遍遍地听安德捷夫用吉他弹奏的《悲伤的西班牙》，只因为那一串响板："我反复听这首曲子，是为了与这一声响板遭逢。"这种痴情让人想起了六世达赖喇嘛的情诗：那一世我转山，不为轮回，只为途中与你相见。

如果说对一个音乐情境的专注，还多少有些阳春白雪的话，那么，我在这里看到更多的是原野在普通人生活中的发现：

包井兰是谁？我媳妇的奶奶。

有一天我偷闲回家，发现奶奶和一个穿阴丹士林蓝布衫、梳高髻的老太太在南屋小声唱《诺恩吉亚》。我侧听，奶奶出来，看到我，白皙的脸上满是笑容羞怯，她说："原野，哈哈，哈哈哈。"

两个挂着拐杖的老人一起吟唱自己民族的歌，这是多么动人的场景。原野对生活的态度、纯真的趣味充满了人间暖意。他对生活细节的捕捉和描摹的生动，令人叹为观止。即便是写我们在其他文体或文艺形式中经常看到的场景，他也是另一种境界：

我当知青的时候，曾见过一群农村妇女，把一个壮实的男人按在地上，一位年轻的女人露出奶子，将乳汁挤进他的嘴里。《圣经》中也写道："你吮吸了我母亲的乳汁，便是我的兄弟。"

生活在原野这里如此美丽。一个人书写什么表明他在关注什么；他以怎样的态度书写，表明他以怎样的态度看待生活。另一方面，我总是隐约感到原野似乎有一种文化压抑，他的乐观、浪漫，除了民族血脉的原因之外，事实上也隐含了他别一种文化的抗争。他就是要用不屈的、乐观的文化精神对抗一种"一体化"的大文化。这种大文化既有以"全球化"为表征的商业文化的残酷覆盖，当然也有不曾言说的强势文化对弱势文化的巨大影响。原野是汉文化哺育的蒙古族作家，但在他的潜意识里肯定有一种对自己民族文化的深刻眷恋。他曾经谈到东亚民族的泪水，朝鲜人、日本人当然也有蒙古人，"从他们的歌声里能听出悲伤"。于是，他读到蒙古族诗人席慕容的《席慕容和她的内蒙古》时，潸然泪下："就这样一直走下去吧 / 不许流泪，不许回头 / 在英雄的传记里，我们 / 从来不说他的软弱和忧愁。"也许是一种不自觉，一种无意识。但事实的确如此。

认识鲍尔吉·原野，是我到沈阳工作以后。作家刁斗经常提起他，几乎就要把他说成一个伟人。后来一起参加一些文学会议和活动就熟悉了。原野是个非常有趣的人，喜欢聊天，见多识广，雅俗共赏，很多女士和男士都喜欢他。我见过很多能聊的人，或饱学之士或知识精英。而他在知识精英和民间智者之间。

他是一个作家，他生活在人群中，但更生活在自己的生命里：只因他在精神的云端拥抱生活。

厚今不薄古　守正即创新

　　北京人艺创办已经61周年。60多年的艺术实践，使北京人艺在全国观众心中留下了不能磨灭的印象。特别是北京观众，对北京人艺的热爱几乎达到了难以言说的地步。他们对北京人艺的经典剧目耳熟能详如数家珍。在这个意义上可以说，没有任何一家艺术团体能够和北京人艺相提并论，没有任何一家艺术团体被热爱到如此地步。北京人艺是名实相符的人民艺术团体。

　　60多年来，北京人艺演出了数目巨大的经典剧目。这些经典剧目不仅一直活跃在话剧舞台上，它更长驻在观众的心中。这些经典剧目是北京人艺走过的艺术道路，而这条艺术道路反映出的就是北京人艺的艺术理念。这个艺术理念就是：厚今不薄古，守正即创新。多年来，在文学艺术领域，古今、新旧之争由来已久。任何一个时期，一个潮流、一个现象的出现，总是伴随着古今、新旧二元对立的争论。这种非此即彼的僵化思维是制约艺术发展致命的陈腐观念。但是，通过人艺的艺术实践道路，我们发现，人艺保留的演出剧目和新推出的剧目，不是在古今、新旧上做文章，题材并非是决定艺术生命的最终标准和理由。重要的是它坚持的艺术观念。古典题材讲述的是历史故事和人物，但是，任何历史都是当代史。当历史故事和人物经过当代人的演绎或阐释之后，它就是当代题材的一部分。因为这里添加了当代人的历史观和价值观。不仅《虎符》、《茶馆》、《蔡文姬》、《关汉卿》、《胆剑篇》、《武则天》等如此；《骆驼祥子》、《日出》、《雷雨》、《风雪夜归人》、《北京人》同样如此。这些历史久远或不那么久远的故事和人物，由于剧作家历史观和价值观的介入，历史就这样与我们不同时期的生活和情感建立了联系，从那些故事和人物那里，我们看到了与今天生活有关的是非观和价值观。在这个意义上，北京人艺的意义远远超出了它的地域性。

《蔡文姬》是一部受到广泛好评的、充满了浪漫主义气息的历史剧。郭沫若说，"我写《蔡文姬》的主要目的就是要替曹操翻案"。他选择了"文姬归汉"事件作题材，歌颂了曹操文治武功、远见卓识和雄才大略。田汉的《关汉卿》是他的代表作，在戏剧舞台上塑造了元代著名戏剧家关汉卿及其风尘知己朱帘秀的形象。关汉卿的史料极为匮乏，对剧作家的创作构成了极大的挑战。田汉则以关汉卿创作的《窦娥冤》为中心，以丰富的想象力完成了他本人"剧本最好的一个"。曹禺的《胆剑篇》，写越王卧薪尝胆，"十年生聚，十年教训"的故事，也是一出诗意盎然的历史剧。

50年代影响最大、艺术成就最高的话剧是1958年首演的老舍的《茶馆》。这出三幕话剧，写了半封建半殖民地的三个黑暗时代，前后50多年的历史，舞台上有大小70多个人物。生动地展示了旧社会的腐朽和行将灭亡的历史。剧本没有常见的说教，它的艺术魅力完全来自剧情的真实性和客观性。剧本没有正面书写革命运动和时代潮流，而是在一个社会缩影——裕泰茶馆里展开全部剧情的。各种人物在茶馆中的表演，集中反映了那三个时代的市井风情和自我埋葬的历史趋势。《茶馆》取得的艺术成就使他成为一个常演不衰的经典剧目。

另一方面北京人艺是具有鲜明北京地域风格的艺术团体。从它诞生的那天起，反映北京城市生活、特别是北京市民生活，成为一个重要的传统。1953年的《龙须沟》、1954年的《明朗的天》以及后来的《北京大爷》、《旮旯胡同》、《鸟人》、《小井胡同》、《天下第一楼》、《古玩》、《头条居委会》等，以鲜明的北京生活氛围，表现了不同时期北京城市和市民生活的变化和精神风貌，并逐渐建构起了北京新的市民文化。这一传统北京人艺一直坚持不懈；还需要指出的是，北京人艺也是一个一直走在时代潮头的艺术团体，是一个有胆有识的艺术团体。1978年的《丹心谱》、1979年的《救救她》等与时代生活密切相关的戏剧，显示了人艺对国家民族命运的深切关怀；1982年的《绝对信号》、1983年的《车站》等剧目，是新时期中国现代主义文学潮流的一部分；1986年演出的《狗儿爷涅槃》，也是一出众说纷纭莫衷一是的戏。从剧本风格到导演的艺术处理以及狗儿爷形象都是崭新的。作者采用了意识流的手法来揭示人物错乱而复杂的内心活动，全剧把展现现实、倒叙回忆、幻觉穿插等场面连成了一个完整的故事。人艺的艺术先锋意识，极大地呼应了80年代中国先锋文学的发展，对于改变长期以来中国文学"一体化"的局面起到了巨大的推动作用。而《无常·女吊》等小剧场话剧进一步推动了这个戏剧品种的健康发展；新时期以来，人艺还陆续推出了《推销员之死》、《巴巴拉上校》、《二次大战中的帅克》、《哈姆雷特》、《等待戈多》等西方戏剧，极大地丰富了中国的话剧舞台，也使中国观众有机会目睹了西方话剧的风采；而《白鹿原》等话剧的上演，更体现了人艺的艺术眼光和胆识。敢于将这个虽然获得"茅奖"却又备受争议的小说改编到话剧舞台，本身就是一件了不起的艺术现象。

现在，"创新"已经成为这个时代最重要的口号，"唯新是举"也成为这个时代的文化的意识形态。应该说，没有人反对创新。一部艺术史从某种意义上也可以说是一部创新史。但是，并不是"新的"就是好的，"创新"是一个不断"试错"的过程，而且必须是在"守正"基础上实现完成的，没有守正就无从创新。因此，在"创新"成为最大神话的今天，我们有必要强调"守正"的价值和意义。历史的经验值得注意，当激进主义的"创新"要超越一切的时候，就是它的问题将要暴露的时候。这时，强调或突出一下守正，就是十分必要的。甚至我们也可以说，某些时候，守正即创新。在这方面，人艺60多年艺术实践积累的经验是十分宝贵的。

一个伟大的城市与它的历史有关，没有历史的城市是肤浅的城市。但是，任何一座城市的历史都是不断被建构起来的，这个建构不止是高楼大厦公共空间，更重要的是它的文化建构、文明建构。文化和文明水准是一个城市是否被尊重的最重要的理由。它虽然看不见，但可以时时、处处感受得到。一个热爱戏剧艺术的城市和人民，是这个城市文化和文明水准重要的表征之一。一座城市有一个伟大的艺术团体是这个城市的幸福，当然这个伟大的艺术团体更有理由成为这个城市的文化符号或文化地标。它参与建构了这座城市的文化与文明，而通过它，我们也更清晰地认识了这座城市。

关于"母爱"的忏悔录

赵翼如首先是个母亲，然后才是作家。不然我们就很难理解她为什么能够写出《有一种毒药叫"成功"》的作品。从文体上说——它可以是散文、纪实文学、非虚构文学、关于青少年教育的研究著作等；它的内容也可以是社会观察、"病象报告"、心理症候分析等。当然这些学院式的文学批评视角已经非常不重要，重要的是赵翼如在这本书中发现和提出的问题——这些问题也许不是新问题，青少年教育、教育模式、家长对孩子的心理期待、孩子的学习和来自社会价值观、同龄人竞争、家长的压力以及在这些压力下的心理和人格的扭曲等，一直是社会关注的焦点和媒体的核心话题之一。但是，像赵翼如这样用文学的方式——或者用一个敢于自我反省的母亲、一个文学家的眼光观察这个事物并作出表达时，问题是如此的触目惊心："成功"是一种毒药，也是我们这个时代的心理疾病，并在加速蔓延。

这本书从这样一个情景开始：

今年两会期间，一个小学生提交给全国人大代表一封公开信：《我没有童年》。

在一片对'外因'的讨伐声中,我周围却有一拨妈妈,以敢于让自己触礁的勇气,站出来说——

对不起孩子们:在我。

问题的提出和表述方式,决定了这是一部反省书或忏悔录。她自序的题目就是《病了的母爱》,母亲疼爱孩子,但是"今天的妈妈,知道孩子哪疼吗?"这是贯穿全书的基本思想。于是,在作者看来,"救孩子先救妈妈";爱孩子,就要"尊重独立个体的'自转'";"快乐高于成功";要让妈妈和孩子都"回归正常回到平常"。这些思想都不难理解,但是,这些并不高深非常朴素的思想要诉诸实践是一件多么困难的事情。对成功的渴求和理解,是由社会具有支配力量的价值观决定,无论是普通百姓还是各界已经成功的人士,都难以逃脱这个价值观的规约。那个名噪一时的"虎妈"的"育儿经"是:"看来我还是应提着我的枪!不准参加玩伴聚会;不准看电视或玩电脑游戏;每门功课不能低于 A;不准选择喜欢的课外活动......"这个现象与"虎妈"的童年记忆有关:早年,蔡美儿的爸爸出席了她获得第二名的颁奖典礼,回来后这位爸爸大怒道:千万,千万不要再让我这样丢脸了!他觉得女儿拿了第二名就是羞辱他。在当代中国,所有孩子的童年几乎都是在分数的高压下屈辱地成长,他们在分数面前没有尊严。一个名叫"丁丁"的孩子萎缩在没有灯光的楼道里,原因是她考试"只得了第四名","妈妈规定必须前三名,不然就罚站一晚",妈妈没有理会她满脸冰凉的泪水。如果说分数是童年的价值观,那么,成年后的价值观是什么?书中讲述了一个文化界名流,她是一个"走上过电视讲坛"的人物。这个在社会上风光的母亲,面对孩子提出的问题以及孩子对自己命运的抉择,不仅束手无策目瞪口呆,而且她对于"成功"的理解仍然没有超出民间流行的价值观。这位名流了解"体制"的问题,也对"体制"多有批判,但她不会考虑孩子的感受,她不能理解孩子的辞职,她希望孩子留在体制里而不是成为一个"无业者"。这个例子并不极端，或者说，真正影响孩子成长和未来的，不在于一个母亲的社会地位、教育背景和她们的智商，而恰恰是价值观使然。赵翼如的这一发现价值连城：对成功理解的背后，是因为我们的价值观是"带菌"的价值观。

桑塔格在《疾病的隐喻》说：在这个社会里，如果一个人的行为不服从于对自我利益和盈利的计算，则会被认为愚不可及。但这个"自我"与本书说来，不是孩子的自我，它是"母亲们"的自我。母亲希望孩子在同代人的竞争中不至于失败，母亲的出发点可能没有错，但是，当母亲们盲从地践行这个"带菌"的价值观的时候，她们被遮蔽的盲点是，那是以孩子的尊严、个性和快乐作为代价的，这个代价将作为孩子们的童年记忆而影响他们一生。在这个意义上母爱才是一种"疾病"。桑塔格分析疾病的寓意时说："对疾病的罗曼蒂克看法是：它激活了意识；以前是结核病充当着这一角色；现在轮到精神错乱了，据认为，它能把人的意识带入一种阵发性的彻悟状态中。把疯狂浪漫化，这以最激烈的方式反映出当代对非理性的或粗野的（所谓率性而为的）行为（发泄的）膜拜"。赵翼如发现的"病了的母爱"也是一种"精神错乱"和"把疯狂浪漫化"的表现。

还值得注意的，是赵翼如在书中的文学化处理。所谓文学化，就是用文学的手法，更集中、更典型地表现作家的书写对象，从而使被书写对象更生动、更形象地展现在读者面前，因此也就更有感染力和说服力。应该说，这是迄今为止我读到关于孩子教育现状最令人震惊的著作，作者开阔的视野、特立独行的思考和文学化的笔法，都给我留下了深刻的印象。我相信，阅读这本著作的读者都会留下和我相同的感受。

让爱成为精神疗治的良药

　　李兰妮的《我因思爱成病——狗医生周乐乐和病人李兰妮》，是她2008年出版的《旷野无人》的续篇。《旷野无人》出版之后，在国内刮起了一阵不大不小的"李兰妮旋风"——这部作品太重要了。记得次年吴丽艳发表了一篇《强大的内心与爱的伟力》的评论文章。文章说："李兰妮的《旷野无人》，在形式上是一部"超文体"的文学作品，它的内容则是一次向死而生捍卫生命尊严的决绝宣言，是一部不堪回首的与死神自我决斗的"精神的战地日记"，是一个内心强大、大爱无疆的勇者与读者坦诚无碍的交流，是一次在精神悬崖上的英武凯旋。它的光荣堪比任何奖章式的荣誉，因为没有什么能够比敢于走过捍卫生命尊严漫长而残酷的过程更值得感佩和尊重。我们难以想象抑郁症患者的生理与精神苦痛，但我们知道，《旷野无人》'往日重现'的叙述，不是回忆一场难忘的音乐会，不是回忆一场朋友久别重逢的感人场景，它是李兰妮再次重返精神黑洞，再次复述她曾无数次经历的生命暗夜的痛苦之旅，她知道这个想法漫长并敢于诉诸实践的勇气，就足以使我们对她举手加额并须仰视。作为一部作品，它文字的质朴、叙述的诚恳以及深怀惊恐并非澹定的诚实,是我们多年不曾见到的。因此我可以说,《旷野无人》无论对于忧郁症患者还是普通读者,都是一部开卷有益、值得阅读的有价值的好作品。"但是,实事求是地说,《旷野无人》的重要性并没有得到应有的重视。在今天的文学环境下,任何一部作品无论多么重要,都难再产生石破天惊的效应。这个时代的浮躁之气可见一斑。

但是,浮躁的环境没有影响李兰妮继续创作的热情和坚定。五年过去之后,李兰妮出版了这部《我因思爱成病——狗医生周乐乐和病人李兰妮》的著作。我们不必急于从文体上指认这究竟是一部怎样的著作,它是散文抑或是小说都不重要。重要的是李兰妮以常人难以想象的毅力长久地坚持:她完成的是一部苦难的抑郁病史,是一部艰难的非虚构的精神自传,当然更是一部用爱作良药自我疗治的试验记录。读过这部大书,内心唯有感动与震撼。《旷野无人》虽然有治疗、认知和其他事物的讲述,但仍可以看作是一个人的独白或自述;而《我因爱成病》除了"认知"部分外,最主要的部分则是李兰妮与小狗周乐乐的"对话"。周乐乐从出生月余到七周岁,整整七年时间与"姐姐"李兰妮和"哥哥"周教授生活在一起。七年的朝夕相处不仅没有出现"七年之痒",而且感情与日俱增。自国内养狗之风日盛以来,人与狗的感人故事愈演愈烈。但是,人与狗的感情是怎样建立起来的则鲜有陈述。读过《我因思爱成病》后我们才知道,与狗建立情感是需要付出代价的:对狗性的了解、理解,花时间陪狗、照顾狗,狗生病要医治,狗绝食要劝诱进食,狗咬了人居然还要安抚狗等等。这确实需要耐心、爱意和不厌其烦。

但是,狗对主人的回报也是令人难以想象的。这个回报就是没有条件的忠诚:

往常,我若心脏难受或胃痛,也会起来走动。每次悄悄走出卧室,乐乐都会立刻跟着出来。哪怕前一分钟他还在床底下熟睡,甚至打着小呼噜。

不管我的脚步多么轻，他都会醒来跟着我，陪我呆在同一个房间里。我若在黑暗的客厅里走动，他就趴在茶几下似睡非睡。我若躺在沙发上，他会跳上沙发，与我保持一段距离。抬头看看我，掉过头去，屁股尾巴对着我。左挪一下，右挪一下，踏实了，就不动了。我以为他睡着了，一起身，他立刻跟过来。不远不近地守着，像高素质的保镖，内紧外松。黑夜中，我不知道他的小脑瓜里想什么，有时去抱他，他会挣脱我的怀抱。就像初一的小男生不许女老师摸脑袋一样，闪一边去，闷头守望。这种时候，我心里会觉得温暖。我会看着他的影子不出声地笑。

这就是周乐乐为主人带来的快乐。可以想象此时李兰妮的幸福和满足。动物与人的这种关系实在是太微妙了，它不是人与人之间的关爱或交流，动物没有语言。但动物用它的行为弥补了人与人交往的某些难以言说的不满足，这样的体会或许只有与动物长久、诚恳的交往才能获得。这就是动物为主人带来的回报。

《旷野无人》的发表，李兰妮向世人告知了她的病情，也告知了她与疾病顽强、毫不妥协的抗争；《我因思爱成病》则是她进一步向疾病抗争的记录和证词。不同的是，她在偶遇狗医生周乐乐的过程中，也没有条件地施加了自己的善与爱。这个善与爱就是安德鲁·所罗门说的："在忧郁中成长的人，可以从痛苦经验中培养精神世界的深度，这就是潘多拉的盒子最底下那带翅膀的东西。"李兰妮培养出了潘多拉盒子最底下那带翅膀的东西，她试图因此走出困惑已久的境地。作为文学作品，我们完全可以将《我因思爱成病》看成一个隐喻——那是我们这个时代共同的病症。治疗这个病症或走出这样的困境没有别的良药，还要靠我们自己，那就是让我们每个人都拥有发自内心的善与爱，捆绑心灵的绳索可能由此解脱。

"我们为什么不快乐"

  读杨黎光的《我们为什么不快乐》，我首先想到的不是这究竟属于哪个学科或文体的著作，它是文学随笔、哲学札记抑或是心灵体验的讲述，都已经不重要。重要的是，这本书与我们每个人有关，与我们切实的心理经验或精神状况有关。因此，这是一本关怀人的心灵和精神世界的著作，是一本对生命或生活本质进行终极追问的书，是一本融汇了古今中外知识和个人经验的书，也是一本既形上玄想又驻足大地的书。阅读这样的书不仅趣味盎然，同时给人无尽的启发、联想然后叹为观止。

  之所以难以确认这究竟是一本什么样的书，就在于，杨黎光在书中不仅信马由缰旁征博引，通古今之变成一家之言，而且用了大量统计数字，采用了大量不同阶层、不同人群的具体的心理经验。他的文字在大地与天空之间，像鸽哨如云朵，但那些具体的实例又因如此切近而让人备感亲切。开篇作者就讲了一个令人震惊的材料：国外一家机构搞了一项世界各民族快乐指标研究，对包括中国在内的22个国家总共两万多人进行了调查，统计结果表明：美国46%的人认为自己是快乐的，英国36%，印度37%，而中国，只有9%的人认为自己是快乐的。反过来说，10个中国人中就有9个认为自己是不快乐的。于是问题变得严重起来。杨黎光要追问的是：为什么那么多的人感到不快乐？这不仅是个问题，而且是每个人都不能摆脱和回避的问题。因此，为大家"寻找'快乐共识'"，就是这本书写作的目的。

这真是个难题。世界上有各色人等，每个人的出身、处境、性别、种族、阅历、目标等各有不同，他们有"快乐共识"吗？杨黎光以试错的方法开始了他艰难的解析路程。他首先从宗教切入，并讲述了他亲历的经验："父亲去世后，母亲孤独和痛苦，终日以泪洗面。一位老街坊来看母亲，她是个基督徒，就劝母亲去教堂坐坐。后来母亲没有去教堂，却常去家乡长江边上的一座佛庙，借信奉佛祖，渐渐进入一种平静。接着我看到母亲的脸上慢慢有了一些笑容。"但作者接着质疑说："宗教，真的能让痛苦的人找到心灵的宁静和重拾快乐的感觉吗？"或者说："神，能够抚慰我们的心灵吗？"这是一个难解的"悖论"：一方面杨黎光的母亲因信奉了佛祖，减缓了她的痛苦；但一个个案是否就可以断定宗教或者"神"就是快乐的源泉？问题显然不这样简单。然后，杨黎光从创造、爱情、权力、欲望、理想、功名、财富等不同的方面讨论了与"快乐"相关的问题。这些问题我们几乎每天都在接触，但它背后隐含的哲学、形而上学抑或最具体的内心感受，却远远没有被我们注意。但是，就是这些事务，决定着我们是否快乐。我感佩的是，杨黎光通过这些表面事务，走进了它的深处。他不可能给我们终极答案，但他提出问题的方式，却像一道光，照亮了我们匆忙抑或迷茫的不知所终的黑暗的隧道，他启发我们在琐屑或无尽的事务中，能够停歇下来——这都是为了什么？

"我们为什么不快乐？"问题的提出当然不是始于杨黎光。远的不说，改革开放初期的1980年，《中国青年》杂志发表了潘晓的一封信：《人生的路啊，为什么越走越窄……》。当年23岁的潘晓说：我"应该说才刚刚走向生活,可人生的一切奥秘和吸引力对我已不复存在,我似乎已走到了它的尽头。回顾我走过来的路,是一段由紫红到灰白的历程;一段由希望到失望、绝望的历程;一段思想长河起于无私的念头而终以自我为归宿的历程"。这种失望、绝望感,本质不就是缘于不快乐吗?因此,杨黎光的书写或思考,是一个接续性的追问,也是一个发展性的研究。杨黎光注意到,就在前两年的《中国青年报》上,年届八十的经济学家茅于轼发表了题为《快乐是一个社会问题》的文章。这篇文章开篇提出的问题是:"一个人来到这个世界几十年,到底是为了什么?不少人懵懵懂懂过了一辈子,也没想过这个问题。"我相信没想过这个问题的人太多了,当然也包括我自己。当然,茅于轼先生讨论的更具体,他说:"一个人的快乐与否往往和他周围所处的环境有关。所谓的环境主要是人的环境。如果没有人跟他捣乱,他就会活得快乐一些。反之如果人人和他过不去,找他的毛病,污蔑他,侮辱他……他自己再有本事,再懂得怎么追求快乐,也都没有用。所以说一个人快不快乐不光与自己懂不懂快乐有关,更与周围环境和周围的人有关。快乐是一个社会问题,不光是一个个人问题。"这是一个阅历丰富的学者的切身感受。

　　杨黎光是一个有成就的报告文学作家和小说家。如果说多年来,他的作品密切关注中国社会变革,密切关注现实生活的话,那么,这部《我们为什么不快乐》,则将他的视野拓展到了关怀人的精神和心灵领域。这个变化让我们认识了另一个杨黎光:一个敢于面对和走进人类心灵世界的杨黎光。

大清的覆灭与"越轨的笔致"

没有任何一个历史时期比近十多年让国人更充分地了解了中国历史。原因是电视的普及以及与历史有关的电视连续剧的猖獗生产。从春秋战国一直到大清帝国,历史几乎被电视剧翻检得七零八落体无完肤。其中大清帝国首当其冲,从正史到戏说,从帝王到后宫,一如潘家园的古玩市场,真假难辨鱼龙混杂是这个领域最大的特征。在这个领域,如何书写历史是无需讨论的,"消费历史"才是最大的意识形态。一个不可一世然后走向彻底覆灭的帝国,就这样变成了当代利益列强的角斗场或交易黑市。

但是,大清帝国二百余年的历史,不止是满足窥视者窥探心理的所谓"秘史",也不止是一个皇后或几个帝王的历史。它的兴衰沉浮以及刀光剑影,隐含着远为宏大和悠长的秘密:谁是历史的缔造者,谁掌控了历史发展的秘诀,在这个血光飞溅的"朝廷",还上演了怎样与人性有关的惊天动地的大戏,这是祝勇的《血朝廷》要讲述的故事。关于小说中的主角——光绪、皇后、慈禧、珍妃、李鸿章等,我们已耳熟能详——那最为切近的古代历史，加之电视剧的推波助澜。但是，让我感兴趣的是祝勇讲述了另外一种历史——那是与历史有关、但更与文学有关的虚构与想象。祝勇在史料的基础上，动用了他拥有的文学权力——他常常以"我"为叙事视角展开讲述，我们当然知道他不是那些人物甚至性别；他写了崇祯与光绪的对话、写了光绪大婚之夜的紫禁城的大火、写了光绪的逃跑、珍妃的自杀以及李鸿章暗通革命党等等，使这部小说亦真亦幻在虚实之间，这些"越轨的笔致"甚至带有魔幻和超现实主义的鲜明色彩。正因为如此，成就了《血朝廷》是一部有价值的文学作品而非历史著作。中国小说的"史传传统"由来已久，只因小说"四部不列"士人不耻，与历史建构关系大有"攀高结贵"之嫌。但文学的力量真是难以抵御，一部《三国演义》任凭信马由缰，却生生让信史《三国志》黯然失色。《血朝廷》渲染的那些人与事是否真实已不重要，重要的是它让一个帝国的诞生与灭亡，就这样在历史的风云际会和那些核心人物升降沉浮的命运中淋漓尽致地呈现出来。我在叹为观止的同时深为感佩祝勇的才华。

小说极尽了朝廷的血与火的惨烈书写：从"前卷"的大明王朝的最后一刻，崇祯皇帝的头颅即将伸向白绫的瞬间，"看到了他的浴血宫殿……被眼前的一切惊呆了，大火映红了他吃惊的表情。那是他从未目睹过的景象，那座被无数诗人和铺张、奢靡的句子描绘过的神秘宫殿，正在大火中颤栗和挣扎。空气在晃动，大火灼伤了空气，使它不停地抽搐，眼前的景物也跟随着它晃动，像水里的倒影，虚幻、缥缈，但它又那么近，那么真实，他感觉到了火的温度，也听得到宫殿在火中的呻吟，他的皮肤和内心，都感到灼痛。"大清帝国也按照这个模样走到了它的最后。我惊异于祝勇身临其境般的感受和描绘，尤其是帝国气数将尽大厦即倾的前夜，那种人人自危朝不保夕魂不守舍的惊恐、挣脱或逃离的心理，描绘得惊心动魄。帝国终于灭亡了——"所有神秘的故事，都随李鸿章的死灰飞烟灭了。他没有时间了，整个帝国都没有时间了。时间留给了孙文。他用了十年的时间，彻底摧毁了这个不可一世的帝国。或者说，这个帝国并不是孙文那一小股革命党摧毁的，而是它自己摧毁的。它早已成为一座外表华丽威武、内部的廊柱早已腐烂的大厦，只要轻轻的撞击，就会轰然倒下。所谓的九州清晏，不过是这个王朝自欺欺人的一个谎言而已，这个王朝的所有努力，都不过是强化这一谎言，直到它自己也信以为真。整个王朝都沉迷于谎言中而忘记了自身的脆弱。"

李鸿章是小说中最值得谈论的人物形象。他适逢大清帝国最黑暗动荡的岁月，历史为他提供的舞台和机会，无不在帝国危急存亡之际。大清国要他承担的无不是"人情所最难堪"之事。国人对他的痛骂，也确实因他的"放弃国民之责任"。但这位大清国举足轻重的重臣究竟该如何评价？我看到了祝勇对这一人物的同情乃至重塑。他为大清国满朝文武顶了"卖国贼"的"雷"，但他"三百年来伤国步，八千里外吊民残"的最后情怀，仍然令人黯然神伤唏嘘不已。梁启超在《李鸿章传》中称："敬李鸿章之才"，"惜李鸿章之识，""悲李鸿章之遇"，感佩之情溢于言表。李鸿章的命运不是个人的英雄末路，那是大清国命运在一个人身上的缩影和写照。

2011年，是辛亥革命一百周年，也是中国最后一个封建帝国灭亡的百年。在这个时刻，《血朝廷》用文学的方式表达了这个宏大的主题。它再现或虚构的历史场景、人物、讲述方式乃至议论，都是我希望看到的。我惊异祝勇的用功发力，多年来，他的写作一直在同"重大事物打交道"。于是他"越轨的笔致"和与众不同，就这样在《血朝廷》中刀戈毕现。

休提纤手不胜兵　执笔便下风华日

在消费文化统治生活的时代，越是高端文化越鲜有人问津，散文、诗歌的命运大抵如此。新时期以来，诗歌还有过辉煌的记录，它开启了新的文学时代的功绩，无论是文学史还是受到它深刻影响的几代人，都铭刻在心。那是他们不能忘却的精神生活的一部分，他们因此而富有，因此可以月明风清地生活在别处，与这个红尘滚滚的时代界限分明。但散文似乎还没有这般幸运，这个古老的文体因体式的限制，既难革命又难先锋，因此，在这个"争夺眼球"的时代便很难被瞩目被热捧。于是，散文的寂寞也就是它的创作者的寂寞。当然，文学本来与热闹无关，它一如高山流水只待知音。但我发现，只要走进这个古老文体的深处，其四射的光华绚丽无比。

苏沧桑是一位散文作家，她生活在南中国的湖畔竹林边，执笔为文二十余年，有多种文集问世并获过"冰心散文奖"。这部《所有的安如磐石》，被称为是"散文中的天籁之音"，是苏沧桑十年磨一剑的散文精品集。文集凡五辑：分别命名为"它"、"我"、"他们"、"眼前"和"远方"。这些命名和它的内容，基本在昭示一个声音，那就是书的扉页提示的"像祖先那样，依从心灵的声音休养生息。"如果用现在时髦的说法来分析的话，这是"反现代的现代性"——现代的步伐一日千里，GDP的数字不断攀升，高楼大厦鳞次栉比，公路街道拥堵不堪……现代化将我们世代梦想的物质丰盈幻化为现实，同时我们也终于尝到了它酿造的如影随形的苦果。于是，反省或检讨"现代"的一厢情愿，就成为苏沧桑散文一个锋芒锐利指向的一个方面。这倒不是说苏沧桑如何用理性方式直指"现代"的要害，而是通过她的文体形式和情感方式，以不同的具体形象，类似《诗经》中"兴"的表现方法，"先言他物以引起所咏之词"、托"草木鸟兽以见意"。比如她写竹、写水、写地气、写树、写米、写地痛，这些外部事物一经她的表达和讲述，就不仅仅借景抒情、抒怀状物，她要表达的是与现实、与我们有关、切近而紧迫的问题：她写高尔夫球场的地：那里"湖光山色、绿草如茵、沙坑果岭，无论是球场的景致还是球道的长短、难度，都是设计者精心设计、刻意雕琢。可它的宿命，生来就是挨打。"但是这还不够：

最痛的，是果岭边的地，可谓伤痕累累，因为球近果岭了，但还未上果岭，就要用切杆，杆头往地上切，做砍头一样的动作，瞬间，一大块草皮飞起来，被斩首的草粘在铁竿头上，绿色的黏液像血。敏感如我，常有种心悸的感觉。(《地痛》)

与其相比较的，是——

……儿时学自行车摔到农田里，那沁人心脾的泥腥味……翘檐的老屋……后山的小溪、映山红和一座座老坟……外塘姨婆家海泥鳅的无比鲜美，沙子炒蚕豆让人心碎的香，刚出锅的小葱炒土豆，鸡鸭狗打架……黑白照片里母亲的纯美……上学路边一丛比太阳还艳的野菊花……毛竹搭的戏台……母亲亲手做的嫁衣……异乡街头飘来的家乡海鲜汤年糕的味道……泛黄的手写书稿……黑板上熠熠生辉的词语——淳朴、诚信、正直、坦荡、理想、快乐……(《地气》)

"现代"就这样将诗情画意和田园风光永远地变成过去。"战胜自然"、"改天换地"的口号实现了，但是，在这远非理性的观念和道路上，我们真的找到了我们希望找到的东西了吗？在苏沧桑的比照下，我们看到的只是触目惊心的沧海桑田。

　　当然，这还只是"现代"铸就的外部事物。在财富和金钱成为一个社会价值观的时候，社会道德的跌落便是它结出的另一个畸形恶果：

　　三十年后，我的孩子，和无数孩子一样，带着手机，背着沉重的书包和家长一万个不放心的叮嘱和眼神，走在放学路上。野兽般的汽车，狼狗般的电瓶车，等在校门口的杀人狂，骗子，拦路勒索的校园小霸主，富含各种有毒物质的各种零食，一路风险，一路忐忑，一路风声鹤唳。（《放学路》）

　　因此，苏沧桑虽然处江湖之远，但她"位卑未敢忘忧国"。她曾在书的后记中表达过她近年来对现实生活的真实感受——"最近这一个十年，我表面平静，内心汹涌。夜深人静时，我清晰地看到自己以及和我一样匍匐在大地上的动物们、植物们、人们的生态堪忧——离最初的朴实、纯真、安宁、诗意，越来越远；离一种安如磐石的幸福感，越来越远。"因此，她的这些篇章，充分表达了她对公共事务积极介入的热情，这是一个现代知识分子和优秀作家应该具备的品行和坚持的最高正义。

　　但是，作为一个散文作家，特别是一位女散文作家，苏沧桑当然不是专事社会文化批判的职业斗士。这也诚如著名作家张抗抗在本书序言所说，沧桑写的是她的"痛与梦"。她更多的散文还是写她亲历的人与事，写她的梦幻和理想。在她的作品中，她写保姆、女儿、朋友、父亲母亲，写犯罪的少年，写梅家坞和种满庄稼的花园，写人心的善和人间的暖意；写渴望"像仙女一样"地生活，当然也写异国情调他乡异客："自由飞翔"的"我"、"依从心灵的声音休养生息"的"他们"、那看似"走得很慢"，也许是"走在最前面的""眼前"事物，以及与信仰和普遍价值有关的"远方"

想象等，在苏沧桑的笔下缥缈而柔美，端庄又俊逸。

　　苏沧桑散文的书写对象，大多应该是诗的题材，特别是题目，极富诗意。从她的散文中可以明显感知，她有良好的传统文化修养，尤其是古典文学的功底。她对传统文学中的诗词歌赋、琴棋书画显然格外意属；当然，她也热爱梭罗的《瓦尔登湖》、德富芦花的《自然与人生》，因此，她的文章既有传统中国士大夫的风雅意趣，又有现代知识分子的家国情怀；既有国事家事天下事，又有风声雨声读书声。但是，究其沧桑散文的最大魅力，还不止是书写的对象或遣词用语，最重要的还是她的真情实感，她的这些文字是从心底流出的文字。有幸邂逅《所有的安如磐石》，眼前浮现的作家苏沧桑便是——"休提纤手不胜兵，执笔便下风华日"的形象。相信她苦心经营种下的这些文字，"深浅不一的疼痛与忧伤"，一定能够实现她唤醒哪怕一座仍在沉睡的"珊瑚礁"的真切期待。

迷人的七都

  乡镇是中国的一个非常有趣或神秘的所在。过去的所谓名门望族大户人家,大都产生在乡镇。因此也才有了功成名就的"衣锦还乡",有了仕途受挫或厌倦的"告老还乡"等说法。乡镇在文学的叙述中也大多富有诗意:追求功名的青年,等待爱情的女子,或乘一叶扁舟英姿勃发地远去,或在码头日复一日地张望。这些场景在今天都荡然无存了,因此今天的诗意也就没了依托——那种文明没有了,或是被我们抛弃了。但是,人是怪动物,拥有的事物不大珍惜,反倒失去的时候才想起来——那个时代多有诗意啊!现代人被现代性驱赶得都不知所云了。

  我也附庸风雅地走了许多乡镇,倒不是发思古之幽情,我远没那么雅致。促使我游走乡镇的主要原因是乡镇越来越少,越来越被城市"改造"或吞没了。再不看看大概没几年就"物是人非"了。于是,当荆歌兄盛情相约看七都的时候,我没有任何犹豫欣然前往。此前,我去过江苏很多古镇,但对七都一无所知。这当然与我的孤陋寡闻有关,同时,七都无论是名声还是GDP都远不响亮有关。在一个资本和GDP神话的时代,这样的乡镇被忽略是完全可以想象的。但是，任何一个地方，因角度和身份的差别，对其评价总会不同。到了七都，才感受到他古韵犹存的风貌和气象。

七都是江苏省吴江市的九个建制镇之一，有五六千年的历史。现在还有洪恩桥、毫里遗址、吴越战村等见证历史的所在。历史自然重要，但更重要的是七都的现实。七都是古镇水乡，吴风越韵水乡风光自然最值得夸耀的。看七都湿地，吃太湖"三白"，喝"熏青豆茶"等，都是游玩七都不可少的。太湖"三白"的鲜美真是让人难忘，但是，即便是主人盛情，这种美味终是偶饱口福而已。而寻常人家十元一碗的"烧鹅面"就大不相同了，就是每天享用也并不铺排。那家老铺七都人自己也经常光顾。

但七都留给我印象最深的，还是它的"木偶昆曲"。"木偶昆曲"可以说是七都的文化符号，是绝无仅有的七都非物质文化遗产。据介绍七都的出版物《七都》介绍，七都洪福木偶昆曲剧团源于七都镇吴越村姚家创建的《公记保和堂》戏班，始建于清道光（1820—1850）年间，流传至今已有百多年历史，是全国唯一一家木偶昆曲祖传戏班。5月7日，我们有幸在费孝通纪念馆里观看了剧团的演出。第一次看木偶昆曲，自然新奇惊叹。这时我想起今年4月在泉州看梨园戏时的场景。泉州梨园戏发源于宋元时期，与浙江的南戏并称为"搬演南宋戏文唱念声腔"的"闽浙之音"，距今已有八百余年的历史，被誉为"古南戏活化石"。我对梨园戏几乎一无所知，只听过舒婷、北北赞不绝口。但是看过之后同行者感慨不已。特别是两度获"梅花奖"的福建省梨园戏实验剧团团长曾静萍亲自出演，让我这个门外汉眼界大开。她的一招一式举手投足，将一个沦落底层的富家小姐演绎得声情并茂光彩逼人。如果说作为国粹的京剧是了解中国传统文化符号的话，那么，闽南特有的梨园戏就是认识泉州的历史文化符号。如果是这样，可以说泉州不仅城市"硬件"完好如初，它的文化"软件"也依然如故。如果说梨园戏对我这个门外汉来说也就是看看热闹而已的话，那么看了木偶昆曲以后，特别两个女演员表演了昆曲《牡丹亭·游园》之后，我对这些传统文化突然醒悟了它的价值。戏中人物的娇羞、含蓄令人感慨万端，他们的目光、招式当然是承传下来的。但比较当今的有些女子的披头散发破马张飞来说，传统剧目的文化力量终于突显出来。我们当然不能回到戏中的时代，那样的生活也难再经验。但是，传统的价值就在于和现实构成了一种比照，那种守成的姿态无言地告诫现代不要过于功利和急切。如果是这样的话。我终于从一个方面理解了传统文化的意义，而这点感悟或理解，恰恰是看了七都木偶昆曲得到的。如此看来，七都真是个迷人的古镇水乡。

2012 年 6 月 20 日

第二辑

读小说

从高加林到涂自强

百年中国文学自《新青年》始,一直站立着一个"青春"的形象。这个"青春"是"呐喊"和"彷徨",是站在地球边放号的"天狗";是面目一新的"大春哥"、"二黑哥"、"当红军的哥哥";是犹疑不决的蒋纯祖;是"组织部新来的年轻人"、是梁生宝、萧长春,是林道静和欧阳海;是"回答"、"致橡树"和"一代人",是高加林、孙少平,是返城的"知青"平反的"右派";是优雅的南珊、优越的李淮平;当然也是"你别无选择"和"你不可改变我"的"顽主"。同时还有"一个人的战争"等等。90年代以后,或者说自《一地鸡毛》的林震出现之后,当代文学的青春形象逐渐隐退以致面目模糊。青春形象的退隐,是当下文学的被关注程度不断跌落的重要原因之一,也是当下文学逐渐丧失活力和生机的佐证。也许正因为如此,方方的《涂自强的个人悲伤》发表以来,引起了强烈的反响,在近年来的小说创作中并不多见。"涂自强的个人悲伤"搅动了这么多读者的心、特别是青年读者的心,重要的原因就是方方重新接续了百年中国文学关注青春形象的传统,并以直面现实的勇气,从一个方面表现了当下中国青年的遭遇和命运。

涂自强是一个穷苦的山里人家的孩子。他考取了大学。但他没有、也不知道"春风得意马蹄疾，一日看尽长安花"的心境。全村人拿出一些零散票子，勉强凑了涂自强的路费和学费，他告别了山村。从村长到乡亲都说：念大学，出息了，当大官，让村里过上好日子。哪怕只是修条路。"涂自强出发那天是个周五。父亲早起看了天，说了一句，今儿天色好出门。屋外的天很亮，两架大山耸着厚背，却也遮挡不住一道道光明。阳光轻松地落在村路上，落得一地灿烂。山坡上的绿原本就深深浅浅，叫这光线一抹，仿佛把绿色照得升腾起来，空气也似透着绿。"这一描述，透露出的是涂自强、父亲以及全村的心情，涂自强就要踏上一条有着无限未来和期许的道路了。但是，走出村庄之后，涂自强必须经历他虽有准备、但一定是充满了无比艰辛的道路——他要提早出发，要步行去武汉，要沿途打工挣出学费。于是，他在餐馆打工，洗过车，干各种杂活，同时也经历了与不同人的接触并领略了人间的暖意和友善，他终于来到学校。大学期间，涂自强在食堂打工，做家教，没有放松一分钟，不敢浪费一分钱。但即将考研时，家乡因为修路挖了祖坟，父亲一气之下大病不起最终离世。毕业了，涂自强住在又脏又乱的城乡交界处。然后是难找工作，被骗，欠薪；祸不单行的是家里老屋塌了，母亲伤了腿。出院后，跟随涂自强来到武汉。母亲去餐馆洗碗，做家政，看仓库，扫大街，和涂自强相依为命勉强度日。最后，涂自强积劳成疾，在医院查处肺癌晚期。他只能把母亲安置在莲溪寺——

涂自强看着母亲隐没在院墙之后，他抬头望望天空，好一个云淡风轻的日子，这样的日子怎么适合离别呢？他黯然地走出莲溪寺。沿墙行了几步，脚步沉重得他觉得自己已然走不动路。便蹲在了墙根下，好久好久。他希望母亲的声音能飞过院墙，传达到他这里。他跪下来，对着墙说，妈，不知道什么时候才能再见。妈，我对不起你。

此时涂自强的淡定从容来自于绝望之后,这貌似平静的诀别却如惊雷滚地。涂自强从家乡出发的时候是一个"阳光轻松地落在村路上,落得一地灿烂"的日子。此时的天空是一个"云淡风轻的日子"。从一地灿烂到云淡风轻,涂自强终于走完了自己年轻、疲惫又一事无成的一生。在回老家的路上,他永远离开了这个世界。小说送走了涂自强后说:"这个人,这个叫涂自强的人,就这样一步一步地走出这个世界的视线。此后,再也没有人见到涂自强。他的消失甚至也没被人注意到。这样的一个人该有多么的孤单。他生活的这个世道,根本不知他的在与不在。"

读《涂自强的个人悲伤》,很容易想到 1982 年路遥的《人生》。八十年代是中国改革开放的初始时期,也是压抑已久的中国青年最为躁动和跃跃欲试的时期。改革开放的时代环境使青年、特别是农村青年有机会通过传媒和其他资讯方式了解了城市生活,城市的灯红酒绿和花枝招展总会轻易地调动农村青年的想象。于是,他们纷纷逃离农村来到城市。城市与农村看似一步之遥却间隔着不同的生活方式和传统,农村的前现代传统虽然封闭,却有巨大的难以超越的道德力量。高加林对农村的逃离和对农村恋人巧珍的抛弃,喻示了他对传统文明的道别和奔向现代文明的决绝。但城市对"他者"的拒绝是高加林从来不曾想象的。路遥虽然很道德化地解释了高加林失败的原因,却从一个方面表达了传统中国青年迈进"现代"的艰难历程。作家对"土地"或家园的理解,也从一个方面延续了现代中国作家的土地情结,或者说,只有农村和土地才是青年或人生的最后归宿。但事实上,农村或土地,是只可想象而难以经验的,作为精神归属,在文化的意义上只因别无选择。九十年代以后,无数的高加林涌进了城市,他们会遇到高加林的问题,但不会全部返回农村。"现代性"有问题,但也有它不可阻挡的巨大魅力。另一方面,高加林虽然是个"失败者",但我们可以明确地感觉到高加林未作宣告的巨大"野心"。他虽然被取消公职,被重又打发他回到农村,恋人黄亚萍也与其分手,被他抛弃的巧珍早已嫁人,高加林失去了一切，独自一身回到农村，扑倒在家乡的黄土地上。但是，我们总是觉得高加林身上有一股"气"，这股气相当混杂，既有草莽气也有英雄气，既有小农气息也有当代青年的勃勃生机。因此，路遥在讲述高加林这个人物的时候，他怀着抑制不住的欣赏和激情的。高加林给人的感觉是总有一天会东山再起卷土重来。

　　但是涂自强不是这样。涂自强一出场就是一个温和谨慎的山村青年。这不只是涂自强个人性格使然，他更是一个时代青春面貌的表征。这个时代，高加林的性格早已终结。高加林没有读过大学，但他有自己的目标和信念：他就是要进城，而且不只是做一个普通的市民，他就是要娶城里的姑娘，为了这些甚至不惜抛弃柔美多情的乡下姑娘巧珍。高加林内心有一种不达目的不罢休的"狠劲"，这种性格在乡村中国的人物形象塑造中多有出现。但是，到涂自强的时代，不要说高加林的"狠劲"，就是合理的自我期许和打算，已经显得太过奢侈。比如《人生》中的高加林轰轰烈烈地谈了两场恋爱，他春风得意地领略了巧珍的温柔多情和黄亚萍的热烈奔放。但是，可怜的涂自强呢，那个感情很好的女同学采药高考落榜了，分别时只是给涂自强留下一首诗："不同的路／是给不同的脚走的／不同的脚／走的是不同的人生／从此我们就是／各自路上的行者／不必责怪命运／这只是我的个人悲伤。"涂自强甚至都没来得及感伤就步行赶路去武汉了。对一个青年而言，还有什么能比没有爱情更让人悲伤无望呢，但涂自强没有。这不是作家方方的疏漏，只因为涂自强没有这个能力甚至权力。因此，小说中没有爱情的涂自强只能更多将情感倾注于亲情上。他对母亲的爱和最后诀别，是小说最动人的段落之一。方方说："涂自强并不抱怨家庭，只是觉得自己运气不好，善良地认为这只是'个人悲伤'。他非常努力，方向非常明确，理想也十分具体。"但结果却是，一直在努力，从未得到过。其实，他拼命想得到的，也仅仅是能在城市有自己的家、让父母过上安定的生活——这是有些人生来就拥有的东西。然而，最终夭折的不仅是理想，还有生命。(蒋肖斌:《别让没有背景的年轻人质疑未来——访〈涂自强的个人悲伤〉作者方方》,中国青年报 2013 年 6 月 18 日。)

过去我们认为,青春永远是文学关注的对象,是因为这不仅缘于年轻人决定着不同时期的社会心理,同时还意味着他们将无可置疑地占领着未来。但是,从涂自强还是社会上的传说到方方小说中的确认,我们不得不改变过去的看法:如果一个青年无论怎样努力,都难以实现自己哪怕卑微的理想或愿望,那么,这个社会是大有问题的,生活在这个时代的青年是没有希望的。从高加林时代开始,青年一直是"落败"的形象——高加林的大起大落、现代派"我不相信"的失败"反叛"一直到各路青春的"离经叛道"或"离家出走",青春的"不规则"形状决定了他们必须如此,如果不是这样那就不是青春。他们是"失败"的,同时也是英武的。但是,涂自强是多么规矩的青年啊,他没有抱怨、没有反抗,他从来就没想做一个英雄,他只想做一个普通人,但是命运还是不放过他直至将他逼死,这究竟是为什么!一个青年努力奋斗却永远没有成功的可能,扼制他的隐形之手究竟在哪里,或者究竟是什么力量将涂自强逼到了万劫不复的境地。一个没有青春的时代,就意味着是一个没有未来的时代。

方方的创作一直与社会生活保持密切关系,一直关注底层人群的生活命运。她对权力与民众、贫富差距等敏感的社会问题一直没有放弃关注的目光。在当下的中国,这是有责任感作家的"别无选择"。只因为:那是"涂自强的个人悲伤",却是我们这个时代的巨大悲剧。

太行深处民间秘史

葛水平的《裸地》显然是一部乡土小说。但是，它与过去的乡土文学和农村题材大不相同。《裸地》是隐藏在太行深处的民间秘史，它是没有被处理过的原生态的生活，它平静地密封在太行山的皱褶里。是葛水平第一次打开了太行山的皱褶，发现了盖运昌懵懂混乱和没有章法的一生。他不是柳青、浩然笔下的人物，盖运昌没有方向，他甚至也不是陈忠实《白鹿原》笔下的白家轩，白家轩深受儒家文化和家族宗法制度的影响，他是中国传统文化的产物和继承者。盖运昌虽然是暴店镇的大户人家，娶过四房太太，并且承典女女为妻。他妻妾成群只为能生一个继承香火和家业的儿子。盖运昌纠结一生似乎只为这一件事。你也不能说他与诗书礼仪全然没有关系，在迎神赛会大殿外，他对花祭上的对联和大殿外对联的评价，足见其修养并非目不识丁。更重要的是他世事洞明人情练达，在暴店内外，他处理各种事物包括统治四房家眷，都得心应手挥洒自如。而暴店虽然偏远却并非蛮荒之地，庙会、药材大会、迎神赛会以及各种民间文化活动显示着它的生机和自给自足的生产关系。民国初年，暴店与外界已经有了文化联系，比如传教士米丘来到了暴店，和暴店人有了广泛的接触。但是，这些都不能改变盖运昌的性格和眼界，他深受自然的农耕经济哺育，不孝有三无后为大，接续香火传宗接代，就是他一生念念不忘唯此为大的事情。但是，人愿难遂，盖运昌最终也没有实现自己的心愿，最终也没有一个健康的儿子站在他面前。如上所述，盖运昌不是梁生宝或萧长春，这些社会主义新人有明确的方向。盖运昌的时代没有方向，太行深处原生状态在葛水平那里就是这样存在的。于是盖运昌的意义就大不相同了，他是乡土文学中不曾出现的人物，他土生土长、他自以为是、他狂狷不羁。他的性格决定了他悲剧的命运，他像暴店的许多事物一样消失了。1945年光复以后，迎来了新社会新政权新婚姻法，六月红带着两个女儿改嫁，盖运昌一命呜呼：这就是"土地裸露着，日子过去了"。

克罗齐说一切历史都是当代史。如果是这样的话，那么《裸地》所表达的精神状况，构成了当下生活完整的隐喻。盖运昌在一个没有方向的时代，在懵懂中得过且过没有章法，不知道要奔向哪里，未来对他来说早已成为一个迷失的所在；另一方面，盖家女性的命运从另一个侧面喻示了我们的生活状态。我们有时也像盖家的四房太太和女女一样，在无奈无助中只能"迎接"被安排的命运和生活。特别是女女的命运，从一个弃儿到出典的妻子，自己的命运她从来无从把握。生活对她而言就是"迎接"。当下的小说创作，最大的问题可能就是对这个时代精神状况的漠视或回避。应该说，我们的精神状况正处在一个非常危机的时代，但是，很多重要的作家不再处理这样的问题，他们对这个时代的精神事务失去了处理的能力甚至愿望。《裸地》虽然没有正面面对这个时代的焦虑或不安，但是，它通过历史所表达的这一切，无不是对当下而言的。因此，太行深处的民间秘史，也是今天精神状况的真实写照。

无边的痛苦与想象的长虹

《安魂》是一部极端特殊的小说,它的特殊性几乎没有任何一部小说可以与它作比较。它是作家周大新在爱子周宁不幸去世整整四年之后出版的一部长篇小说。与其说它是一部小说,毋宁说它是一部父子灵魂对话的长篇散文或一部心灵的自叙传。但它又确实是一部小说。它记叙了与儿子生前生活的能够写进小说的全部重要情节,记叙了与儿子一起同病魔斗争的整个过程。但是,作为一部啼血之作,小说的创作诉求,显然不止是讲述生离死别的"伤怀之作"。在我看来,它更是一部耐心讲述的父子情感史,是一部父亲忏悔录,更是一部与爱子的诚恳对话集。

这是阴阳两界的对话,它既是虚构的,也是真实的。说它虚构,是因为儿子周宁已在天国,不存在与父亲对话的可能;说它真实,是因为这些话不仅是父亲的心声,而且应该是父亲在冥冥中与儿子无声的千百次的述说。这个述说,首先是父亲的忏悔录。过去讲"树欲静而风不止,子欲养而亲不待",说的是欲供养的双亲已经不再,逝者已矣,其情难忘。但在小说《安魂》中,却是白发人送黑发人,这是人生的三大不幸——少年丧父、中年丧妻、老年丧子中最为凄惨悲凉的事情。但是，身处悲惨境地的父亲并不是顾影自怜哀叹自身命运多舛。他更多的是面对过去的深刻忏悔。小说中，我们读到最对的句子大概就是"爸亏欠你太多了"，"对你表扬太少了"，"我后悔呀！"等等。他后悔第一次打了一个半岁的孩子；后悔不顾孩子意愿，逼迫他读研究生；后悔以个人意志终结了孩子的初恋……天下的父亲都有"望子成龙"的心理，这个心理不能用对或错来判断。父亲期待孩子更有出息错了吗？当然不是。但是，父亲的这种期待常常有不近人情的方面。比如，父亲希望孩子能有一个高学历，是因为自己学历不高，希望自己的愿望能够在孩子那里获得实现；比如，孩子喜欢自己处的女朋友，但父亲却用小说中对女性美的要求，拒绝了孩子的初恋。这种检讨刻骨铭心，对孩子的伤害是父亲在忏悔中理解的。无论如何，我们还是被父亲坦荡的忏悔所感动——这不是所有的父亲都能做到的，不是因为能力，而是因为意愿。

第二点，小说的感人之处是对父子情感史的讲述，它是重新走进父子心灵深处的精神之旅。对父子情感关系的重新审视和相互理解，是小说最动人的篇章之一。过去我们常说的一个词叫"代沟"，有没有这种东西，也许应该有。但是父子之间交流的不平等，更多不是代沟，而是身份和权力的不平等使然。父亲作为一个作家不懂爱情吗？不懂爱情怎么写小说！但是，面对孩子爱情的时候，作家糊涂了。

生病后的周宁曾给前女友小怡打过电话：

他说：当我突然得了重病，你说个实话，你会选择离开我吗？

她说：那怎么可能？朋友遇到病灾就抛弃，那还是朋友？同性朋友都能做到两肋插刀，何况我们是在谈对象？你又不是不知道我对你的感情，你是不是遇到了什么难处？

你怎么回答的？我不由自主地问。

我说有一点。

她咋说？

她说，需要我过去吗？如果需要，我就过去。

她丈夫会让她过来？

我也这样问她了，儿子抬脸向天花板上看。

她咋回答的？

她说，他不让我去我就同他离婚……

作家听到这里时，"心被猛地一刺"。这种感受是父子交流前不曾体会的。正是这样的交流构成了父子的情感史。在这样的交流中，儿子的听话、孝敬、理智和忍忍的形象被刻画出来。它使痛失爱子的情感越发走向了高潮。

还值得谈论的是，小说是生者与死者的诚恳对话。作家周大新先生的为人为文，在文学界有口皆碑。即便是如此重大灾难的降临，在他承受了不能承受的生命之重之后，他依然坚强重新出现在我们面前，此刻，我们除了向大新先生表达我们由衷的同情之外，我们必须向他表达我们由衷的敬意。他将无边的痛苦化作想象的长虹，他将这条长虹挂在了天国也挂在了人间。他抚慰了爱子周宁远去的灵魂，也开启了我们对于生命、生活、生死的严肃思考。在他宽广、豁达、睿智的思考里，我们将和他一起面对现实和未知的一切。因为，我们不知道的事物远远多于我们知道的事物。当我们也无可避免要面对一些事物的时候，我们会想起周大新和他的《安魂》。

都市深处的冷漠与荒寒

近一个时期,刘庆邦一直在书写系列小说"保姆在北京"。这篇《骗骗她就得了》就是这个系列的第十篇。庆邦过去的小说大多写乡村和煤矿,那是他的生活经验,也是出身和阅历,因此写起来得心应手水到渠成。那些生活庆邦当然还会写。但是,庆邦突然集中写"北京保姆",在我看来是个具有"症候"意义的现象:用文化研究的方法看,保姆的身份是雇工,性别是女性,阶级是底层,因此,在"保姆"的身上集中地体现了今天都市生活的权力关系、支配关系以及社会底层群体的生存和精神状况。但是,这篇《骗骗她就得了》,并不是讲述保姆的生存或精神状况,而是通过保姆的视角观察都市家庭生活的某些场景,是通过保姆的讲述来呈现今日都市生活某些方面的。

保姆陈香书是雇主曹德海太太强秀文的远房姑表亲戚。曹德海之所以在老家找个远房亲戚照顾太太,就是因为可以和久病的太太"说说话",说说老家,既可照顾又能解闷儿。但是,陈香书进了曹家之后发现,这个表姑父根本不关心表姑,下班回家表姑喊他才会到表姑房间看他一眼,有时借故出差几天不回家。风烛残年的表姑，女儿在美国因病去世，儿子因吸毒贩毒判了无期徒刑，几乎一无所有的表姑，这时只能将自己的心放在遥远的乡间过去。而这远非过分的要求此时却奢侈无比。

姑父说：她想听什么，你就给她讲什么。我以前给她请过两个保姆，她都不满意，跟人家没话说，非要从老家找一个保姆。你来了，她心里才踏实了。

她还让我给她讲庄稼。我没怎么种过庄稼，讲也讲不好。

没关系，你顺着她的心思讲就行了。不知道的，你就编一个，哄哄她。我听说写电视剧的人都是编瞎话，看电视剧的人也是看瞎话，你也编点瞎话给她听，以占住她的耳朵为目的。

表姑夫对表姑的麻木或穷于应对，使陈香书逐渐明白了城里的一些事理："在老家时，陈香书并不知道什么叫苦。通过到北京伺候姑，通过姑跟她说心里话，她才懂得了，人的苦不是吃不饱，穿不暖，也不是干的活儿有多重，而是在于人有心思，心思里的苦，才是真正的苦。"

表姑去世后，表姑夫将香书带到了另一人家，可这一人家原来是表姑夫的"外室"，女主人的肚子"已经高高的了"。义气的香书"打定主意，她明天就走，回老家去。她不能伺候曹德海的小老婆。不然的话，她会觉得对不起表姑强秀文。"

小说一个重要的发现，就是改变了过去城乡"二元结构"模式：当城市出了问题时，作家总是情不自禁地将情感或目光转移至乡村，乡村已不止是一个空间所在，而是一个完全被道德化、被彻底净化的想象空间。但在这篇小说里情况发生了变化。表姑想听乡下的故事，但是香书说"现在的老家跟你在老家时的老家不一样了。"这种不一样，不止是种植的植物变了，河沟常年都是干的，更重要的是，老家的人不能掌控自己的现在和未来，乡村的面孔越来越模糊不清，谁的灵魂它也安妥不了。

庆邦通过保姆陈香书的视野看到了她所看到的都市生活的深处，这是一种已经完全溃败的生活，这种溃败在都市的细胞——家庭中展开就更加令人触目惊心。这不止是价值观的迷失或道德底线的洞穿，更可怕的是，在都市生活的深处，有一层坚冰铠甲覆盖在人心，那就是城里的冷漠与荒寒。那漠然、欺骗让人看着都提心吊胆，但在曹德海那里，那种生活他毫无歉疚坦然处之。因此，《骗骗她就得了》是一篇充满了批判精神的小说，是一篇对现代性有深刻反省和检讨的小说。这样的小说不仅与当下中国现实有关，更重要的是它与今天的世道人心有关。

在历史与虚构之间

近年来，北北的小说创作似乎正在转型：她将关注当下生活、尤其是底层生活的目光投向了历史。这部《我的唐山》就是她转型后的重要作品。小说从光绪元年（1875）写起，写到《马关条约》签订的光绪二十一年（1895），这一年台湾人民组成义军，阻止日本人入台但惨遭失败。这段历史是真实的历史。但小说不是历史著作，而是以真实的历史作为依托或依据，通过虚构的方式，呈现或表达这段历史中人的情感、精神以及人与历史、人与人之间的关系。在这个意义上可以说，这类小说既是历史著作，又是艺术作品。《我的唐山》以陈浩年、陈浩月兄弟，曲普圣、曲普莲兄妹，秦海庭、朱墨轩、丁范忠等人物为中心，表达了作者对大陆移居民众和台湾的一腔深情，充分体现了台湾和大陆休戚与共的历史事实。

历史小说最困难的不是如何讲述历史，历史已经被结构进历史著作中。只要熟读几部与小说相关的历史著作，小说中的历史事实将大体不谬。历史小说最紧要处是虚构部分，比如人物，比如细节。这考验一个作家有怎样的能力驾驭历史小说。《我的唐山》恰恰在虚构部分显示了北北的才华和能力，她抓住了这段历史中人的颠沛和离散，抓住了人物命运的阴差阳错悲欢离合，使一段我们不熟悉的历史，因北北的艺术虚构形象地展现在我们面前，而人物的命运、生存和情感的苦难，更是令人感慨万端唏嘘不已。可以说，"情和义"是小说表达的基本主题。其间陈浩年、陈皓月和曲普莲、曲普圣和陈浩年、丁范忠和蛾娘等的情意感人至深。小说中的陈浩年是梨园中人，因唱戏和朱墨轩的小妾曲普莲一见钟情。曲普莲并非轻薄之人，她是为哥哥和母亲做了朱墨轩的小妾，但朱墨轩性无能，其景况可想而知。糟糕的是两人第一次夜里约会陈浩年便走错了地方。私情败露曲普莲误以为是陈浩年告密，便道出实情。县令朱墨轩大怒，误将陈浩年的弟弟陈浩月带回衙门。陈浩月和曲普莲到台湾后，陈浩年为了寻找曲普莲，也去了台湾，到台湾却发现普莲已为弟媳。陈浩年为情所累苦不堪言，曲普圣为解脱陈浩年跳崖而亡，妻子秦海庭难产而死。这种极端化的人物塑造方法，给人留下了深刻的印象。陈浩年在台湾再见到曲普莲时，我们看到了这样的情形：

  陈浩年看到，曲普莲眼里也有泪光。她没有变，脸还是那样粉白，但瘦了，下巴尖出，不再圆嘟嘟的，眼眶因此显大了，显深了，显幽远了。"普莲！"他仍叫着，伸出手，走到她跟前。曲普莲却蓦地一个转身，钻出人群，小跑起来。陈浩年也跑，追上她，张大双臂拦住。他说："普莲，认不出了吗？我是陈浩年啊，长兴堂戏班子的那个……"
  曲普莲头扭开，不看他。"你认错人了，我不是普莲！"
  "你是普莲，曲普莲！"
  "曲普莲已经死了。"
  "你……没死，你就是曲普莲……"
  一架车在不远处出现，是架牛车，曲普莲一闪身又小跑起来，然后上了牛车。车子启动，向镇外驰去。

陈浩年把跐在脚上的烂鞋子踢掉，跟着车跑起来。

见到曲普莲了，终于找到她了，他不能眼睁睁地再失去她。

对"情和义"的书写，对一言九鼎、对承诺的看重价值连城重要无比。从某种意义上说，是北北对传统文化的怀念和尊重。是试图复活传统文化的努力。这不止是北北个人的主观意图，同时更符合传统文化的核心要义。传统文化中的"礼义廉耻"今天不讲了，今天讲"八荣八耻"。但台湾还讲礼义廉耻。《我的唐山》要讲的也是这个礼义廉耻。传统文化的核心不止是艰深的经典文献，它更蕴含在如此朴素的"礼义廉耻"中。

大陆与台湾在民间的关系，与北方的闯关东、走西口有很大的相似性。在这个意义上《我的唐山》也有移民文学、迁徙文学、离散文学的意味。在民间的传统观念里，"故土难离"、"父母在不远游"的观念根深蒂固。因此"怀乡"成为现代中国文学的一个基本母题或叙事原型。"怀乡"或"还乡"以及"乡愁"，是现代中国以来文学常见的情感类型。《我的唐山》继承了这一文学传统并在题材上填补了当代小说创作的空白。如果是这样的话，北北的贡献功莫大焉。

重临小说的起点

  温亚军的小说创作已有十几年的历史，但他声名鹊起或为文坛所关注，却是他《驮水的日子》获鲁迅文学奖之后的事情。文坛太广阔，即便是一线作家的作品我们都没有可能全部阅读。我知道温亚军大概是两年前的事情。那时，我在组织筹划"短篇王"丛书。一天，温亚军带来了他的短篇集子，他简单地谈了他对文学和短篇小说的看法。阳光照在他诚恳质朴的脸上，他虽然不事张扬相当低调，但他目光坚定神采飞扬。在文学已经不那么神圣的今天，温亚军对文学的谈吐让我深怀感动。他离开之后，我随手翻开了他的《火墙》，只看这一篇小说，直觉告诉我这是一个难得一见的作品。于是，我没有任何犹豫地将他选入"短篇王"第三辑里。

  后来，又看了温亚军三个短篇：《成人礼》《不合常规的飞翔》和《金色》。看过这几个短篇之后，我确实生发了一些想法：温亚军的小说都是对日常生活的提炼或摹写，他的小说确实是"小说"。我之所以有这样的感慨，是因为自1902年梁启超的《论小说与群治之关系》发表之后，四部不列的"小说"一夜之间起"八代之衰"。小说陡然间变成了"大说",这个问题实在太复杂,这里难以讨论清楚。在梁启超的时代他自有他的道理,此后百年来小说处理表达的问题几乎都是大问题,也几乎都是政治经济文化领域等共同关心的问题。在一个后发的现代国家中,小说超负荷地生产和发展着。当然,小说既是"想象中国"的一个办法,同时也参与了一个现代民族国家的建构,这是中国特有的经验。它的作用和意义已经并还将被阐释着。但是,小说之所以为"小说",或者说在它诞生的时候,是用以表达家长里短、爱恨情仇的。明清之际的白话小说其实都是"俗文学",都渗透了那个时代的"性与情"和"文人气"。现代小说兴起之后,我们是把小说当作"诗"来认识的。在古代社会"不学诗无以言",只有诗才是雅文学,于是小说也就有了一个"诗骚传统"。再俗的小说也必须写上"有诗为证",雅俗就有了等级之分。小说也一直向"雅文学"方向努力,当然这与西方小说的影响是密切相关的。

温亚军的小说重临了小说的起点。《成人礼》是一篇可遇不可求的小说。一个七岁的男孩将要行"成人礼",男孩虽然七岁了,但衣服还要母亲来打理。男人管教孩子的方式就是粗暴地呵斥。"成人礼"行过之后,母亲心疼孩子,试图还让孩子和自己睡在一起。但男人决不允许,并坚持不许女人去看睡在小床上的儿子。但当她被噩梦惊醒时,发现身边空荡荡的,原来男人的半个身子搭在儿子的小床上。小说的人物都没有命名,只是男人、女人和儿子。男人是小说的主角,一方面,他对儿子的粗暴和床上对女人的兴趣形成了鲜明的对比;一方面,他表面对儿子的粗暴和内心对儿子的关爱形成了另一个鲜明的对比。西北男人处理情感的方式在这两个对比中被无声却强烈地凸显出来。

《不合常规的飞翔》大概是温亚军为数不多的以城市现代生活为题材的小说。小说只有两个人物:男的叫罗城,女的叫多多。他们相识于时尚的网恋,男人罗城终于到心仪已久的B城来了。他是以怎样憧憬、激动的心情来到这个城市的可想而知。欲擒故纵的方法是多多常用的方法，也是温亚军小说的常见方法。在多多游刃有余的"延宕"和节奏的控制中，罗城总像是一个泄了气的皮球，他希望得到的东西最后也没有得到，多多却得到了想要的一切：罗城买的皮鞋还有他的旅行包。罗城把游戏当成了初恋，不大懂"网恋"或婚外情意味着什么，所以上演了一出"不合常规的飞翔"。

《金色》是一篇极端化的小说，无论环境还是人物，无论过程还是结局。女人来看淘金的丈夫天良，新婚别后的重聚本来该是男人的节日，可女人千辛万苦、激动无比地来到男人身边的时候，男人不仅无动于衷而且还不断重复女人不该来。女人无论如何都不能理解这是为什么。在月光如水的夜晚，男人带着女人离开淘金地，同时也意味着他放弃了一年来应该分到的那份金子。原来，淘金人已经商量好，无论谁的女人来了，都要陪每个淘金的男人睡一晚上，天良已经睡了别人的女人，但他决不能让别人睡自己的女人，他宁可放弃金子也不能放弃自己的女人，女人就是自己的金子。

读温亚军的小说就像走在洞穴中，在将要走出洞口的刹那间，迎面一缕阳光照亮了整个洞穴，那平淡无奇的过程突起波澜并惊心动魄，这就是绵里藏针不动声色。在敞开小说的瞬间，既出人意料又不可思议。我所说的温亚军小说的"意味"，正是这个意思。这一点与明清白话小说的发生和现代白话小说的"西化"都不相同，故事是明清时代小说发生时最基本的层面，甚至是一切，所谓"花开两朵各表一枝"，都是交代故事的来龙去脉，看官只要了解了故事和结局便皆大欢喜；现代白话小说说的都是大事，都与国家民族有关。但温亚军的小说里几乎没有故事，那些"漫不经心"的叙事，都是为最后的"意味""蓄势"，只等时机一到便和盘托出。这几篇小说，都是在一种平淡无奇的日子中写出了一种极端和绝对化的东西：爱儿子的男人、爱女人的男人和被女人欺骗的男人。

这些男人被写出的极端化的经历和感受,是通过短篇的"形式"铸造出来的。在这方面,温亚军学习借鉴的不是罗伯·格里耶、博尔赫斯或卡尔维诺,而是他们的前辈——欧·亨利、皮兰·德娄以及契诃夫等。在这三篇小说中,我们似乎也能感到《最后一片叶子》《麦琪的礼物》等小说的某种意味。最后的结果都是出人意料的,这显示了温亚军非凡的文学想象力、表现力以及对短篇小说独特的理解。

温亚军不是那种暴得大名的作家,他是靠自己的韧性,以坚忍不拔的努力和探索获取对小说的理解和成就的,他从新疆一路走向北京,在红尘滚滚的文坛杀出重围,艰难可想而知,雄心叹为观止。他不是那种讨巧或哗众取宠的作家,所谓文如其人,只要你看到他诚恳的目光,一切都会了然于心。

追问"红尘"的共同困惑

《双手合十》按照作者赵德发的阐释是：将寺院的宗教生活和僧人的内心世界加以展示，将当今社会变革在佛教内部引起的种种律动予以传达，将人生终极意义放在僧俗两界共同面临的处境中做出追问。

北京奥运会闭幕式的焰火虽然已经熄灭，但无论是北京"鸟巢"的亲历者还是外省的电视观众，仍然沉浸在狂欢节般的记忆或想象中。除了盛大的开幕式，印象最深的大概就是牙买加飞人博尔特的短跑速度了。这个名不见经传的大个子青年似乎就是为跑道而生——他的速度连破两个沉寂多年的世界纪录。速度，在这个时代几乎决定了一切：速度就意味着更快、更强、发展、前进，意味着人类超越极限的无限可能性。但是，博尔特速度的目标就是 100 米和 200 米的终点，那么，人类社会、人的心灵目标究竟是哪里呢？速度能够解决人类面临的困境、尤其是精神困境吗？在速度神话的时代，文学也搭上了这趟早班车，但它不是附庸风雅与时俱进，而是随波逐流别有所图。只要看看我们每年生产的大片文学泡沫，文学"速度"的意义就大白天下。当然，我们不是哈罗德·弗罗姆所说的"憎恨学派"而对文学泡沫怀有深仇大恨,当这类亚文学能够满足另外群体阅读需要的时候,未必不是一件好事。但必须把它与真正的文学做出区别。

这时我想起了作家赵德发。赵德发的文学几乎没有速度可言,如果说有也是缓慢或渐进的。他曾长期凝视着他熟悉的中国乡村,沉浸在土地的书写之中,是当代中国书写土地的圣手之一。他的"农民三部曲"——《缱绻与决绝》、《天理暨人欲》、《青烟或白雾》,奠定了他当代文学创作坚实的地位。特别是《缱绻与决绝》的文学成就,还没有得到批评界充分的注意和研究。赵德发对中国农村社会历史进程的深切思考、对乡土中国超稳定的乡风乡俗和伦理秩序的生动描摹,使他的创作深厚而富于本土特征。当然,就在他创作"农民三部曲"的时代,中国的社会生活已经发生了重大变化,曼妙性感的文学似乎要与商品经济一道彻底清算老派文学的"专制","新主体性"和"新自由主义"在不断创造时尚的同时,也不作宣告地全盘占领了文学市场。但是"娱乐之死"的承诺带来的并不全是福音。更多的人群是守候在电视机旁或内容空洞的电影大片中寻找幸福,在烟雾缭绕的酒吧或麻将桌前寻找刺激。于是,1980年代潘晓曾在《中国青年报》上发出"人生的路啊为什么越走越窄"的困惑与迷惘,再次被我们遭遇时则变成了"心灵的归宿为什么越来越难寻"。当然,类似的问题事实上一直没有解决。不同的是,当年一代青年的思想迷惘已被当下所有的人所感知。物质生活的极大丰富,没有、也不能替代人的精神需求,人对终极关怀的需要是任何物质生活难以取代的。赵德发生活在当下的语境中,这一切当然也同样被他所感知。于是,赵德发暂时离开了对土地的书写,他选择了表达或处理关乎灵魂与精神的问题。《双手合十》大概就是在这样的背景下创作的。

《双手合十》按照作者的阐释是:将寺院的宗教生活和僧人的内心世界加以展示,将当今社会变革在佛教内部引起的种种律动予以传达,将人生终极意义放在僧、俗两界共同面临的处境中做出追问。这一抱负不可谓不宏大。应该说赵德发在相当大程度上实现了他的期许。在我看来，这是一部兼具形上与形下，关乎世俗欲望与终极关怀，俗僧两界同在的作品；是一部探索红尘与彼岸、浅近与高远、节操与情怀的作品；是一部真实表达两个世界复杂性的作品。普遍的理解是，佛教世界是另一个我们不熟悉的世界，是一个有信仰、有终极关怀、有彼岸和理想的世界，是一个与世俗社会断然不同的世界。事实也的确如此，小说中的休宁与慧昱师徒两代教徒，心无旁骛一心修炼，是虔诚的佛教徒。休宁虽然因俗世干预返回了尘世，并生有一双女儿，但当信仰自由之后，他义无反顾地重返佛教世界，任凭俗世千般诱惑终不为所动，不仅回绝了在芙蓉山"住寺弘法"的邀请，甚至断然断绝了与家人的联系。他四处漂泊观流云览群山一心弘法，佛家的精义和修身的虔诚感天撼地叹为观止；年轻的慧昱面对师傅休宁女儿悔悔的爱情，虽然曾心旌摇动，但最后还是毅然了断世俗情爱专事修行，偶动尘念便忏悔不已。这些佛教徒的信仰我们还不能理解，但他们对彼岸世界的向往、对信仰的坚定，在世俗世界是难以想象的。但是，《双手合十》同样告知我们，佛教是纯粹的，僧尼却各有不同。红尘滚滚的世俗欲望以巨大的侵蚀力无孔不入地渗透到了这个人间天国。通元寺的当家和尚开着奥迪车进出，但对法事唱念却并不熟悉；慧昱佛学院同学觉通因家里有钱，不仅拈花惹草无恶不作，而且还可以任芙蓉山的住持。佛教世界尚且如此，世俗世界不难想象。休宁女儿忏忏和悔悔的人间烦恼，旅游局长云舒曼和副市长乔昀的不了情等等，欲望宰制了尘世的行为和情感，但最后还是难以逃脱苦难或不幸。

《双手合十》并不是要讲述佛魔两界的故事，也不止是呈现神秘世界的奇观。在我看来，小说在整体上是一个寓言。赵德发要表达的是，在当下的语境中，虽然人心无皈依心灵无寄托，但信仰是一件多么艰难的事情。尘世间有世俗欢乐，但欲望无边就是苦难；信仰让人超然度外心灵安宁，但又可望不可即。这是悖论也是矛盾。因此，《双手合十》所要追问和遭遇到的矛盾，就是我们当下共同的困惑和矛盾。在形上思考远离我们多年之后，突然阅读《双手合十》，其震撼犹如醍醐灌顶，它让我们思考的是，我们究竟要去哪里，速度真是这个时代的神话吗？

赵德发潜心多年，遍访古刹名寺，熟读佛教书籍二百余种。在当代作家和小说创作中，我还不曾见过有如此恒心用五年时间了解这个陌生的世界，还不曾读过有如此丰富佛教知识的小说作品。尤其当他将两个世界在小说中同时呈现的时候，这种比较就意味深长。我们也许会说，现代社会仍在飞速向前，没有人回答佛教是否能够解救现世的精神归属问题，但是，作为传统文化的重要组成部分，作为重要的精神文化资源，赵德发显然希望和呼吁我们向后看看，哪里是精神出路可以探讨，重要的是要有探讨的意愿和愿望。在我看来，《双手合十》的旨意就在于此。因此，赵德发在当下的文学速度中，不在最前面，他在最深的那一层。

秋日的忧伤与温婉的笔致

当下小说多有"戾气",这与我们这个时代环境有关。只要到网上看看,贪官污吏、谋财害命、见死不救、半夜强拆、飙车撞人比比皆是。作家不能改变这一切,但焦虑和忧患也是他们真实的心理状态。因此说"底层写作"只是反映了作家关注的书写对象也未必尽然。但小说终还是小说,"文学性"还是第一要义。如果是这样的话,那么指认南翔的短篇小说《绿车皮》是一篇"底层写作"小说、怀旧小说抑或是感伤小说都已不重要。重要的是《绿车皮》深深地打动了我们。

依然燠热的秋末的一天,茶炉工上了自己最后的一个班次,这趟列车是M5511。茶炉工像往常一样忙碌,我们看不到他的异样,他照例烧水售货。车厢里有他熟悉的面孔:进城的菜农,读书的毛伢子,跑通勤的铁路职工,这些人占去了乘客的大半,有了这些人,就有了"绿车皮"的故事。这些人是不能再寻常的百姓,他们演绎的是我们久违的人间故事:读书的"毛伢子"们追打嬉闹,鱼贩子和"菜嫂"隐秘的私情,那个乞讨的"不图风光图松弛"的矮子等,让一列最慢的列车充满的人间情趣。但是,在这些表面欢快的景象背后，隐含的仍是人间的悲苦。鱼贩子与菜嫂因女儿的障碍，只能过着"地下工作者"式的情感生活；快乐的孩子里面，还有因大人分手而欠着学费的女孩。但是，面对这些困难或问题，人间的温婉弥漫在绿车皮里。茶炉工对鱼贩子和菜嫂的同情，菜嫂对来初潮女孩的照顾等，都让人感到，穷苦的生活并不可怕，那些关切的目光和互助的行为会让一切都成为过去。当大家知晓了女孩的身世和困难后：

菜嫂在背后帮她整理的时候，悄悄塞了一张五十的钞票在书包一侧。

茶炉工觑得真切，心里迅速盘算着菜嫂一天的进项。人啊就是这样，有时候会斤斤计较得自己都不认识自己，有时候又会掏心窝子待人处事，全看是不是触动了心肺旮旯里的那一角柔软。

他过去抹一把茶几，也无声地贴了一张五十的钞票在她书包里。

读到这里，我的眼睛湿润了，我很久没有读到这样温暖的文字和情节。菜嫂的艰辛和茶炉工售货的艰难，小说多有讲述。但此时此刻，金钱在他们那里，真的成了身外之物。这就是普通百姓的温婉，这温婉的力量无须豪言来做比方。还有那个茶炉工，这是他最后的一个班次，然后他就要离开"绿车皮"退休，他可以有更多的时间陪伴他病中的老婆了。茶炉工离开时的情形，让我想起了加缪《沉默的人》中的伊瓦尔。他们的忧伤不是写在脸上而是烙在心里。

还值得议论的是《绿车皮》的笔致。小说对语言的讲求和对氛围的营造，显示了南翔的文学和文字功力。当下小说粗糙的语言是粗糙的文学感受力的外部表达，对语言失去耐心于小说来说是非常危险的。《绿车皮》在这方面的警觉或自觉，让我们对小说语言重新建立起了信心，因此也看到了新的希望。

荒诞的生活像诗篇

  这个时代，我们注定要经历许多事情。有些事情在意料之中，有些事情原本在千里之外却突然不期而至。生活于我们说来，越来越像没有目的、没有方位的海上漂泊——我们唯一能选择的就是随波逐流。生活的荒诞感就这样为小说的荒诞逻辑提供了无懈可击的依据。于是，小说既让我们发现了生活中的荒诞，也在它的叙事中强化了我们的荒诞感受——荒诞是生活本质的一部分。晓航的《所有的猪都到齐了》，就是一部书写荒诞的小说。

  小说被设定在金融危机的环境中。金融危机"它说来就来。来的时候不像正面入侵，而像打闷棍，恰如一面目狰狞的画皮美女，悄没声从背后过来，恶狠狠一棍子从后脑楔下来，被打者当场倒地，不省人事"。这是晓航的《所有的猪都到齐了》的开头。这当然是个比喻。事实上，小说中的人物不仅没有"倒地"和"不省人事"，而是声情并茂眉飞色舞地集体上演了几折人间喜剧。金融危机中赵小川就业的公司迅速倒闭，赵小川失业，老婆离家出走。金融危机不仅是一个国际环境，它的后果在赵小川身上得到了全面的落实。金融危机在赵小川这里被转化为生存危机。只剩下父母两室一厅遗产的赵小川决定出租一间以解燃眉之急。一个刚毕业找不到工作的大学生桂小佳成了赵哥的"室友"。桂小佳没有工作每天悠闲地弹琴听CD，月底交不出房租的她不急不躁，一句"大哥，我没钱。我真的没钱"就算打发了赵小川。没钱的桂小佳引来了她母亲文秋凌——一个走南闯北唱戏的。这个文秋凌不愧是个唱戏的，他不仅成功地化解了赵小川的房租焦虑，重要的是她用戏剧的想象做了一单生意：把动物园的大象租给富人，让他们上下班不再开车而是骑大象。

"我明白了，你是打算把大象当作自行车来用。"我说。

"没错，就是这个想法。"文秋凌坚决地说。

文秋凌的这个想法荒诞不经却大行其道，"她那些不知是真是假的大象真的一只又一只地租了出去"。但好景不长，几天后文秋凌就犯了案，一个姓罗的大汉找到了文秋凌。老罗花光老本买了所有大象租赁权，却没有看见一个真实的大象，他只买到了一百多头大象的影像或符号。老罗怎能不愤怒。但灵牙利齿的文秋凌再次安抚住了老罗。

此时的桂小佳突发奇想推荐了一个项目：

"这是我和一个朋友在一个石舫练琴时偶然发现的，在那段时间里一个人可以模模糊糊地看到他未来的某个瞬间，因此他可以在此刻决定是否走现在的这条路。"

这就是桂小佳的"石舫时间"，她要出售这个"石舫时间"。尽管赵小川对这个项目疑虑重重，但老罗发现了事物的本质："现在的生意不看实不实，就看有没有可以炒作的概念，有的话就可以忽悠别人，只要把别人忽悠进来买了概念，其他的就和咱们没关系了。""石舫时间"真的卖出去了，其麻烦的后果当然也就接踵而至了。

这时，那个幽灵般的人物林岚终于出场了。林岚从文秋凌唱的《拾梦记》中的忘忧草得到了启发，开发生产了一种名为"无忧水"的饮料，并注册成立了"瓦岗"公司。"无忧水"一时热销。青年才俊刘星在评价这个产品时说:"其实,没有人真的关注这个产品到底效果怎么样,关键是中国人都渴望治疗那种一望无际的忧愁,他们现在有吃有喝但就是觉得没劲,无聊,外加忧愁。"这和老罗阐释"石舫时间"几乎如出一辙。"无忧水"因其没有任何忘忧功能的欺骗性最后也寿终正寝,"瓦岗"公司的命运是"集体逃跑,各自浪迹天涯"。

这就是《所有的猪都到齐了》讲述的三个主要故事。这三个故事的荒诞性无须解释。我们关心的是当事人在这些故事或事件中的盎然兴致,他们内心的状态在这些事件中跃然纸上一览无余。他们生命的时间就在这样的荒诞中挥霍流失,荒诞不仅是他们的状态,糟糕的是他们的需要:这荒诞的生活他们过得竟然像诗篇。我不得不惊叹晓航奔涌无碍的想象力,这个荒诞不经的故事在他笔下时而抒情、奔放,时而奇异还略带感伤。但是,《所有的猪都到齐了》终究还是一部批判性的小说。每个人都想入非非,每个人都在欺骗和被欺骗,它让我们看到了这个时代最丑陋的价值观。这大体也是我们对当下生活的真实感受。

社会密码与文化记

与津子围以往的创作比较,《童年书》的变化非常大。过去津子围的小说涉世很深,他是一个入世的作家,他喜欢浓墨重彩大开大阖,而对超拔脱俗婉约静穆一路兴趣不大。这当然与作家风格的选择有关。但在不同的风格中,我们大体可以了解一个作家内在的追求和趣味。读《童年书》我会联想到林海音的《城南旧事》,《城南旧事》是一部自传体的小说集。小说以童年小英子的视角,讲述了二十年代北京南城的人与事,成人世界的喜怒哀乐悲欢离合,在一个稚嫩孩子的眼中折射出来。其间温婉的记忆在淡淡的感伤中弥漫四方:"让实际的童年过去,心灵的童年永存下来。"林海音实现了自己的创作期许,她感动了一代又一代的读者。

津子围的《童年书》当然也是自传体的小说。《城南旧事》是林海音七岁到十三岁时的生活记忆,津子围书中讲述的生活应该也是这个年纪。这个年纪的记忆真实可靠。因此,津子围《童年书》中的故事,记载和隐含的社会密码与文化记忆是我感兴趣的。叙述主人公讲述的故事发生在"一个叫八面通的小镇"上的"窄街"。"它处在黑龙江的东南部,离中苏边境不足一百公里,过了马桥河林场,就要检查边防通行证了。中国这么大,没多少人知道那个地方。不过我们那个地方的人都知道北京,知道外面的世界。"它的时代是"中苏关系正紧张,'深挖洞,广积粮'、'反修防修'的条幅到处都是……我家也和很多家庭一样,在窗玻璃上贴'米'字的纸条,以防玻璃被震碎了伤到人;在自己家的院子里挖了地窖,以防空袭。预防空袭的警报经常在大修厂的灰楼上响起来。这时,大家就把准备好的干粮和炒面背上,跟着前呼后拥的人群,向铁道旁的防空洞跑去。"这是一个极其简单和苍白的时代,那个时代留给我们的记忆几乎是相同的。物质生活极度贫困,精神生活极度贫乏。小说中讲述了这样一个细节:定量供应的粮食使每个家庭经常断粮。一次家里断粮时,母亲给了他钱和粮票,让他到饭店买馒头,陪他去的有几个伙伴,买的二十个馒头让他和伙伴们吃掉了。"回家已经是傍晚了,母亲看到我两手空空,问我馒头呢,我撒谎说钱丢了。母亲的眼泪立即涌出来。事后我才知道,母亲和妹妹都没有吃中午饭,而且,那些粮票是那个月最后的指标。多年后,我一直无法回忆那件事,每当想起,我的心都在流血。"没有那种生活经历的人,很难想象几个馒头对母亲意味着什么。作者不是"无法"回忆,而是不能回忆或不敢回忆。物质生活的贫困,在这样一个细节上被揭示得一览无余。

  物质生活的极度贫困,使无知的少年走上了一条犯罪的道路。他们开始是捡废品,换钱买简单的零食;后来逐渐地发展到去工厂偷生产物资,甚至毁坏变电器。这些情节都是真实的。另一方面,那又是一个极度道德化的时代。无论成人还是孩子,都对两性关系讳莫如深又兴致盎然。比如大人和孩子对"姜破鞋"的议论、好奇、窥视和通奸;孩子对鸭子性交的审判,这种道德的两面性只能发生在那个年代。它也从另一方面反映了那个时代精神生活的贫乏状态。因此,《童年书》隐含着丰富的社会信息和密码。对这些信息和密码的破译与识别,是我们进一步认识那个时代的重要方式。

另一方面,是《童年书》中记载的文化记忆。一般的意义上,作家的所有创作,都是对童年记忆的反复书写,童年记忆会影响作家的一生。对津子围而言,《童年书》中最重要的记忆是"战争文化记忆"。一方面,这与叙述者讲述话语的年代有关。那个时代中苏关系紧张,战争叙事不断强化。这种战争文化一旦进入童年记忆,会激化成一种幻觉。比如叙事主人公希望原子战争真的打起来,为的是检验自己防原子弹卧倒的姿势正确与否。同时他坚定地认为:原子弹没什么可怕的,不过是纸老虎罢了。战争文化塑造了男孩子虚幻的"英雄主义精神",并且渗透到了日常生活中。比如,窄街的伙伴们都被封了军队的职务,从"司令"开始,一直到侦查员通讯兵。这种军事文化符号使童年生活有了满足感,但他们并不满足于口腔的快感,他们还要诉诸行动。比如他们经常打群架,经常有"血染的风采"。为了逃避家长惩罚,他们还有进山"打游击"的壮举,尽管是场闹剧。

战争文化是二十世纪最重要的文化,它深刻地影响了二十世纪中国的思想和社会发展历程。我们经常使用的"战线"、"堡垒"、"摧毁"等话语都是来自战争文化,甚至至今没有终结。这种文化使人的思想板结僵化,作为一种硬性文化,它成为一种进入、理解人的情感的障碍或屏障。这一点在《童年书》中有极为生动的表达。比如"我"对女孩子的情感是相当复杂的,女孩子既有强烈的吸引力,又要表达出"男子汉"的不屑和轻蔑。《丛丹的口琴》中有一段讲述"我"看女孩子跳皮筋的情节,作者记述得极为详尽。女孩子并不理睬他,他暗中和暗恋的丛丹较劲。他沉浸在丛丹美丽的跃动中,情不自禁地大喊一声"跳得不错呀!"女孩子表面上也对"我"表示了不屑,让他远一点别碍事。但是"我能听她们的吗?自然不能,我还磐石一般立在那儿"。这种不经意流露的对立情感,是战争文化的直接影响。这种影响以至于使叙事主人公失去了一次刻骨铭心的爱情,也就是丛丹在农历七夕对他的约会。这是小说中最为动人的段落,但这个动人的童年记忆就这样被战争文化毁坏了。当然这构不成悲剧，但少年的爱情我们还会再经历吗！

　　《童年书》是津子围至今为止最重要的作品之一。他的重要可以和《口袋里的美国》相提并论。《口袋里的美国》重建了文学的政治，终结了留学生的悲情书写；《童年书》则表达了津子围的另一种才能，即小说的散文化笔墨和温婉从容的风格。

为什么对"缓慢"如此迷恋

2010年的7月,我曾有机会路过沙湾和黄沙梁,同行的新疆朋友告诉我:那是刘亮程的家乡,他曾在这里生活过三十年。沙湾和黄沙梁——在广袤的天地间,古旧甚至破败,静穆而寂寥:这当然是一个过客的浮光掠影,这貌不惊人的遥远边地我们几乎一无所知。但这里因为有了《一个人的村庄》《晒晒黄沙梁的太阳》而名满天下广为人知,这就是文学和叙事的力量。

文学和叙事的力量,缘于一种执着的热爱和情感,缘于叙事者对讲述对象深处的了解和想象。《凿空》就是作者这样讲述出的一部小说。《凿空》不是我们惯常理解的小说。它没有可以梳理和概括的故事和情节,没有关于人物命运升降沉浮的书写,也没有刻意经营的结构。因此与其说这是一部小说,毋宁说这是刘亮程对沙湾、黄沙梁——阿不旦村庄在变动时代心灵深处感受的讲述。在刘亮程的讲述中,更多呈现的是场景,人物则是镶嵌在场景中的。与我们只见过浮光掠影的黄沙梁——阿不旦村不同的是,刘亮程是走进这个边地深处的作家。见过边地外部的人,或是对奇异景观的好奇，或是对落后面貌的拒之千里，都不能理解或解释被表面遮蔽的丰富的过去，无论是能力还是愿望。但是，就是这貌不惊人的边地，以其地方性的知识和经验，表达了另一种生活和存在。阿不旦在刘亮程的讲述中是如此的漫长、悠远。它的物理时间与世界没有区别，但它的文化时间一经作家的叙述竟是如此的缓慢：以不变应万变的边远乡村的文化时间确实是缓慢的，但作家的叙述使这一缓慢更加悠长。一头驴、一个铁匠铺、一只狗的叫声、一把坎土曼，这些再平凡不过的事物，在刘亮程那里津津乐道乐此不疲。虽然西部大开发声势浩大，阿不旦的周边机器轰鸣，但作家的目光依然从容不迫地关注那些古旧事物。这道深情的目光里隐含了刘亮程的某种拒绝或迷恋：现代生活就要改变阿不旦的时间和节奏了。它将像其他进入"现代"生活的发达地区一样：人人都将被按下了"快进键"："把耽误的时间抢回来"变成了全民族的心声。到了当下，环境更加复杂，现代、后现代的语境交织，工业化、电子化、网络化的社会成形，资源紧缺引发争夺，分配不平衡带来倾轧，速度带来烦躁，便利加重烦躁，时代的心态就是再也不愿意等。"什么时候我们丧失了慢的能力？中国人的时间观，自近代以降历经三次提速，已经停不下来了。我们需要的是时刻看着钟表，计划自己的人生：一步到位、名利双收、嫁入豪门、一夜暴富、35岁退休……"没有时间感的中国人变成了最着急最不耐烦的地球人，"一万年太久，只争朝夕"（2010年7月15日《新周刊》）这是对"现代"人浮躁心态和烦躁情绪的绝妙描述。但阿不旦不是这样。阿不旦是随意和惬意的："铁匠铺是村里最热火的地方，人有事没事喜欢聚到铁匠铺。驴和狗也喜欢往铁匠铺前凑，鸡也凑。都爱凑人的热闹。人在哪扎堆，它们在哪结群，离不开人。狗和狗缠在一起，咬着玩，不时看看主人，主人也不时看看狗，人聊人的，狗玩狗的，驴叫驴的，鸡低头在人腿驴腿间觅食。"这是阿不旦的生活图景，刘亮程不时呈现的大多是这样的图景。它是如此平凡，但它就要消失了。因此，感伤是《凿空》中的"坎儿井"，它流淌在这些平凡事物的深处。

阿不旦的变迁已无可避免。于是，一个"两难"的命题再次出现了。《凿空》不能简单地理解为怀旧，事实上自现代中国开始，对乡村中国的想象就一直没有终止。无论是鲁迅、沈从文还是所有的乡土文学作家，他们一直存在一个不能解释的悖论：他们怀念乡村，他们是在城市怀念乡村，是城市的"现代"照亮了乡村传统的价值，是城市的喧嚣照亮了乡村"缓慢"的价值。一方面他们享受着城市的现代生活，一方面他们又要建构一个乡村乌托邦。就像现在的刘亮程一样，他生活在乌鲁木齐，但怀念的却是黄沙梁——阿不旦。在他们那里，乡村是一个只能想象却不能再经验的所在。其背后隐含的却是一个没有言说的逻辑——现代性没有归途，尽管它不那么好。如果是这样，《凿空》就是又一曲对乡土中国远送的挽歌。这也是《凿空》对"缓慢"如此迷恋的最后理由。

"现代"欲望与乡土的"溃败"

李洱的小说——无论长篇还是短篇，我感兴趣的并不是他的故事，他固然有很好的故事。但我更看重的是李洱的虚构能力，一个有想象力的作家才有虚构能力，才能让我们在他那些貌似真实的叙述中享受文学带给我们的东西——那是在天空与大地之间飞翔的事物，它似是而非，不那么真实，它是寓言、是传说、但更是一出悲喜剧：你总会在生活的某些场景中感到似曾相识的滑稽、愚昧和自作聪明。在这个意义上说，李洱的小说又有启蒙主义的遗风流韵。这就是李洱小说的魅力。

这篇《斯蒂芬又来了》就是这样的小说：一个被命名为白陀沟的地方，一夜之间陷入飞短流长的混乱或慌乱中。混乱或慌乱的原因是"斯蒂芬又来了"。斯蒂芬在白陀沟的农民中被称为"老芬"，他是中英足球学校的教练，到白陀沟来挑选足球队员的。这个消息一经张家沟专事劁猪的张六常的传播，便搅乱了这个山村的平静。"老芬"前年来白陀沟，曾改变了村民王不举家二狗的命运，二狗成为一名球星。二狗的户口改了，"爹妈的户口也改了。连名字都改了，都不叫王二狗了，改叫王狼了。王狼还到日本打过比赛，据说把一个日本鬼子的腿都铲断了，也算是为了他爷报了仇。"二狗命运的转变在白陀沟成为传说并不断放大，于是，对命运的改变、对"公家人"、对北京的向往，成了白陀沟村民最大的向往，二狗的道路就是白陀沟村民后代必须选择的道路，二狗的成功使这条道路宽阔明朗并指日可待。这是白陀沟陷入了巨大冲动和想象的充分理由。有趣的是李洱对这个事件的具体叙述：这个事件是劁猪的村民张六常传播的，于这个封闭的山村来说，张六常因走街串户而"见多识广"。这一状态使张六常无意识地有了某种优越感，他越发要突显自己的见识，山村的封闭使张六常就显得重要起来。这是一个糟糕的循环过程：山村没有或缺乏资讯，无知的村民听到任何外部消息都信以为真；传播消息的张六常同样以无知的方式既愚弄了自己又愚弄了村民。于是，虚假的传说就这样流传开来。失效的信息供求关系是白陀沟悲喜剧可以上演的基础和前提。

张六常终于找到了"最应该知道这个消息的"李治平，于是：

<blockquote>
张六常顺便向他透露，李铁锁已经"行动起来了"，正在做工作呢，"要抓紧啊"。"不过，他跟你不在一条起跑线上，你有你的优势，你这是历史遗留问题，早该解决了。必要时还可以发动群众嘛。"至于"优势"何在，"群众"是谁，张六常虽然没有明说，但李治平还是听懂了。当然是说刘豆豆。他想，就算他们以前真的没有睡过，现在睡也是来得及的嘛。反正她已经是别人的老婆了。李治平还记得张六常最后的"表白"。张六常说，他不是"表白"自己，他完全是出于公心，因为他看出来了，以后能给白陀沟争得荣誉的，白陀沟以后能为国争光的，能对世界做出贡献的，非铁蛋同学莫属。"铁蛋同学走的时候，我送他一盒月饼。月是故乡明嘛，告诉他不管走到哪儿都不要忘记家乡。"可是怎么才能发动起来"群众"，李治平却心中无底。
</blockquote>

小说已经有了铺垫:"老芬"前年来白陀沟的时候,李治平的老婆刘豆豆曾给"老芬"梳理过胡须。但传出来的是刘豆豆坐在了老芬的腿上,一时街谈巷议纷纷扬扬。李治平为了儿子铁蛋能够和老芬一起"跟着队伍就上北京",才让老婆刘豆豆给老芬理发梳胡须的。但铁蛋并没有被选中,李治平赔了夫人又折兵。

这次老芬来白陀沟带来了一个黑人女人,这个细节告知的是老芬是个欲望无边的家伙,同时也提醒了李治平,那个张六常说过的"发动群众"的弦外之音,他马上想到了前妻刘豆豆。就在此时:

突然,他听见门外传来一阵急切的脚步声。随后,他听见了张六常的声音。那声音就在窗户下边。一着急,张六常都忘记说普通话了:"吓死我了,吓死我了。"接下来张六常才改成普通话,张六常说:"今晚的月光多好啊。请问刘豆豆女士,哪股风把您给吹来了?"

后来将要发生什么李洱没有再说下去,它可以调动我们许多想象。当然,无论发生什么已经不重要,小说要表达的一切在这戛然而止中和盘托出了。当然,事情不是由于张六常这个前现代的劁猪的市井人物对"现代"的盲目蛊惑才发生的,即便不是他的妖言惑众,"老芬"和姓沈的"中国的教练"迟早也要来。"现代"的到来是不以人的意志为转移的。

值得注意的是,老芬不是小说的主要人物,但他是小说发动性的力量:他是一个英国人,一个中英足球学校的教练,一个外来的"他者"。就这样一个面目模糊不清、只有胡须没有头发、与白陀沟本来没有任何关系的人,突然与白陀沟构成了支配与被支配的权力关系。白陀沟发生的一切就是因为他的到来,他调动了山村的想象和欲望,他不动声色却掌控一切。就是因为他不期而遇的造访,白陀沟再也不是我们熟悉的乡土中国。传统的道德、伦理、价值乃至乡风乡俗，都发生了天翻地覆的变化。无论是洋教头的要色还是中国教练的要钱，都与乡土中国的伦理道德背道而驰水火难容的。但事情就是这样发生了。事实上，老芬只是一个符号，一个与"现代"有关的符号。百年来，乡村中国对"现代"的向往是一个挥之难去的梦幻，仿佛进入了"现代"就进入了天堂。他们万万没有想到的是"现代"的两面性，"现代"的与魔共舞的双刃剑性质。特别是对于后发现代性国家而言，为"现代"要付出的代价他们许多年以后才会感受到。这也诚如大卫·哈维所说：……事物的易变性使得人们难以保持任何历史连贯性意识。如果历史有什么意义的话，那么它的意义必须在变化的漩涡中去发现和界定，这个漩涡不仅影响着一切被人们讨论着的事物而且影响着讨论的术语。这样，现代性不仅要无情地打破任何或一切以前的历史状况，而且它的特征就在于，它意味着一个在自身内部永无止境地进行着内部分裂和解体的过程。

事实上，情况远要严重得多。白陀沟所发生的已不止是"永无止境地进行着内部分裂和解体的过程"，它所呈现出的已经是一个彻底"溃败"的景象——白陀沟只关心这一件事情，只为这一件事情在忙碌：被选中足球队员就意味着逃离了土地，进而出人头地置换身份，不仅光宗耀祖，重要的是最后完成了进入"现代"的仪式。在这样的关系支配下，乡土生活只能在这样的溃败中碎片化。更糟糕的是，这个寓言式的小说已经成为乡土中国的一个缩影。无论我们忧心忡忡还是喜出望外，我们都没有能力改变它——一切凝固的东西都化为乌有。那个我们熟悉的乡村中国，就这样渐行渐远一去不复返了。读过《斯蒂芬又来了》之后，我们现在需要检讨的是："现代"，在中国究竟是一个什么样的东西。

生活的深水区　人性的纵深处

初读王手的短篇小说,感到非常震动。这个震动并不是说王手书写了多么重大或尖端的事件,写了多么离奇的故事或人物。恰恰相反,王手的小说都是典型的日常生活、普通人的寻常日子。但是,就在这貌不惊人、看似信手拈来的平常生活中,显示了王手作为小说家的锐利和锋芒:他波澜不惊、从容不迫的叙述,将我们逐渐引向了生活的深水区,逐渐触摸到了我们曾经经历却不曾注意的人性的深处。在最平实的文字中,隐含着他一眼望穿的老辣。他的小说有"杀气"。这个杀气不是血雨腥风刀光剑影,而是一种绵里藏针的征服力量。就像武林高手,虽然也是一招一式不露痕迹,但他的不同是在不露痕迹中隐含着艺术的"绝杀"。

王手的小说中都是我们常见的市井人物、"知识分子"和平民等普通人。比如《双莲桥》中的"埠头"乌钢、《软肋》中的龙海生、《西门的五月》中的西门、《买匹马怎样》中的王勃和李回珍、《谁的声音》中楼上楼下的两户人家。既然是寻常人物,就决定了他们的生活方式和范畴。他们不可能对社会产生超出他们生活范畴的影响,也不具有支配的可能。因此,王手的小说没有大叙事。但他同样对生活的流水账和家长里短没有兴趣。比如他写比较霸道的市井人物，这样的人物我们在《水浒传》等作品经常见到。像泼皮牛二、西门庆、蒋门神等。《软肋》中的龙海生和泼皮牛二有谱系关系，表面上他们有相似性。但仔细识别会发现他们是非常不同的：牛二只是一个市井无赖，施耐庵只是在外部刻画了这个无事生非的"滚刀肉"性格。王手的龙海生虽然也有"凶相"、有"盟兄弟"，经常无理取闹寻衅滋事为所欲为甚至冲击厂部，不把厂长放在眼里。但这个江湖人物有识相的时候，也有软肋。龙海生的软肋是他的女儿。他做的一切都是为女儿。特别是工友为庆祝他女儿考取重点中学、女儿说出了父亲在自己心中形象的时候，龙海生彻底被打败了。因此，王手既从古代文学中汲取了某些传统元素，又从现代中西方小说中汲取了关于人性复杂性的理解。在这个意义上，王手的小说既是中国本土的，又是"现代"的。如果把《软肋》和《双莲桥》一起读会更有意思。《双莲桥》似乎是从另一个方面阐释了《软肋》。文革时期的双莲桥非常混乱，无政府的状态为民间"权威"人物的出现提供机会。双莲桥的"埠头"就是在这时出现的。乌钢无意中做了"埠头"，他用"钉拳"收拾了几个江湖人物，于是在民间被神话了，甚至有人认为他还"杀过人"。但乌钢不是十恶不赦的坏人，公安局周密的调查仍然不能证实乌钢有问题。"埠头"经过公安局整顿之后作鸟兽散。有趣的是，没了"埠头"的瓜船："歇不是，上也不是，都吃不准，像没有人指引方向一样，没有着落。那些接瓜的下家，他们到底接不接？接过来会不会受到质疑？心里一点也没有底。于是，埠头很快萧条了，冷清了，人影也没有了。"埠头被清理了，也"没有人说了算了"。民众对强势人物的依赖心理是一个普遍心理，也是至今仍没有发生革命性变化的心理。因此，龙海生、乌钢等才有了成为"老大"的土壤，这既是他们的选择，同时也是一种被选择。小说最后对当下消费场所的描述，虽然寥寥几笔看似漫不经心，但他点到为止地说了与历史相关的某些隐秘。

《西门的五月》，就题材来说也无惊人之处。一个日子也安稳的中年男人，每年五月都要到上海去一次。去上海的目的就是"想着能和小雨睡一觉"。他先后两次来到了上海，但两次都没有得逞，两次都在小雨"温柔的一刀"面前不战自败。西门返回的途中又邂逅了一个美貌姑娘，西门居然荒唐地应邀以"男朋友"身份陪她到海宁参加唱诗会的演出。饭也一起吃了，房间也一起住了。但西门还是没有得逞。这个空虚的中年男人还是两手空空一无所获。小说对这个时代青年女性心理的把握炉火纯青，中年男人的无奈无措和无处述说的尴尬、可怜和悲哀处境，被书写得淋漓尽致。

如果说西门的"痛苦"是咎由自取，苦酒是自己酿造的话，那么《谁的声音》的关系就复杂了。现代公寓的居住环境，既老死不相往来，又一定会发生一些关系。楼上的妻子对声音极为敏感，于是便焦虑、愤怒乃至几近崩溃。于是进一步导致了漫长的拉锯式的相互报复的"战争"：楼下听到声音便向楼板敲击，楼上听到敲击声便越发将声音弄得更响。这样日子的痛苦可以想象的。但是王手并没有止步于对邻里纠纷的表现。为了躲避声音对妻子的折磨也为了避免矛盾升级，楼上的搬到了别的地方。没有声音的日子清静了，但好像又少些什么。叙述者对楼下的人家不免惦记起来。原因是他有了"癔听症"和"幻听"的知识。患这个病症的人非常痛苦，特别是女人："女人有时候更容易落入一种极端，极端才会无端地生起事情，且不可理喻。而男人一般会相对理智。"正是这两个男人的网络沟通，发现了问题的严重性。事实上，楼上女人患有大体相似的病症。什么是同病相怜，什么是感同身受，什么是理解和友善。王手在一个看不见摸不着的"声音"里发现了。这个发现给人以石破天惊的震撼和感动。

《买匹马怎样》是一个怪异的小说，是一篇在荒诞中有隐喻性的小说。夫妇两人从商量买车到决定买马到最后什么也不买，过程看似符合逻辑，妻子也大智若愚地配合。但小说显然是对当下生活荒诞性的书写，是对生活不确定性的书写。车、马这些物的世界对人的诱惑或左右，已经成了生活的支配性力量。人被物的异化已经成为生活的常态。当然，这也是一篇非常有趣、可以做多种解读的小说。

总体说来，王手的小说深入到了生活的深水区，他触摸到了人性的纵深处。他处理的是人的心理、精神、灵魂的领域，关心的是当代人内心的问题。尤其是对人的不安、焦虑、彷徨、空虚、脆弱及表现形式的发现。昆德拉在《小说的艺术》中说："小说存在的理由是要永恒地照亮'生活世界'，保护我们不至于坠入'对存在的遗忘'。"因此，当王手以小说的形式照亮"生活世界"的时候，我们可以肯定地说：原来生活和人性是被发现的。

《云端》与历史边缘经验

历史边缘经验，是指在主流之外或被遗忘或被遮蔽的历史经验。但作为重要的文学资源一旦被发现，它将焕发出文学的无限可能性。文学是一个想象和虚构的领域。它除了对现实的直接经验做出反映和表达之外，对能够激发创作灵感的任何事物、任何领域都应当怀有兴趣。

我之所以强调当下中篇小说"守成"于边缘地带，正是因为有一些作品在传统的创作题材遗漏的角落发现了广阔的空间。比如马晓丽的《云端》，应该是新世纪最值得谈论的中篇小说之一。说它重要有两个原因：一是对当代中国战争小说新的发现，一是对女性心理对决的精彩描写。

当代中国战争小说长期被称为"军事题材"，在这样一个范畴中，只能通过二元结构建构小说的基本框架。于是，正义与非正义、侵略战争与反侵略战争、英雄与懦夫、敌与我等规定性就成为小说创作先在的约定。因此，当代战争小说也就在这样的同一性中共同书写了一部英雄史诗和传奇。英雄文化与文化英雄是当代"军事文学"最显著的特征。《云端》突破了"军事文学"构筑的这一基本框架。解放战争仅仅是小说的一个背景，小说的焦点是两个女人的心理"战争"——被俘的"太太团"的国民党团长曾子卿的太太云端和解放军师长老贺的妻子洪潮之间的心理战争。洪潮作为看管"太太团"的"女长官",有先在的身份和心理优势,但在接触过程中,洪潮终于发现了她们相通的东西。一部《西厢记》使两个女人有了交流或相互倾诉的愿望,共同的文化使他们短暂地忘记了各自的身份、处境和仇恨。但战争的敌我关系又使她们不得不时时唤醒各自的身份记忆,特别是洪潮。两个女性就在这样的关系中纠缠、搏斗、间或地推心置腹甚至互相欣赏,她们甚至谈到了女性最隐秘的生活和感受。在这场心理战争中,她们的优势时常微妙地变换着,一波三折跌宕起伏,但这里没有胜利者。战场上的男人也是如此,最后,曾子卿和老贺双双战死。云端自杀,洪潮亦悲痛欲绝。有趣的是,洪潮最初的名字也是云端,那么,洪潮和云端的战争就是自己和自己的战争,这个隐喻意味深长。它超越了阶级关系和敌我关系,同根同族的内部厮杀就是自我摧残。

小说在整体构思上出奇制胜,在最紧要处发现了文学的可能性并充分展开。战争的主角是男人,几乎与女性无关。女性是战争的边缘群体,她们只有同男人联系起来时才间接地与战争发生关系。但在这边缘地带,马晓丽发现了另外值得书写的战争故事,而且同样惊心动魄感人至深。这是一篇可遇不可求的优秀之作。

当个人的历史已无法书写

徐虹真正地进入我们的视野并引起关注,是近年来她发表的为数不多的小说作品。她不鸣则已一鸣惊人。她的小说与她的外表有惊人的一致:优雅、敏锐、含而不露但洞若观火;睿智、坦白、自尊自爱但尖锐犀利。她对当下都市青年生活、特别是对都市白领青年生活状态和精神状态,有极为独到的理解和体悟。

对当下中国中心城市的生活,描述为后现代也好、全球化也好、与国际接轨也好,其实并不重要。对我们而言,重要的是一个作家或一部作品,在什么样的程度上揭示或逼近了当代青年的生活状况或心理状态。一个时代的状态就是青年的状态,一个时代的心理就是青年的心理。尤其在现代语境中,青年可以漠视传统,他们制造属于自己的时尚和生活方式,他们熟悉同类的语言、眼神和肢体。"生活圈子"的概念从来没有像今天这样令人触目惊心或陌生隔膜。于是,《青春晚期》所描摹的生活于我们来说几乎是难以了解或理解的:他们的"青春晚期"对我们而言几乎就是老年晚期。所幸的是还有杨振宁的当代爱情传奇,部分地缓解了我们对当代情感生活的麻木不仁和所知甚少。《青春晚期》的五部中篇小说，从题材和主题来说，都是涉及情感和婚姻的。一个作家关注什么题材和主题，大致可以了解她熟悉和思考的范畴。徐虹的不同就在于，在情感、情爱或性爱题材像海啸一样席卷和淹没中国小说市场的时候，她以自己严肃和理性的书写将我们从性和爱的灾难中打捞出来，她的小说犹如海啸中的诺亚方舟，使深陷肉欲横流的读者们，得以重新思考灵与肉的关系问题。

徐虹小说的主人公几乎都是那个命名为"风子"的青春晚期女性，小说以风子为轴心展开故事。那个圈子不大，生活也无大的波澜，他们找机会就聚会，寓所、饭馆、酒吧或乡郊农家大院，是他们聚首的常见场所，这些不能再熟悉的人都是"无聊而有意思的人"。这些人有稳定的收入，有体面的工作，有良好的教育背景。在中国的生存处境中，他们是中产阶级，起码是白领阶层。他们衣食无忧甚至相当优越。但处于青春晚期的这些青年人，就是没有幸福感。他们没有倾心的交流，没有发自内心的笑声。他们用智慧和聪明的语言旁敲侧击含沙射影，但都心领神会无师自通。因此，这些都市青年不是王朔笔下的都市混混，也不是上世纪七十年代北漂的一代。他们的困境不是来自生存方面，而是来自精神和情感领域。他们的精神和情感处境，特别容易让人联想到萨特的存在主义——存在主义是一种人道主义，如果我们演绎一下萨特的话，那么，徐虹笔下的风子、安子等青春晚期青年，既不向对方妥协让步，但也决不刻意伤害别人。他们尊重情感但怀疑婚姻。对婚姻关系的质疑，大概是对男女契约关系最深刻、最本质的质疑。它将当下青年对婚姻或人际关系的不信任或缺乏理由的信任，几乎写到了极致。她将当下青年最隐秘的心理活动以平常的、却是最残酷的方式揭示了出来。

这样，徐虹的青春晚期书写就具有了别一种意味：她在日常生活中发现了真正的危机：无论是婚恋关系还是医生与病人关系，无论是同性的姐妹情谊，还是异性之间的暧昧，在这里都被揭去了面纱。剩余的情谊、情爱除了短暂的存在一文不值。而怀疑、厌倦才是本质。徐虹的小说貌似平和、有趣和智慧，但一旦深入阅读，竟让我们震惊不已。她华丽语言外衣掩盖下的，是一种刻骨铭心的颠覆和拆解力量。我们发现，不要说宏大的历史在徐虹的小说里已经不存在，即便是个人历史，在这里也已无法完整地书写。破碎的情感在都市场景中如霓虹灯一样闪灭，那就是当代青春晚期的情感碎片。徐虹捕捉和感知了这一切，于是便成就了她的与众不同。

本土文化资源的现代之光

当下的文学创作，让作家最感困扰的可能还是创作资源的问题。经验固然重要，但经验怎样转化为文学，让经验依附在一个可靠的文学形象上，更多的作品并没有得到解决。张之路的长篇小说《千雯之舞》，是借助本土文化资源进行小说创作的一次有效的尝试。这个尝试在两个方面取得了重要的突破和成就。虽然小说也借助了当下流行的创作方法，但小说的内在结构和基本构思，还是在本土传统的文化资源中展开。

文学语言的问题，至今我们仍在谈论，但语言的基础是文字。汉语文字的魅力和独特性，在中外语言学家、文字学家和文学家那里都得到广泛的认同。张之路《千雯之舞》的别开生面就在于，他赋予了汉字以鲜活的生命，让汉字在小说中跃动起来。他选择了与小说总体构思有关的汉字，并将其作为具体的"人物"，比如"雯"、"飒"、"朵"、"爽"、"谋"、"义"、"失"等，不仅生动地阐释了每一个具体汉字的形与意，在视觉和审美的意义上，使汉字与我们的理解与感觉构成了只可意会难以言传的对应关系，重要的是这些字"人物"在小说中的"命运"与汉字本身的意义，构成了绝妙的可以意会的意味。因此，这是一部向本土伟大传统致敬的小说，是对中国汉字深表敬畏和无限热爱的小说，是一部有非凡想象力和创造力的小说。在最古老和最有代表性的本土文化中找到了新的文学资源，它奇异的想象力，将从一个方面点燃中国作家新的灵感。

另一方面，是《千雯之舞》在情感方式上的坚守。我们知道，"纯情"小说是一个时期以来流行的类型文学，比如《山楂树之恋》、《那一曲军校恋歌》、《1980的情人》，特别是《山楂树之恋》被张艺谋搬上银幕之后，纯情文学在坊间燃起了空前的阅读热情。这些作品不能不说有感人的局部，那些被回放或重新结构的场景或人物，是我们曾经的文化或情感记忆。但是我们也不能不指出，这些作品还是在浅表的大众文化层面表达的，就像上世纪九十年代初期长篇电视连续剧《渴望》一样，它的市场诉求溢于言表。《千雯之舞》的不同在于，小说以最古老的本土文化作为资源，但贯穿于小说的毕竟是人，穿越也好，幻想也好，荒诞也好，真正感人的还是杨天飒和莫千雯的爱情。这里的爱情不是夸张渲染的"纯情"，不是"一场风花雪月的事"，那是刻骨铭心的爱情绝唱。这里的爱情与传统的中国文化息息相关一脉相承，那是"两情若是久长时，又岂在朝朝暮暮"的爱情，是"何当共剪西窗烛，却话巴山夜雨时"的爱情。出身名门的莫千雯对救自己于险境的杨天飒一见钟情，不料他们双双变成了"汉字"被囚禁于一个房间……

读完这个千古绝唱般的爱情故事后，既为他们梦中相会感到欣然，也为他们在现实中难以结合而惆怅感伤不已。许多年以来，我们很少在文学中被感动，很少读到自然、水到渠成的情感故事。因为如此，《千雯之舞》才格外为我们重视，它超越了儿童文学与成人文学的界限，它纯正的文学品格如高山雪冠，古老的文化资源因《千雯之舞》放射出了现代之光，它为这个时代的文学带来了新的希望和灵感。

【第三辑】

『后』时代

"70后"的身份之谜与文学地位

70后作家的创作面貌,很难从总体上做出评价。这与70后这代人的文化记忆有关。60后作家与50后作家没有明显的界限或差异,80后作家完全没有集体记忆。70后作家处在历史夹缝之间——对于历史,他们若隐若无似是而非。因此,疾风暴雨式的文学革命与他们基本没有关系。当他们登上文坛的时候,文学革命已经落幕;面对现实,80后横空出世,网络文学大行其道,没有历史负担的这代人几乎为所欲为无所不能。70后就夹在这两代人之间,留给他们展现文学才能的空间可想而知。因此,70后的小说一直犹疑于历史与现实之间。当然,这样的分析显然是一孔之见。事实上,70后作家用他们的方式仍然创作了许多值得注意和研究的长篇小说。当总体性溃败之后,用代际来表达创作的差异性也许本身就是一个错误。但文学批评也许就是这样:虽然是临时性概念,但它的通约性也为我们提供了讨论问题的可能。

70后作家的分散状态,就是今日中国文学状态的缩影和写照。文学革命终结之后,统一的文学方向已经不复存在。但是,70年代出生的作家还要特殊一些,这就是他们很难找到自己的历史定位。2009 年诺奖获奖者缪勒说,她的写作是为了"拒绝遗忘"。类似的话还有许多作家说过。但是,这样正确的话对中国 70 后作家来说或许并不适用。普遍的看法也认为,70 后是一个没有集体记忆的一代,是一个试图反叛但又没有反叛对象的一代。事实的确如此。当这一代人进入社会的时候,社会的大变动——急风暴雨式的革命已经成为过去,"文革"的终结使中国社会生活以另一种方式展开,经济生活成为社会生活的主体。日常生活合法性的确立,使每个人都抛却了意义又深陷关于意义的困惑之中;八十年代开始的"反叛"遍及了所有的角落,90 年代后,"反叛"的神话在疲惫和焦虑中无处告别自行落幕。不知道是幸还是不幸,不论"反叛"的执行者是谁,可以肯定的是,这一切都与 70 年代无关或关系不大。这的确是一种宿命。于是,70 年代便成了"夹缝"中生长的一代。这种尴尬的代际位置为他们的创作造成了困难,或者说,没有精神、历史依傍的创作是非常困难的。但是,任何事物都有例外。在我看来,这代作家很难对他们做出整体性的概括,他们没有形成一代人文学的"同质化"倾向,他们之间是如此的不同。正是这种不同使他们在历史的缝隙中突围成为可能。于是,我们在新世纪看到了由魏微、戴来、朱文颖、金仁顺、乔叶、李师江、徐则臣、鲁敏、盛可以、计文君、付秀莹、冯唐、慕容雪村、梁鸿、李修文、安妮宝贝、阿乙、张楚、李浩、东君、朱三坡、蒋一谈等构成的"70 后"小说家的主力群体。

关于 70 后作家,宗仁发、施战军、李敬泽曾发表过三人对话《被遮蔽的"70 年代人"》。十几年前他们就发现了这一人"被遮蔽"的现象。但是由于当时对事务认识的局限,他们部分地发现了 70 年代被遮蔽的原因。比如 70 年代完全在"商业炒作"的视野之外,"白领"意识形态对大众蛊惑诱导等。他们还没有发现 50 后这代人形成的隐形意识形态对 70 后的遮蔽。"'70 年代人'中的一些女作家对现代都市中带有病态特征的生活的书写,不能不说具有真实的依托。问题不在于她们写的真实程度如何,而在于她们所持的态度。应该说1998年前后她们的作品是有精神指向的，并不是简单地认同和沉迷，或者说是有某种批判立场的。"70后的这些特征恰恰是50后作家在当前所不具备的。但是，由于50后作家在文坛的统治地位和主流形象，已经成为一只"看不见的手"压抑和遮蔽了后来者："你是一个年轻的、生于70年代的作家，你就是'新新人类'，否则你就什么都不是。"这一描述道出了70后的身份之迷和精神的困窘。但是，许多年过去之后，70后以他们的创作实绩显示了他们不可忽略的文学地位。

魏微的小说——特别是她的中、短篇小说，因其所能达到的思想深度和艺术的疏异性，已经成为这个时代中国高端艺术的一部分。魏微取得的成就与她的小说天分有关，更与她艺术的自觉有关——她很少重复自己的写作，对自己艺术的变化总是怀有高远的期待；李师江的小说，纠正了现代小说建立的"大叙事"的传统，个人生活、私密生活和文人趣味等，被他重新镶嵌于小说之中。李师江似乎也不关心小说的西化或本土化的问题，但当他信笔由疆挥洒自如的时候，他确实获得了一种自由的快感。于是，他的小说与现代生活和精神处境相关。他的小说也是传统的，那里流淌着一种中国式的文人气息；鲁敏的小说既写过去也写现在。鲁敏关于"东坝"的叙述，已经成为她小说创作的重要部分。这个虚构的所在，在今天已是只能想象而无从经验的了——就像当年的鲁镇、乌镇或其他类似的地方。现代化的进程决绝地剿灭了这些力不从心或没有抵抗能力的脆弱区域。中国的小镇是一个奇异的存在，它在城乡交界处，是城乡的纽带，是过去中国的"市民社会"——乡绅存在的特殊空间。在那里，我们总会看到一些奇异的人物或故事，这些人物或故事是带着与都市和乡村的某些差异来到我们面前的；东君的小说写的似乎都与当下没有多大关系的故事，或者说是无关宏旨漫不经心的故事。但是，就在这些看似不经意的、暧昧模糊的故事中，表达了他对世俗世界无边欲望的批判。他的批判不是审判，而是在不急不躁的讲述中，将人物外部面相和内心世界逐一托出，在对比中表达了清浊与善恶；计文君的小说仿佛出自深宅大院：它典雅、端庄，举手投足仪态万方。因此她是一位带有中国古典文化气息和气质的作家；另一方面，它诡异、繁复、但也俏丽，修辞叙事云卷云舒。她的小说有西方20世纪以来小说的诸多技法和元素。但是，计文君既不是传统的也不是西方的，她是现代的。

90年代以后的中国文学，带着西方文学的影响和记忆开始了整体性的"后退"，这个"后退"就是向传统文学和文化寻找资源，开始了又一轮的探索。值得注意的是，这个探索是在总体性瓦解之后的探索，因此它有更多的个人性。这也是70后作家整体风貌的一部分。70后隐约的历史记忆，使他们不得不更多地面对个人的心理现实——因为他们无家可归。但是，他们在矛盾、迷蒙和犹疑不绝之间，却无意间形成了关于70后的文学与心路的轨迹。

在绝望的尽头看到光

　　读魏微的小说,总是怀着一种期待,她是能够给人期待的作家。特别是读她故乡记忆的小说,那种温婉如四月煦风拂面春雨无声润物。这篇《姊妹》同样是一篇优秀的短篇小说,不同的是她温婉中亦隐含了一份凌厉。故事发生在文革期间:被称为三爷的许昌盛"是个正派人,他一生勤勤恳恳,为人老实厚道"。这样人过的应该是循规蹈矩波澜不惊的日子,与寻常百姓没有二致。但三爷许昌盛却不鸣则已一鸣惊人:他居然一妻一妾有两个老婆。

　　性格内敛并不张扬的许三爷,是和黄姓三娘结婚十一年后才发现爱情的。他爱上了一个二十一岁的温姓姑娘。这个重大的事变与其说在家庭内部掀起了轩然大波,毋宁说改变了当事人的生存状态和性格:三爷婚后曾"破例变成了一个小碎嘴",现在"嘴巴变紧了";温和的黄三娘两年后才知情,她的第一个反应是:"再也按捺不住了",她不骂三爷,而是跑到院子里,把上上下下骂了一遭。"这次酣骂改变了三娘的一生,在由贤妻良母变成泼妇的过程中,她终于获得了自由,从此以后她不必再做什么贤妇了";

而温姓三娘当时如火如荼的爱经过两年之后，也"心灰意冷，她说，爱这东西，还有什么好说的呢？"时间改变了一切，但这个过程却一波三折惊天动地。两个三娘有了正面冲突并不断升级之后，三爷逃之夭夭了。三爷的逃逸不仅没有平息这场争斗，反而加剧了争斗的激烈。温三娘公开参与到寻找三爷的行列激怒了黄三娘，于是他带领娘家的兄弟找到了温三娘：

温姑娘坐在地上，她蓬头垢面，起先她也还手，后来她就不动了，任着三娘胡抓乱挠、拿指节在她的额头上敲得咚咚作响。温姑娘是那样的安静，偶尔她抬头看了一眼三娘，直把后者吓了一跳。她的神情是那样的坚定、有力量，充满了对对手的不屑和鄙夷。三娘模模糊糊也能意识到，这女人是和她干上了，从此以后，谁都别指望她会离开许昌盛。三娘突然一阵绝望，坐在地上号啕哭了起来。

在爱情这件事上，女性比男性决绝得多，男性惹上事情之后的不堪、卑微、猥琐，在三爷这里淋漓尽致地表达出来。当三爷逃逸之后，事实上，三爷已经出局了，两个女人对他的不屑剥夺了一个男人最后的尊严。斗争只在两个女人之间展开。我惊异魏微对人物心理的把握和洞察：两个三娘这时都不在乎三爷了，而是彼此之间在心气和意气之间的斗争。温三娘没有名分，本来处于心理上的劣势，但此时的温三娘镇静无比：

是什么使温姑娘变得这样坚强，我们后来都认定，她的心里有恨——其时三娘正在四处活动，想把她告到牢里去，可是这么一来，很有可能就会牵连到许昌盛，三娘就有点拿不定主意了；温姑娘听了，也没有说什么，淡淡地笑了笑。我们不妨这样说，温姑娘的下半生已经撇开了三爷，她是为三娘而活的，事实证明她活得很好，她一改她年轻时的天真软弱，变得明晰冷静——她再也没有男人可以依靠，心里只有一个目标，那就是活着，要比黄脸婆更像个人样；随着小女儿的出生，她身上的担子重了许多，她在家门口开了间布店，后来她这店面越做越大，改革开放不久，她就成了我们城里最先富起来的人，当然这是后话了。

如果仅仅写两个三娘的争斗，小说还是爱恨情仇并无新意，这样的世俗故事司空见惯。但后半部的转折使小说峰回路转柳暗花明。可有可无的三爷死在四十八岁上。三爷的死使两个女人有了认识各自命运的可能，他们还是相互嫉恨不能原谅。但在具体事情上，他们又无意间相互同情、怜悯、体贴，比如温三娘的孩子受了欺负，黄三娘看见了不由自主地站在温三娘的孩子一边；温三娘念着黄三娘没有女孩，嘱咐自己的女孩要给黄三娘送终。她们都没有忘记对方是"仇人"，但在情感上又是五味杂陈一言难尽。她们在三爷死后无意中见了一面。这一面使两个女人的内心发生了变化。

我们族人都说，两个女人大约就是从这一面起，互相有了同情，那是一种骨子里的对彼此的疼惜，就好像时间毁了她们的面容，也慢慢地消淡了她们的仇恨；我不太认同这种说法，我以为她们的关系可能更为复杂一些，她们的记恨从来不曾消失，她们的同情从开始就相伴而生，对了，我要说的其实是这两个女人的"同情"，在多年的战争中结下的、连她们自己都没有意识到的情谊；命运把她们绑在了一起，也不为什么，或许只是要测试一下她们的心理容量，测量一下她们阔大而狭窄的内心，到底能盛下人类的多少感情，现在你看到了，它几乎囊括了全部，那些千折百转、相克共生的感情，并不需要她们感知，就深深地种在了她们的心里。

小说写了两个女人不幸的人生，但小说不只是在外部书写她们永无天日的苦难，而是深入到人物内心，在人性的复杂性上用尽笔力。两个女人的关系永远纠缠不清但又彼此依存。

如果从三爷这个角度看，也可以认为这是一篇相当"女性主义"的小说，它是一种"逆向"的性别书写：作为男性的许三爷，唯唯诺诺小心翼翼，没有担当没有责任，自己闯了祸最后的选择竟是逃逸。与两个女性比较起来他可怜到了可恨的地步。他早早地死去，在小说中也有一种被"放逐"的意味——他真的不重要了。而女性在这里就完全不同了。她们敢于捍卫自己的利益或爱情，没有名分也敢于将怀孕的身体招摇过市，男人死了也将"一日夫妻百日恩"演绎得撕心裂肺感天撼地；为捍卫名分坚决拒绝了"妾"在葬礼上出现。女性的凛然、坦荡和义无反顾跃然纸上。但我并不认为这是一篇"女性主义"的小说。魏微在这里要表达的还是与人性相关的东西，特别是女性的爱恨交织、剪不断理还乱的情感、心理的复杂或微妙。家庭的破碎、身份的暧昧使两个女性度过了悲惨的时光，这应该是一个绝望的主题，但魏微让人心在绝处逢生，在绝望的尽头让我们看到了光。人心善恶的变化，以及没有永久的憎恨，没有不变的仇恨等，被魏微表达得真切而细微。她不急不躁从容不迫款款道来的叙述耐心，使她当之无愧地成为一个成熟的小说家。更值得注意的是，这是一个发生在文革时期的故事。但小说中，文革只是一个背景，那些大是大非并没有进入寻常百姓的日常生活。他们按照自己的生活轨迹度过的也是不平常的岁月，但这个不平常只与情感、人性的全部复杂性相关。

"清"的美学和批判

东君的小说创作起始于新世纪,他的第一篇小说《人·狗·猫》发表在2000年2期的《大家》上。十年对一个作家来说不算长,但十年的时间却可以看出一个作家的端倪——他是否有可能从事这个行当,或者说他是否"当行"。当我有机会阅读了东君重要的中短篇小说以后,给我印象深刻的是,东君的小说境界高远,神情优雅,叙事从容,修辞恬淡。他的小说端庄,但不是中规中矩;他的小说风雅,但没有文人的迂腐造作。他的小说有东西文化的来路,但更有他个人的去处。他处理的人与事不那么激烈、忧愤,但他有是非,有鲜明的批判性,也有一种隐秘的、尽在不言中的虚无感。这些特点决定了东君小说的独特性,也是他近年来受到越来越多关注的重要原因。

东君被谈论最多的可能是中篇小说。比如《阿拙仙传》《黑白业》《子虚先生在乌有乡》等,它们曾获得各种奖项、选入不同的选本,已经证实了其价值。因此,我想集中讨论东君的几部重要的短篇小说。东君的短篇小说写得非常有特点并且好看。他在借鉴西方现代小说技巧技法的同时,对明清白话小说甚至元杂剧的神韵和中国古代文人趣味都深感兴趣甚至迷恋，对文人生活、边缘性、自足性或对中国古代美学中文人"清"的自我要求等都熟悉或认同。尤其是，东君对古代文人的这些内心要求和表现形式了如指掌。比如他写洪素手弹琴、写白大生没落文人的痴情、写"梅竹双清阁"的苏教授、写一个拳师的内心境界，都有六朝高士的趣味和气质。

作为传统美学趣味的"清"，本义就是水清，与澄互训。《诗经》中的"清"主要形容人娴淑的品貌，在《论语》和《楚辞》中是形容人的峻洁品德，但作为美学在后世产生影响的还是老子的说法：

> 昔之得一者，天得一以清，地得一以宁，神得一以灵。（第三十九章）

> 大成若缺，其用不敝。大盈若冲，其用不穷。大直若屈，大巧若拙，大辩若讷。躁胜寒，静胜热，清净为天下正。（第四十五章）

魏晋以后，"清"作为士大夫的美学趣味，日渐成为文人的自觉意识和存心体会。东君对"清"的理解和意属在他的作品中就这样经常有所表现。也就是这样一个"清"字，使东君的小说有一股超拔脱俗之气。但更重要的是，东君要写的是这"清"的背后的故事，是"清"的形式掩盖下的内容。于是，东君的小说就有意思了。"清"是东君的坚持而不是小说人物的内心世界和行为方式。无论是《风月谈》中的白大生、《听洪素手弹琴》中的徐三白，还是《拳师之死》中的拳师，他们最后的命运怎样都不重要，重要的是他们面对世俗世界的气节、行为和操守。东君对这些人物的塑造的动机，背后显然隐含了他个人的趣味和追求。他写的是小说，但他歌咏的却是"言志"诗篇。当然，东君毕竟是当代作家而不是旧时士大夫，因此,他对那些貌似清高实为名利之徒的人也竭尽了讽喻能事,比如《风月谈》。

东君的小说写的似乎是与当下没有多大关系的故事,但是,就在这些看似无关宏旨、漫不经心、暧昧模糊的故事中,表达了他对世俗世界无边欲望滚滚红尘的批判。他的批判不是审判,而是在不急不躁的讲述中,将人物外部面相和内心世界逐一托出,在对比中褒贬了清浊与善恶,比如《拳师之死》《苏静安教授晚年谈话录》等。东君在小说中不是要化解这些,而是呈现了这种文化心理的后果,是以"清"的美学理想关照当下红尘滚滚的世俗万象。在人心不古的时代,表达了对古风的向往和迷恋。

话语狂欢与"多余的人"

上世纪80年代的文学仍然是我们的主要参照,一直被我们怀念。在我看来,这种怀念有一个非常重要的原因,就是文学在那个年代有一个整体的青年形象。比如高加林、白音宝力格、孙少平以及知青形象,现代派文学中的反抗者、叛逆者的形象等等,一起构成上世纪80年代文学绵延不绝的青春形象序列。这些青春形象和那个时代的港台音乐、校园歌曲以及崔健的摇滚、第五代电影等,共同构建了当时的文化气氛和扑面而来的充满激情的青春气息。

任何一个时代的文化心理、氛围和具有领导力的潮流,都是由青年来担当。因此没有青春文化和没有青春形象的文学,在任何一个时代都无法想象。告别上世纪80年代以后,虽然有很多青春文学作品,但文学中的青春形象却逐渐模糊。我们很难在文学中识别当下的青年形象。即便在一些作品中能看到校园和社会青年形象,也不再是上世纪80年代偶像式的人物,比如像《平凡的世界》中的孙少平,更不是当时风行一时的、叛逆的个人英雄式形象。这个时代的青春形象,酷似法国的《局外人》,英国的《飘泊者》，前苏联和俄罗斯的当代英雄、"床上的废物"、日本的"逃遁者"，中国现代的多余者和美国的"遁世少年"等等。多余者是一个世界性的文学形象。但我不认为石一枫的小说只是一个谱系的问题，它更与当下中国现实，以及当代作家对现实的感知有关。这些形象与我们这个时代没有方向感和皈依感，和这个时代的气息密切相关。

石一枫的"青春三部曲"没有情节故事的延续关系，它们各自成篇，但它们的内在情绪、外在姿态和所要表达的与现实的关系，有内在文化上的同一性——它们都与青春成长有关，与80后的精神状况有关。因此，我将其称为"青春三部曲"。

《红旗下的果儿》写四个青年的成长。他们的成长不是50后、60后的成长。50后和60后的成长，除了家长、老师，当时还有流行的时代偶像。这些时代的青春大多循规蹈矩、亦步亦趋。80后这代人的青春不同，就在于他们生长在一个价值完全失范、精神生活几乎完全溃败的时代。他们几乎是生活在一个价值真空当中。生活留给陈星——《红旗下的果儿》的主人公——的更多是孤独、无聊和无所事事。因此，他们内心的迷茫以及走向颓废，是另一种别无选择；《节节最爱声光电》是写出生在元旦与春节之间的女孩节节的生长史。这个有着天使般模样的北京小妞，成长史比较坎坷。父母失和、家庭破碎、父亲外遇、母亲重病。节节是一个十足的普通女孩，而一个普通女孩在这个时代的经历才是这个时代最真实的经历和感觉。

《恋恋北京》虽然也是"话语的狂欢"，但隐匿其间的故事还是清晰的。赵小提的父母希望他成为一个小提琴家，结果他让父母彻底失望，成为一个"一辈子都干不成什么事"混日子的人。与妻子茉莉的离异，与北漂女孩姚睫的邂逅，与姚睫的误会和三年后的重逢是小说的基本线索。这个大致情节并无特别之处，但在石一枫若即若离、不经意的讲述中，变成了一个浪漫感伤，并且非常感人的情爱故事。看似漫不经心的赵小提心中毕竟还有江山，他对人世间真情的眷顾，使这部小说有了浪漫主义文学的色彩。

因此，石一枫的"青春三部曲"不仅让人们有机会看到80后那些涌动的另外一种情怀和情感方式，还让我们看到了这代青年对浪漫主义文学资源的发掘和发展。浪漫主义文学在本质上是感伤的文学。从青年德意志、法国浪漫派，从福楼拜到乔治桑，失意的感伤是浪漫主义文学的核心美学。

朱学勤在一篇文章中讲，任何一个时代，对传统文化的反叛大概有两种形态：一种是"黑社会"，一种是"温柔乡"。黑社会基本是用话语调侃的方式，而温柔乡就是找到自己可以归属并且能够抒发的地方。石一枫的"青春三部曲"，在表现形态上既是"黑社会"，也是"温柔乡"。他没有刻意解构什么，也不执意反对什么，只是讲述他感知的现实社会。在他狂欢的语言世界，那弥漫四方、灿烂逼人的调侃只是玩笑而已，只是80后磨嘴皮子、抖机灵，并无微言大义。因此，我们看到的只是难以融入这个时代的零余者。

石一枫在小说中重新组织了他所感知的生活，并且他组织起来的生活比我们身处的生活更真实、更具穿透性。他让读者看到，生活远不那么光鲜，但也不至于让人彻底绝望。他的人物是这个时代多余的人，但恰恰是这些多余人的眼光为我们提供了理解、认识这个时代最犀利的视角。他们感知和看到的生活也是生活的一部分，而且是最重要的一部分。因此，石一枫的小说对读者来说也是关己的，让不同年龄的人能够喜欢。毕竟，虽然年龄不同，但大家内心的困惑在这个时代都不能够释然。在这个意义上，石一枫的小说的好处是温情，坏处是他遮蔽了社会中更值得揭示和批判的东西。

一个"报信的人"

《铁血信鸽》就三个人物：穆先生夫妇和养鸽人。小说在情节上并无甚特别之处：穆先生在妻子的"带领"下随波逐流地进行各种养生活动，养鸽人"为了有点事"百无聊赖地养鸽子，他们三者之间就"养鸽"、"食鸽"、"放鸽"等间或有些南辕北辙的对话。真正的冲突静水深流、惊涛拍岸地发生在穆先生心里：他是个内心"有野兽"、甚至还追求"意义"的人，眼下这驯服的、富态的中年生活令他备感无趣乃至沉沦，在"爱"与"同情"的名义下，他心不在焉地附和着妻子，虔诚地追逐着一波又一波的各种养生浪潮，在练就"金刚不坏"之身的同时等待着终点的死亡——然而，养鸽人的那群自由飞翔的鸽子们惊动并震动了他！穆先生忆起他的年轻时代，那"狂放动荡、充满尘土与暴雨，蔑视规矩与价值"的生活，再对照眼下这慵懒而驯化的处境，他备感精神处境的荒凉、绝望与无可寄放，最终，带着蔑视的笑，他"跃出人世的阳台，继而往侧上方飞去，他肥大宽阔的肉身，在风中缓慢而沉重地飘动"，最终幻化为一只带有血性、并象征着宏大自由的信鸽。

小说没有直接的矛盾冲突，却读得人心有所动，这似乎正是这个时代的某种征兆——中产、伪中产或试图中产、走向中产的人们，其精神生活是如此死气沉沉，甚至连冲突的兴趣和冲动都没有了，他们都是"好脾气的人"、是"修身养性"的人，正如穆先生所自嘲的："这样的庄重这样的肥白，注定就要在床上衣冠整齐地吐出最后一口浊气。"鲁敏以她一贯的敏锐，通过生活的蛛丝马迹，触动了这个时代的疾患——百般经营肉身的金刚不坏，却放任精神生活进入暮霭沉沉。养生当然没有错误，健康长寿是人类共同追求的福祉。但是当健康长寿成为唯一追求的目标，成为意志平庸、思想缺位的万能挡箭牌时，这个时代就出了问题！表面看这是当下的都市病，但背后隐含的却是没有方向感、自我逃避的时代性精神危机：在信仰缺失的背景下，所有人都在关注肉身，心无皈依，性灵无处安放。穆先生显然感受到了这一切，那只尾部带有叉形黑色花纹的鸽子，像是迎面而来的准确击打，一下子牵动起他对平庸生活的暴动与反思："鸽子那赌命般九死一生的惊悚激情，正是他最为渴求的但永不企及的寄托。"这是穆先生的内心独白，是他不足为外人道的心灵秘密。然而，穆先生又有典型的"中年心态"，他不满、蔑视，但也不是全然不可接受，对这种混浊与胶着状态的真正凶险并没有真正清明的意识，他没有"哈姆雷特式"的巨大思想矛盾，也没有堂·吉诃德式的猛武和勇气。遥看窗外的鸽子，他给自己下了终身被"幸福"软禁的判决，他将继续他这种"公共的、他人的、典型化的随时可被替换的物质生活"。

当然这不止是穆先生一个人的困境，它是我们所有人正在经历或即将经历的精神困境。在一个没有方向感和目标感的时代，民众对精神高远、宏大事务或自由人文已经丧失了责任感与兴趣点——我们到处可以看到民众的"养生运动"正如火如荼汹涌澎湃，出版排行榜上此类图书的满坑满谷，它的非理性以及媒体的推波助澜，为隐藏在民间的江湖人物的出场提供了绝好的机会和土壤，张悟本、李一等养生大师在各种媒体上夸夸其谈，推出各家的独门养生高论,一夜间暴得大名,不仅名利双收,而且瞬间成为民众的盲从"领袖",使得养生成为举国狂迷,乃至产业化、妖魔化……

《圣经·约伯记》里有一句话:"唯我一人逃脱,来报信给你。"这句话曾被四个人说过,约伯失去了财产和儿女,约伯面对苦难坦然自若,只因耶和华与他同在。某种意义上说,鲁敏同样是一个报信的人。在东坝系列之后,鲁敏的"暗疾"系列从个体走向了更为广阔的社会,并以她一贯的敏感、深刻和悲悯,带有先验性地抓住了这个光鲜时代背后的沉重阴影,鲁敏的预言与寓意在小说发表不久便被证实,那些江湖人物一个个地轰然倒塌,闹剧正逐一收场……而更多的后来者也许还在纷至沓来。

然而,即便如此,我们内心的茫然、困顿和不知所措却没有收场,方向的迷失感正如深秋夜间袭来的寒意弥漫四方:我们失去了方向感,却没有拯救我们的耶和华。《铁血信鸽》中那只尾部带有叉形黑色花纹的"铁血信鸽",经过"卓越的长途跋涉,飞过破败的屋顶与肮脏的河道,飞过张开的网与枯死的树枝",历尽艰险终于勇武地从玉门关飞回了自己的小巢,"报信"的鲁敏告知了我们消息,但我们、我们这个时代还有这样可以归去的家园吗?

后先锋时代的先锋写作

看到杜冰冰《序类之关于》这个书名，没有人会想到它是一部小说，但它确实是一部小说。但这又不是我们通常理解或阅读的那类小说，它有鲜明的先锋文学气质，没有连贯的情节，也没有贯穿性的人物，现实与虚构交织，理性与荒诞并存。表面的凌乱和碎片化，犹如行走在没有方位的荒原夜晚，慌乱不安中既无迹可寻又迫不及待。小说杂糅了先锋文学的多种元素，隐喻、意识流、精神分析、象征主义、超现实主义等多种表现形式。因此，要全面的破译《序类之关于》是一件困难的事情。应该承认，这是一部精心构筑的长篇小说。它表面的没有章法或有意为之的叙事迷障，并没有淹没叙事者的现实关怀。

西西与向东是两个艺术家，但他们的艺术怪异得令人匪夷所思：他们用特制的布料包扎天安门、中南海、景山和所有能包扎的东西，接着再做关于拆的行为；然后创作了轰动一时的《表情》并获了大奖。这个作品就是拍下社会各类各阶层男人阴茎的不同状态，他们认为那是有表情有语言的东西。于是他们被认为是行为艺术、装置艺术、地景艺术、影像等跨媒艺术家。这些怪异的行为在八九十年代曾风靡一时。这一对曾被称为艺术界"神雕侠侣"的情人突然有一天发生了情变：当西西从香山行为艺术现场返回家里时，她被向东告知"不爱她了"，他爱上了一个男人。然后小说突然转向"底层叙事"，民工讨薪、静坐示威、街头斗殴、结伙抢劫，社会上五行八作各色人等粉墨登场。一度出现的主角名曰"玻璃美人"，这是一个欲望符号，是这个欲望使世界完全改变了模样。当然，令人不安的不止是抽象的符号化，还有生活更具体的事物：敌敌畏泡的鱼干、含有甲醛的毒蜜枣、残留农药超标的蔬菜水果、剧毒"无公害"蔬菜、"瘦肉精"饲养出的瘦肉型猪肉、喂避孕药的黄鳝、用牛血兑洗衣粉做成的鲜嫩"鸭血"……各种诈骗，到处陷阱，没了秩序、没了章法。更为离奇的是，西西被母亲告知：男人要灭绝所有的女人："关于灭绝女人的做法一些男人是持不同意见的，他们认为奴役女性比灭绝女性更好，但最终以压倒多数占了上风的男人认为，目前正因为女人的发展威胁到了男人生存，占有了本应属于男人的资源。还有一种说法：灭绝女性是为防女性掌权，把男人从委靡状态中拯救出来。"这是一种空前绝后的荒诞。读到这里，我们才明晰起来，《序类之关于》是关于序类的思考：秩序改变了，现代性带来的混乱同样令人触目惊心。现代化带来了巨大的物的丰盈，带来了部分人的舒适、便捷和好心情；但作家对"现代"没有边界的发展，对不可收拾的"现代"后果的忧心忡忡，表达了她坚决的批判和抵制。

　　如是看来，《序类之关于》就不简单了：当杜冰冰重返先锋文学的时候，与80年代先锋文学的诉求是完全不同的。80年代，文学与政治的胶着关系一直困扰着我们，正面触及的困难几乎没有办法超越。先锋文学成功地通过形式的意识形态突围，终于打破了文学与政治纠缠不休的关系。在这个意义上，80年代的先锋文学不止是对欧美强势文学的致敬，同时也有改变本土文学状况的策略性因素在里面。但是，到了杜冰冰这里，或者说在后先锋时代，中国的社会状况发生了极大变化。改革开放三十年在取得伟大成就的同时，在创造了新的历史的同时，也无形中书写了另外一种历史，这就是混杂的、迷乱的、与狼共舞没有方向感的心灵史。这个现实是《序类之关于》产生的生活依据和背景。在这个意义上可以说，《序类之关于》在形式上是浪漫主义的，但在内容上却与现实主义有血缘关系。如果这样理解的话，那么小说中的迷乱、荒诞和貌似混杂的章法，恰恰是生活的真实反映。杜冰冰对音乐、美术以及影视等良好的艺术素养，也使她具有了良好的"先锋性"的文字感觉和表述能力，而她对现实关怀的内心诉求，更是我们乐于看到并支持的。

风雨飘摇中的历史与人性

　　对"80后"普遍的看法似乎已经形成，他们的写作在文化市场上占有的巨大份额，足以使他们的前辈叹为观止。事实上，"80后"这个概念是一个勉为其难的概念。当批评界普遍认为"总体性"已经终结的时候，却对这一代人做出了总体性的命名，这种自相矛盾的表述虽然也在流行，却没有得到这代人的认同。事实也的确如此，这代作家的独立性或对传统的游离几乎是前所未有的，他们创作的差异性要远远大于共性。因此，对他们研究或评价的最好方法，还是进入具体的作家作品。

　　我只见过郑小驴一面，因为名字怪异，一次就记住了。作为最年轻的一代作家，他对小说叙事的理解、文字的老到和整体掌控小说节奏的能力，都显示了他小说创作的巨大潜能。

　　中篇小说《梅子黄时雨》从民国年间写起，中国的历史正处于风雨飘摇之中。国家民族的宏大叙事若隐若现，入侵的日本军人、国民党的下级军官、地下武装等，演绎了那个时代的国恨家仇。但这个国家民族叙事在小说功能上还只是一个整体背景。故事的主体发生在江南小镇的许府。这是我们常见的江南老宅,老宅的封闭性和自足性构成了小说需要的所有要素:神秘、久远、幽暗又深不可测;奶妈下人、少爷小姐以及成群的妻妾和老宅的主宰者,总会上演我们阅读期待的一幕。它是微缩的宫廷,是中国家族宗法制度最集中的表意符号。因此也是最吸引中国作家目光和想象的所在。从《金瓶梅》《红楼梦》开始,大宅门中的家族小说至今绵绵不绝。这一题材的写作已经成为我们的文学传统之一。但我仍然认为《梅子黄时雨》有其独到的探索性。

以许家为叙事核心的故事,是郑小驴"结构"出来的。在他的叙事中,我们不仅看到了风雨飘摇的中国家族历史的终结,同时也看到了与世道共生的人性。在这个大宅门里,人性的恶几乎无处不在,这个绝对化的表述,不仅隐含了郑小驴的历史观,同时也表达了他对那个历史时期人性的看法,他以极端化的方式揭示或撕开了人性深处的隐秘。但历史的偶然性还是郑小驴的出发点。

小说叙述的历史已经泛黄,各种叙事都在建构自己的历史。但那些尘封的角落仍未全部昭示天下。在本雅明看来,历史永远是"现在"的历史而不是"历史"的历史,历史的作用表现为对自身的"唤醒"或"重组"并为未来进行"预期叙述"。因此,历史本是历史学家的历史,作为小说的《梅子黄时雨》于是就具有了新历史主义小说的全部特征。

通过《梅子黄时雨》我认识了郑小驴或通常所说的"80后"。他的文字功力和叙事才能让我难以忘记。他改变了我对这代人不应有的判断。我曾经读过他给父亲生日的一首诗,其中有这样的诗句:

你说我们是垮掉的一代我所能抗辩的就是与垮掉的一代一起崛起。

读过《梅子黄时雨》后,于是我相信了他的话。

花季的焦虑与校园病

"80后"是无奈的批评界杜撰出的一个临时性概念。这个概念不可能概括出这代作家的总体性,因为这代作家压根就没有一个总体性的存在。不仅大红大紫的一线作家各行其是,就是先后冒出来的各路写手也五花八门,你永远不知道下一个年轻人还会说出什么来。多年来这代人流行的是玄幻、悬疑、盗墓、穿越等写作题材,但2008年以后发生了变化,一批现实题材作品浮出水面,比如《交易》、《手腕》、《七年之痒》、《亲人爱人》、《纸婚年》等等。徐艺嘉的《横格竖格》不期而遇的是这一写作风潮。当然,不是徐艺嘉要赶这一拨的潮流,她是"不期而遇"。

不同的是,徐艺嘉写得是自己的经历,是自己有切肤之痛的切实体验,因此也可以将这部作品看作是徐艺嘉中学时代的自叙传。在这部自叙传中,徐艺嘉将这个时代的中学生活、特别是中心城市重点中学的生活,真实而生动地呈现出来。她让我们有机会看到了这一代花季少年是如何度过他们的中学时代的。"同达中学"是名躁京城的重点中学。不仅校长在张榜公示时如沐春风地向来宾们介绍"文理科状元、榜眼、探花、单科满分获得者和几百名北大、清华新生"，而且"那些考功超强的考生们一朝同达校服加身，有事没事便总爱在人前人后走两步，一个个将头扬得一览众山小，威风八面如皇家子弟，享受着人们在背后一片羡煞的眼波。"但是表面的风光不能替代他们即将经历的"苦难的历程"。

小说集中揭示了中学的"核心价值观"——分数对师生的支配和宰制。数学老师贲老师信奉的就是"分数才是硬道理"，他"逼迫学生像面对自己的命一样面对分数，集中精力投入到大量做题和改错中去。如果有人不认真改错，他便会使出杀手锏，镜片后一双小鹰眼死死盯住其人良久，阴森森地说：'你的分……我可都记着呐。'令听者后脊梁仿佛趴着一条正在'嗞嗞'吐芯的蛇"。分数用蛇的意象表达，可见这个核心价值观的威慑力和恐怖性。教师用分数统治学生，分数自然成为学生的隐忧和敏感部位。那个被称为"文化课的绝缘体"的小号，期中考试后居然写了一首《沁园春·考试》："判分如此严厉，引无数英雄竞哭泣。惜理科先锋，略输逻辑；文科大将，稍逊细腻。一代考生，心有余悸，只怕颜面再扫地。"结尾处还有一行小字："问君能有几多愁，恰似一堆红叉卷上流"。师生对分数的态度，是应试教育的必然产物。

因此，这是一部批判当下中学教育现状的小说，也是一部充满了青春忧患的小说。在作品中，我们很难看到这些孩子对分数之外事物的关心，很少看到他们心灵、精神世界更丰富和健康的东西。包括中学教育在内的中国教育问题，已经引起全社会的关注。改革开放三十年来，中国教育的失败国人有目共睹、青年深受其害。《横格竖格》以文学的方式再现了那些场景，读后令人震动并深感忧虑。

当然，《横格竖格》首先是一部小说。在作品中，作家塑造了如锦乔、季月、贲老师、君子、苏铁、白兰、菖蒲、木槿、凌霄、银杏、石榴、腊梅、笠老师、百合、麦冬等诸多生动的人物形象。特别是她对同代人性格和生活场景的描写，给人留下了难忘的印象。这是一代没有历史记忆的孩子，他们拥有的只是自己可怜又单薄的青春经历。这个青春远不美好，那个挥之难去的"分数神话"远不值得怀念。但是，除此之外，他们还拥有什么呢？我慨叹的是，徐艺嘉也是"80后"，但她没有追风逐潮试图在文学市场上一展身手，而是遵循个人的生命体验，写出了她的"花季焦虑"和校园病。作品虽然还平面化，但她能做到和已经做到的，足可以获得嘉许了。

两种文学的交融或嫁接

对青年的书写，是九十年代以来文学的薄弱环节。恰恰是这个不大引人注意的缺失，使文学失去了大量读者。我们知道，八十年代的文学受到读者普遍欢迎，除了意识形态方面的因素之外，青年的形象在文学中一直存在——从《班主任》到《人生》、从铁凝到张承志、从伤痕文学到知青文学，青年一直被反复书写。从某种意义上说，关注了青年就是关注了时代，发现了青年就是发现了时代。青年从来就是任何一个时代风向标或晴雨表。无论是价值观还是爱情观，无论是社会问题还是心理问题。八十年代的文学不仅创造了像高加林、白音宝力格这样的人物形象，重要的是，那个时代总体上有一种蓬勃的青春气息和精神。正是这种气息和精神，给我们留下了不能磨灭的印象并使我们深深怀念。九十年代之后，文学中的青年形象和青春气息逐渐黯淡甚至消失了，一种中年的、甚至暮气的味道开始弥漫，我们很难在文学中看到青春的身影，为此我深感遗憾。

当然，"80后"的写作那里也有青春，那里隐含着这个时代青年对青春的理解，他们的趣味、风尚以及价值观等。但是，我们还没有看到他们塑造的属于他们这一代的、有代表性的青春形象。因此，要通过文学来认识、了解这一代青年是有问题的。刘辰希的长篇小说《终极游离》很难界定它的题材，但可以肯定的是，这是一部与青春有关的小说。小说的主人公洪申、米奇，应该和作者属于同一代人。但是他们又不是普通的、在日常生活中我们常见的青年。他们的经历和背景决定了他们的特殊性，因此，他们是处于"边缘"地带的群体，特别是洪申，他生活的范围处于正常与非正常的边界之间，但说是"黑道少年"肯定是不准确的。如果说洪申的"前史"——为月滴报仇杀了黑帮周敬有"黑道少年"嫌疑的话，那么，重新出现在小说中的洪申只是置身于与黑道相关的环境中，并没有参与黑道的行为，恰恰相反，他最终站在了黑道的对面，成为一个正面的青年形象。刘辰希的这一选择和设计，使这部险象环生游走于边界的小说终于绝处逢生。

《终极游离》的内容十分庞杂，它的背景显然与重庆"打黑"有关，其间隐约透露的一些细节证实了这一点。在这个背景中，腐败的干部，猖獗的黑帮，丑恶的勾结和各种交易逐一被呈现。如果从这个角度解读《终极游离》，它有批判现实主义的特征，这也从一个方面表达了刘辰希对文学传统的继承或敬意。这一点是特别需要我们注意和肯定的。另一方面，小说的内容和题材，决定了这是一部有鲜明的大众文学性质的小说。需要说明的是，大众文学是一个类型概念而不是一个等级概念。大众文学最重要的元素是暴力与色情。《终极游离》中有暴力但几乎没有色情，色情被纯情置换了。但纯情路线同样是大众文学常见的策略。洪申与米奇的爱情是小说最基本的故事情节。纯情文学晚近的接受传统，是80年代后期琼瑶小说培育的，当然好莱坞的电影一直在推波助澜。《终极游离》的纯情元素又有中国的叙事原型，这个原型是才子佳人模式，洪申是少年英雄，米奇是富家小姐。这些元素综合在一起，就使《终极游离》成为一部非常好看的小说。刘辰希对大众文学和经典文学的嫁接，为我们带来了新的文学经验。他的经验告诉我们，文学未来的发展还有无限的可能性，文学不会也不可能终结。

　　当然，《终极游离》还存在一些需要讨论的问题。在我看来，在这部作品中，刘辰希过于专注故事情节的发展和讲述，不注意节奏感，这是大众文学普遍的问题。像"尾声"开头中对景物的描写几乎是绝无仅有。这样，小说就显得没有变化，好像作家急于完成故事的讲述；第二点是有的人物性格发展突兀，根据不足，比如小九，遭遇不幸后即刻堕落，甚至连基本的过度和交代都没有。有些重要的情节游离故事太远，比如米奇的狱中生活。将其删掉对小说也没有影响。这是典型的畅销小说的写作方式。如果《终极游离》在畅销小说基础上再深入一些就更好了。

这一代人的爱与狂

吴子尤的《谁的青春有我狂》的出版,宣告了90后一代登上文坛。对90后整体来说,初试锋芒虽然没有80后那般风光或"雷人",还没有韩寒、张悦然、郭敬明等这样声名显赫的偶像人物,但已逐渐形成潮流并形成了这一代青春文学的抢眼看点,应该是不争的事实。这里刊发的五部短篇小说,从一个面展现了90后文学的某些特征。

这代人对历史记忆的缺失,决定了他们与宏大叙事的无缘,个人经验和记忆是他们主要的书写对象。于是,我们在《褪色,褪色》中看到的是散乱的生活碎片,是异国经验和青春时节对青春的感伤追忆,特别是对尹澈在日本时与那对母女亲情般的感受和描摹,几近催人泪下。这种古典主义的方法和情感的决然出现,既表现了言玖的个性,也表现了他的胆识;苏小次的《西藏之蓝》是对信念的誓言和对高远的想象,超凡脱俗又唯我独尊,她不那么现实,执着于个性,敢于承担孤独,对爱的专注如高山雪冠;朱戈的《摇滚的日子》里空虚又忙碌,无所事事又不甘寂寞,"摇滚精神"——无意义即意义,匪夷所思的是一如既往的迷恋;吴如功的《甜品街》是对这个街区梦魇的夸张想象和书写，亦真亦幻中拆除了虚实界限；任其乐的《我的失败与伟大》是当代少年常见的生活场景，对写情书、斗殴打架的盎然兴致，在小品化和戏谑的调侃中，对生活小小的解构有王朔之风。

刚刚显山露水的90后，读经典更读韩寒和《最小说》，因此他们有80后的遗风流韵，但更尊崇个人经验，有些感觉甚至令人猝不及防。他们爱与狂的自由心灵，迎来的一定是他们不可限量的文学未来。但是，看过这几部作品之后，我也明显感到这些青年才俊在创作上的问题，这些问题与他们的优点如影随形：强调或尊崇个性在生活中如何评价是另一回事，但文学创作是绝对需要的，没有个性就没有文学。但一样的"个性"，被"同质化"的个性也是可怕的。这几部作品除了《甜品街》之外，在叙述上都是第一人称："这是我会永远记得的话语，也是故事的缘起"；"那是我无比珍爱的故事"；"我记得，那天是个阳光极为灿烂的日子"；"我曾经有一段辉煌的时期，这段时期我被周围的人称之为'天才'"。这种重复或雷同不是偶然，技法的简单化与大家争相表现他们理解的自我或个性有关。究竟什么是文学的个性或独特性，对这代作家来说，可能还有漫长的道路要走。他们完全限于个人经验的创作，究竟能够坚持多久，也是一个悬而未决的问题。

即便如此，我仍为文坛90年代的出现深感鼓舞，他们的爱与狂距我们如此遥远，却又让我们羡慕不已，一如他们言说的那样：

事实上，我们很清楚地知道，我们的故事，才刚刚上演。

绚烂而斑斓。

"即使你们都还看不到属于他的那片海。却一直为他存在于某处。"（言玖《褪色，褪色》）

少年的感悟

在当下的文学创作中，让人感动的作品似乎越来越少。作家对故事的重视要大于对情感或心灵的重视。因此，要让我们对一部作品感动就是一件比较困难的事情。但是少年边金阳的《换爱》着实让我感动了。一个父亲可以用自己的身体、健康乃至灵魂去换取"问题少年"的一切。父亲的伟大可以不著一字便名垂千古了：还有什么样的爱能够来做比较？当然，最后孩子张大宝还是发现了这一切，他坚决要用自己从父亲那里得到的一切，重新换回父亲奄奄一息的生命。于是就有了"换爱"。

《换爱》在形式上是一出短剧，实则是一则寓言。一出生的张大宝便被宣布会"克亲人"，外婆坚持要把他扔进河里，是父亲夺回了他。但"克亲人"的张大宝被不幸言中：外婆、爷爷奶奶和母亲真的都死去了。和父亲相依为命的张大宝从6岁起开始闯祸，父亲便用自己的健康不断换回张大宝伤痕累累的身躯和快乐，当透支的父亲再也没有资本用身体换取孩子回心转意的时候，他宁愿用灵魂换取。我们不知道张大宝最后是否用爱换回了父亲的生命，但"回家"的漫长道路，已经昭示了张大宝的浪子回头。

《换爱》的出现不仅意味着20世纪90年代出生作家的隆重登场,而且预示了他们创作的无限可能性。这更是没有历史记忆的一代,但边金阳的情感记忆同他的前辈一样深重:在创作体会中,一个15岁的少年感悟到的父亲是,"他被生活压弯了腰,他在用自己的光阴交换我幸福的时候,苍老了"。读到这里,我相信所有的父亲都会流下幸福的泪水。那是孩子的会心,是父亲不能或难以意料的报偿。《换爱》就是用这样的艺术想象表达了边金阳对父辈的理解:小说中的"问题少年"终于走进了父亲的内心,感知了父亲的伟力。如果说问题的话,我觉得小说题目的"换"字还欠推敲,用得太实,如果再象征或更寓言化一些可能更好。事实上父子的爱也不是"交换",不是相互"换取",那是没有功利的、无言无疆的大爱。

第四辑 看文坛

新人民性的文学

  关于当下中国文学经验的讨论正在热烈地展开。这确实是一个问题。在讨论这个问题之前，我总是有一个悖论式的狐疑：一方面，百年来全球性的文学交流，已经使中国文学经验成为全球文学经验的一部分，我们是否能够识别哪些经验是纯粹的中国文学经验；一方面，"全球化"虚张声势了许多年，在文学领域，中国文学是否真的被纳入了这个十分可疑的范畴之中。还有，即便这些问题都被排除或解决了，我们是否能够总结出一个普遍性的"中国文学经验"。文学是最具个人性的精神创造活动，统一的中国文学经验究竟在那里。

  既然有这些疑问，当要我言说中国文学经验的时候，就显得勉为其难或力不从心。因此，在我看来，中国文学经验即便存在，也是一种想象或不断建构的过程。在不同的历史时期，中国文学经验呈现出的总体面貌——比如五四时期的文学经验、国统区与解放区的文学经验、十七年的文学经验、文革和80年代的文学经验、90年代以来的文学经验等，是非常不同的。因此，要整合出一个切实的中国文学经验，几乎是不可能的。当下强调"中国文学经验"和80年代让"中国文学走向世界",虽然是两种不同的取向和诉求,但其内在思路并没有区别,这——就是或意味着对当代中国文学的某种不自信。前者隐含着中国文学还没有被国际社会承认、特别是还没有被欧美文学强势国家承认,急于融入国际文学大家庭的要求;后者则是在全球化的语境中,警惕或惧怕中国文学被欧美强势文学遮蔽、吞噬、同化或覆盖的危险,因此要将中国文学从全球"一体化"中划分出来。这些口号或话语背后,总是隐含着关于"民族性"的双向要求:一方面,越是民族的就越是世界的;一方面,越是民族的也就越是独立的。可以说,如果没有"全球化"的话语压力,"中国文学经验"这一话题的提出几乎是不可能、也没有对象的。

中国文学在与世界文学不断相互影响和交汇的过程中,特别是三十年来改革开放的社会环境,使中国文学发生了历史性的变化。被政治文化控制的文学逐渐获得了自由和独立。在这种情况下,我们一定要概括出不断建构和变化的中国文学经验的话,我认为,这一经验是由三个方面构成的。这就是:中国古代传统的文学经验、五四以来现代白话文学的经验和不断被我们吸纳的外来文学经验。这三种文学经验的合流,才有可能完整地呈现出中国当代、特别是当下的中国文学经验。这当然只是理论上的描述。如果进入当下中国文学创作的实际,"中国作风和中国气派"的经验,可能在近期讨论最多的"底层写作"这一文学现象中表现得最为充分。

新世纪以来,文学对中国现实生活或公共事物的介入,已经成为最重要的特征之一。对底层生活的关注、对普通人甚至弱势群体生活的书写,已经构成了新世纪文学的新人民性。在商业霸权主义掌控一切的文化语境中,中国社会生活的整体面貌不可能在文学中得到完整的呈现:乡村生活的乌托邦想象被放弃之后,现在仅仅成了滑稽小品的发源地,它在彰显农民文化中最落后部分的同时,在对农村生活"妖魔化"的同时,遮蔽的恰恰是农村和农民生活中最为严酷的现实;另一方面,都市生活场景被最大限度地欲望化，文学却没有能力提供真正的都市文化经验。两种不同的文化在商业霸权主义的统治下被统一起来，他们以"奇观"和"幻觉"的方式满足的仅仅是文化市场的消费欲望。这一现象背后隐含的还是帝国主义的文化逻辑。"历史终结"论不仅满足了强势文化的虚荣心，同时也为他们的进一步统治奠定了话语基础。但是，事情远没有这样简单。无论在世界范畴内还是在当下中国，历史远未终结，一切并未成为过去。西方殖民主义对第三世界的压迫，被置换为跨国公司或跨国资本对发展中国家的资本和技术的统治，冷战的对抗已转化为资本神话的优越。强权与弱势的界限并没有发生本质的变化。这一点，在西方左翼知识分子和第三世界知识分子的批判中已经得到揭示。在当下中国，现代化的进程"与魔共舞"，新的问题正在形成我们深感困惑的现实。但是我们发现，在消费意识形态的统治下，还有作家有直面现实的勇气。在他们的作品中，我们发现了中国当下生活的另一面。由于历史、地域和现实的原因，中国社会发展的不平衡性构成了中国特殊性的一部分。这种不平衡性向下倾斜的当然是底层和广大的欠发达地区。面对这样的现实，我们在强调文学性的同时，作家有义务对并未成为过去的历史和现实表达出他们的立场和情感。在这个意义上说，作家在表达他们对文学独特理解的基础上，同时也接续了现代文学史上"社会问题小说"和文学的人民性传统。

2003年，在北京召开的"崛起的福建小说家群体"研讨会上，针对北北的小说创作，我提出了文学的"新人民性"的看法。北北的《寻找妻子古菜花》、《王小二同学的爱情》、《有病》以及后来的《转身离去》、《家住厕所》等，对底层生活的关注和体现出的悲悯情怀，作为一种"异质"力量进入了当时极为杂乱的都市生活统治的文坛。我认为：当代小说的世俗化倾向，使小说越来越多地呈现出快感的诉求，美感的愿望已经不再作为写作的最低承诺。因此，我们在当下小说创作中，已经很难再读到诸如浪漫、感动、崇高等美学特征的作品。但是文学作为关注人类心灵世界的领域，关注人类精神活动的范畴，它仍有必要坚持文学这一本质主义的特征。北北在她的小说中注入了新时代内容的同时，仍然以一种悲悯的情怀体现着她对文学最高正义的理解。我们在儿童王小二的经历中，在王大一的"现代愚昧"中，在路多多惨遭不幸的短暂生涯中，在王二颂本能、素朴的"理不断、剪还乱"的人性矛盾中，在李富贵寻妻、奈月坚贞的爱情中，读到了久违的震撼和感动。北北以现代的浪漫、幽默和文字智慧，书写和接续了文学伟大的传统。在全球化的语境中，北北作为欠发达或弱势话语国家的作家，她提供的悲悯情怀，以及对文学最高正义的坚持和重新书写的经验，就是当下中国文学经验的一部分。

事过两年之后，批评界发起了关于"底层写作"的讨论。对现实生活的关注以及在文学界引发的这一讨论，是文学创作和批评介入公共事务的典型事件。争论仍在继续，创作亦未终止。这一领域影响最大的作家曹征路，对工人阶级的生存状况关注已久。2005年，他的《那儿》轰动一时。小说的主旨不是歌颂国企改革的伟大成就，而是意在检讨改革过程中出现的严重问题。国有资产的流失、工人生活的艰窘，工人为捍卫工厂的大义凛然和对社会主义企业的热爱与担忧，构成了这部作品的主旋。当然，小说没有固守在"阶级"的观念上一味地为传统工人辩护，而是通过工会主席为拯救工厂上访告状、集资受骗，最后无法向工人交代而用气锤砸碎自己的头颅，表达了一个时代的终结。朱主席站在两个时代的夹缝中，一方面他向着过去，试图挽留已经远去的那个时代，以朴素的情感为工人群体代言并身体力行；一方面，他没有能力面对日趋复杂的当下生活和"潜规则"。传统的工人阶级在这个时代已经力不从心无所作为。如果是这样，我认为《霓虹》堪称《那儿》的姊妹篇，它的震撼力同样令人惊心动魄。不同的是，那个杀害下岗女工（也是一个暗娼）的凶手终于被绳之以法，但对那个被杀害的女工而言已经不重要了。对我们来说，重要的是在这篇作品中，我们看到了一个从生活到心灵都完全破碎了的女人——倪红梅全部的生活和过程。她生活在人所共知的隐秘角落，但这个公开的秘密似乎还不能公开议论。倪红梅为了她的女儿和婆婆，为了最起码的生存，她不得不从事最下贱的勾当。但她对亲人和朋友的真实和朴素又让人为之动容。她不仅厌倦自己的生存方式，甚至连自己都厌倦，因此想到死亡她都有一种期待和快感。最后她终于死在犯罪分子的手里，只因她拒绝还给犯罪分子两张假钞嫖资。

还有同是深圳作家的吴君，曾因长篇《我们不是一个人类》受到文坛的广泛关注。许多名家纷纷撰文评论。一个新兴移民城市的拔地而起，曾给无数人带来那样多的激动或憧憬，它甚至成了蒸蒸日上日新月异中国的象征。但是，就在那些表象背后，吴君发现了生活的差异性和等级关系。作为一个新城市的"他者"，底层生活就那样醒目地跃然纸上。她最近发表的《亲爱的深圳》，对底层生活的表达达到了新的深度。一对到深圳打工的青年夫妻——程小桂和李水库，既不能公开自己的夫妻关系，也不能有正当的夫妻生活。在亲爱的深圳——到处是灯红酒绿红尘滚滚的新兴都市，他们的夫妻关系和夫妻生活却被自己主动删除了。如果他们承认了这种关系，就意味着他们必须失去眼下的工作。都市规则、或资本家的规则是资本高于一切，人性的正当需要并不在他们的规则之中。李水库千里寻妻滞留深圳，保洁员的妻子程小桂隐匿夫妻关系求人让李水库做了保安。于是，这对夫妻的合法"关系"就被都市的现代"关系"替代或覆盖了。在过去的底层写作中，我们更多看到的是物质生存的困难，是关于"活下去"的要求。在《亲爱的深圳》中，作家深入到了一个更为具体和细微的方面，是对人的基本生理要求被剥夺过程的书写。它不那么惨烈，但却更非人性。当然，事情远不这样简单，李水库在深圳生活了一段时间之后，他有机会接触了脱胎换骨、面目一新的女经理张曼丽。李水库接触张曼丽的过程和对她的欲望想象，从一个方面揭示了农民文化和心理的复杂性。这一揭示延续了《阿Q正传》、《陈奂生上城》的传统，并赋予了当代性特征。吴君不是对"苦难"兴致昂然，不是在对苦难的观赏中或简单的同情中表达她的立场。而是在现代性的过程中，在农民一步跨越"现代"突如其来的转型中，发现了这一转变的悖论或不可能性。李水库和程小桂夫妇所付出的巨大代价，是一个意味深长的隐喻。但在这个隐喻中，吴君却发现了中国农民偶然遭遇或走向现代的艰难。民族的劣根性和农民文化及心理的顽固和强大，将使这一过程格外漫长。可以肯定的是，无论是李水库还是程小桂，尽管在城市里心灵已伤痕累累力不从心，但他们很难再回到贫困的家乡——这就是"现代"的魔力：它不适于所有的人，但所有的人一旦遭遇了"现代"，就不再有归期。这如同中国遭遇了现代性一样，尽管是与魔共舞，却不得不难解难分。也正因为如此，吴君的小说才格外值得我们重视。

在"新人民性"这一文学现象中，青年作家胡学文的《命案高悬》是特别值得重视的。一个乡村姑娘的莫名死亡，在乡间没有任何反响，甚至死者的丈夫也在权力的恐怖和金钱的诱惑下三缄其口。这时，一个类似于乡村浪者的"多余人"出现了：他叫吴响。村姑之死与他多少有些牵连，但死亡的真实原因一直是个谜团，各种谎言掩盖着真相。吴响以他的方式展开了调查。一个乡间小人物——也是民间英雄，要处理这样的事情，其结果是可以想象的。于是，命案依然高悬。胡学文在谈到这篇作品的时候说：

> 乡村这个词一度与贫困联系在一起。今天，它已发生了细微却坚硬的变化。贫依然存在，但以退到次要位置，困则显得尤为突出。困惑、困苦、困难。尽你的想象，不管穷到什么程度，总能适应，这种适应能力似乎与生俱来。面对困则没有抵御与适应能力，所以困是可怕的，在困面前，乡村茫然而无序。
>
> 一桩命案，并不会改变什么秩序，但它却是一面高悬的镜子，能照出形形色色的面孔与灵魂。很难逃掉，就看有没有勇气审视

自己，审视的结果是什么。

　　堤坝有洞，河水自然外泄，洞口会日见扩大。当然，总有一天这个洞会堵住，水还会蓄满，河还是原来的样子——其实，此河非彼河，只是我们对河的记忆没变。这种记忆模糊了视线，也亏得它，还能感受到一丝慰藉。我对乡村情感上的距离很近，可现实中距离又很遥远。为了这种感情，我努力寻找着并非记忆中的温暖。

这段体会说得实在太精彩了。表面木讷的胡学文对乡村的感受是如此的诚恳和切实。当然，《命案高悬》并不是一篇正面为民请命的小说。事实上，作品选择的也是一个相当边缘的视角：一个乡间浪者，兼有浓重的流氓无产者的气息。他探察尹小梅的死因，确有因自己的不检点而忏悔的意味，他也有因此在这个过程中洗心革面的潜在期待。但意味深长的是，作家"并非记忆中的暖意"，却是通过一个虚拟的乡间浪者来实现的。或者说，在乡村也只有在边缘地带，作家才能找到可以慰藉内心的书写对象。人间世事似乎混沌而迷蒙，就如同高悬的命案一样。但这些作品却以睿智、胆识和力量洞穿世事，揭示了生活的部分真相。

对底层生活的关注，逐渐形成了一股巨大的文学潮流。刘庆邦的《神木》《到城里去》、李洱的《龙凤呈祥》、熊正良的《我们卑微的灵魂》、迟子建的《零作坊》、吴玄的《发廊》《西地》、杨争光的《符驮村的故事》、张继的《告状》、何玉茹的《胡家姐妹小乱子》、胡学文的《走西口》、张学东的《坚硬的夏麦》、王大进的《花自飘零水自流》、温亚军的《落果》、李铁的《我的激情故事》、孙惠芬的《燕子东南飞》、马秋芬的《北方船》、刁斗的《哥俩好》、王新军的《坏爸爸》等一大批作品，这些作品的人物和生存环境是今日中国的另一种写照。他们或者是穷苦的农民、工人，或者是生活在城乡交界处的淘金梦幻者。他们有的对现代生活连起码的想象都没有，有的出于对城市现代生活的追求，在城乡交界处奋力挣扎。这些作品从不同的方面传达了乡土中国或者是前现代剩余的淳朴和真情、苦涩和温馨，或者是在"现代生活"的诱惑中本能地暴露出农民文化的劣根性。但这些作品书写的对象，从一个方面表达了这些作家关注的对象。对于发展极度不平衡的中国来说，物质和文化生活历来存在两种时间：当都市已经接近发达国家的时候，更广阔的边远地区和农村，其实还处于落后的十七世纪。在这些小说中，作家一方面表达了底层阶级对现代性的向往、对现代生活的从众心理；一方面也表达了现代生活为他们带来的意想不到的复杂后果。底层生活被作家所关注并进入文学叙事，不仅传达了中国作家本土生活的经验，而且这一经验也必然从一个方面表现了他们的是非观、价值观和文学观。

当代文学地理学与地方性经验

文学与地域的关系,应该说从《诗经》就已经存在。比如《诗经》中的十五国风等。古代文学的经典文献也多有对文学与地域关系的看法。但是系统的文学地域性研究,大概始于清代。普遍的看法是始于1905年刘师培发表的《南北文学不同论》。刘师培从多个方面论述了南北文学的差异,并揭示了地域因素对南北文学的极大影响。后来梁启超率先提出了"文学地理"这一概念,与我们今天的"文学地域性"有通约关系。1923年,周作人在《地方与文艺》中说:"风土与住民有密切的关系大家都是知道的,所以各国文学各有特色,就是一国之中也可以因了地域显出一种不同的风格,譬如法国的南方普洛凡斯的文人作品,与北法兰西便有不同,在中国这样广大的国土当然更是如此。"当然,周作人强调地方与文艺的关系,更重要的是要改变他认为那一时代的文风"喜欢凌空的生活,生活在美丽而空虚的理论里",他希望作家"跳到地面上来,把土气息泥滋味透过了他的脉搏,表现在文字上"。后来在新文学的研究中,由于百年中国特殊的历史语境,更多的是消长起伏于启蒙、救亡或"双重变奏"的描述中。而关于现代文学的作家以南方为主、当代文学的作家以北方为主等看法的提出，背后隐含的是革命历史叙事与作家群体关系的变化，其诉求是文学话语领导权的更替，大概与我们今天谈论的话题不是一回事。后来被文学史家概括出的"山药蛋派"、"荷花淀派"虽然与"流派"无关，但却与我们现在讨论的问题有相关性。

1986年，金克木先生发表《文艺的地域学研究设想》一文。金克木先生认为："地理不止是指地区，而是兼指自然、社会、经济、政治、文化。文艺也要包括作者、作品、风格、主题、读者（如作序跋者、评点者、收藏者等）、传播者（如说话人、刻书人、演员等）。"他提出："不妨设想这种地域学研究可能有四个方面：一是分布，二是轨迹，三是定点，四是播散。还可以有其他研究。"在许多学者共同关注和呼吁下，2011年11月，江西省社会科学院文学研究所和广州大学中文系共同主办"中国首届文学地理学暨宋代文学地理研讨会"，首次明确界定文学地理学作为一门学科，其研究对象、研究任务及研究意义。来自全国各社会科学院和高等院校的60余名专家学者联名倡议成立"中国文学地理学学会"。这次会议标志着文学地理学作为新兴学科得到学术界的正式认同，也标志着文学地理学的学科建设从此进入一个新的、自觉的阶段。

但是，我们必须承认，对文学地理学的研究，更多的是从事古代文学研究的学者。这一情况与古代的社会形态、古代文学的生产、交流、传播方式等有关。比如，古代的文人群体、文学流派的产生、传承等，大多以地域为基础。如"三苏"、"常州词派"、"桐城派"、"苏州作家群"等。但是，即便是古代，梁启超以唐朝为界，认为唐以前地理是重要的因素，甚至起着决定性作用；但唐代以后，"交通益盛，文人墨客，大率足迹走天下，其界亦浸微矣。"唐以后尚且如此，进入现代以后，作家群体、文学流派基本更是以媒体为基础的。比如"新青年派"、"新月派"、"学衡派"、"甲寅派"、"现代评论派"、"语丝派"等。用地域表达流派的方法虽然仍还存在，比如"京派"、"海派"等，但已逐渐式微也是不争的事实。1949年以后，学界鲜有"流派"说，这与具体的历史语境有关。当代文学界关于文学与地域关系研究的再度兴起，是"寻根文学"的出现。一时间里，"吴越文化"、"巴蜀文化"、"商州文化"、"楚文化"、"中原文化"、"葛川江文化"、"齐鲁文化"、"东北文化"等逐一被提出，各种文化都旗帜鲜明，但似乎又面目不清。这一情况与"寻根文学"时代的文学诉求有关——经受过西方"现代派文学"洗礼的中国文学界意识到，中国文学如果一味跟随西方文学是没有出路的，中国文学如果要走向世界，必须书写中国经验，必须让中国本土文化元素成为主流。"越是民族的越是世界的"的口号，在那一时代显得格外激动人心。但事实上，中国文学被西方文学认同是一个相当复杂的过程。承认本身就是一种政治。莫言的获奖与他取得的成就有关，同时与西方社会冷战思维的终结大有关系。

　　文学与地域的关系，即便进入现代仍然非常重要。比如沈从文与楚地，老舍与北京，赵树理与三晋，张爱玲与上海，柳青、路遥、贾平凹、陈忠实与陕秦，萧红、萧军、端木蕻良与东北等。但是，当代文学研究文学与地域关系的时候，还多限于风土人情、地貌风物、方言俚语等表面性的特征。俄罗斯著名思想家别尔加耶夫也曾注意到俄罗斯地理环境与俄罗斯的人文关系。他说：辽阔的俄罗斯空间是俄罗斯历史的地理动因，"这些空间本身就是俄罗斯命运的内在的、精神的事实。这是俄罗斯灵魂的地理学。"在这一点上应该说，我们研究的意识里还远没有达到这样的高度。地域与人的文化心理结构有着最为重要也最为密切的关系，因此也应该是文学与地域关系研究的出发点和关注的目标。

　　值得注意的是，我们在强调文学与地域关系的同时，必须意识到我们身处的这个时代的变化。或者说，全球化语境和传媒的发达，使地域文化的封闭性成为不可能。各种文化的交汇、交融以及冲突、矛盾成为今天文化环境最重要的特征。任何一个国家、民族的作家的创作，在继承自己民族文学传统的同时，也毋庸置疑地会受到时代精神的影响或左右；对其他民族优秀文学的学习、借鉴业已成为不可忽视的重要方面。莫言获得了2012年诺奖，他小说的基本生活元素来自于他的高密东北乡，他的语言和其他文化元素与他的家乡有不能分割的关系。但是，他受到拉美魔幻现实主义的深刻影响也是基本事实。后来莫言在谈到城市与乡村关系时也表示："对城市文学的定义应该更宽泛。现在很难说一部作品究竟是城市文学还是乡村文学，比如我最新的长篇小说《蛙》，前半部分的故事尽管发生在农村，但小说的结尾部分所描写的场景已经是城市的气象。对于我们这代人来说，感受特别明显，上世纪50年代的中国，是恨不能把所有城市变成农村，现在的中国是恨不能把所有农村变为城市，所有农民都想变成市民。我想说的是，一个农民工眼里也可以看到上海美丽的夜色，同时也能看到城市的角角落落，他把他看到的一切写下来，如果达到文学的标准，同样属于城市文学的范畴，不能因为写作者是出身农村，就不算是城市文学。好的文学是不分城市还是乡村的，也应该是不分城市作家还是乡村作家的。"因此，在强调文学与地域关系的同时，我们也必须注意到时代条件的因素。泰纳在《英国文学史》中最早提出了文学发展的"时代、环境、种族"的三动因说。在《艺术哲学》中又作了更具体、透彻的解释。泰纳的三动因说产生了巨大的影响，后来的学者在他的基础上不断地产生新说。这一元理论在今天仍有其不可取代的重要价值和意义。尤其是在强势文化试图覆盖全球，文化同质化的速度不断加剧的今天，地方性经验、少数民族文化、弱势地区文化等，正在受到现代文明的不断蚕食。而那些濒于消失的文化经验，在这样的时代显得尤其重要。因为往往有这样一种情形：弱势文化地区为了突显他们的"现代"，便有意遮蔽起自己的原有文化而对表达"现代"的文化符号更有热情。阿尔君·阿帕杜莱在转述皮科·艾耶尔的一次亚洲之行时说："艾耶尔本人描述的菲律宾人对美国流行音乐不可思议的爱好和共鸣，就是那种'超现实的'全球文化的一幅活生生的写照，因为在菲律宾演唱美国流行歌曲之普及，演唱风格之惟妙惟肖，较诸今日的美国可谓有过之而无不及。似乎整个国家都会模仿肯尼·罗杰斯和莱侬姐妹，就好像它是一个巨大的亚洲莫顿合唱团。然而，要想描述这样的情境，美国化（Americanniration）无疑是一个苍白的字眼，因为菲律宾人唱美国歌（大多数是旧歌）固然又多又好，但这只是事情的一个方面，另一方面则是，他们的生活在其他方面和产生这些歌曲的那个相关世界并非处于完全的共时状态。"时至今日，这一状况在文化落后地区不仅难以改变，而且有可能愈演愈烈。另一方面，我们还不时听到关于"祛地域性"的呼吁，这一呼吁认为，对地域性的强调将使文学作品不断地趋于"趋同化"或同质化，而过去那些曾经以地域性特色闻名的作家群体的创作，地域性特色正在淡化和消失。但是，对地域文化、特别是那些边缘性的地域文化，强调它们的重要性是极其必要的。这是在全球化时代保有文化多样性、丰富性的前提和可能。而对于文学来说尤其如此。

我们知道，在历史学科里有历史地理，语言学有语言地理（方言研究），军事学有军事地理，经济学有经济地理等等，中国当代文学，同样有必要建立一门中国当代文学地理研究方向。这不是牵强附会或简单的比附心理。只是因为当代文学学科的发展如期而至地到了这样的时刻。

文学大东北：地缘文学的建构与想象

东北，首先是一个空间概念。指出东北的存在，意味着有一个指认方位的"中心"的存在，这个中心从文化的意义说当然是中原；其次，东北也是一个时间概念。从历史上看，东北地区除原住族群外，主要由三种人构成：一是流民，二是谪戍，三是移民。无论从空间还是时间角度看，东北大致与蛮荒、落后有关。这一时空状况导致了东北历史上文化的驳杂性和文风孱弱的事实。因此也难以形成特色鲜明的文学传统。古代东北除了以吴兆骞为代表的"流人文学"和纳兰性德的诗词外，鲜有流传或被普遍关注的作家作品。

东北文学真正产生全国性乃至国际影响的，是现代文学史"东北作家群"的萧红、萧军、端木蕻良、骆宾基、舒群等作家的出现。他们的创作，深刻反映了日寇入侵后东北人民的悲惨遭遇，强烈表达了对家乡的怀念和光复国土的愿望。在对东北风情生动的描摹中，显示了鲜明的地缘文学特征。他们刚健粗犷的风格和浓郁的乡愁，开启了东北现代文学的新传统，是东北文学具有标志性意义的成就；新中国成立后，周立波、曲波、草明、郭小川等，先后以东北生活写出的《暴风骤雨》《林海雪原》《乘风破浪》、《林区三唱》等作品也名重一时。但是，在东北发生的文学再次产生全国性影响的，是新时期初期的"知青文学"。特别是北大荒知青作家群如张抗抗、梁晓声、陆星儿、张辛欣、肖复兴、贾宏图、徐小斌、邹静之、陈可雄、李龙云、何志云、李晶、李盈等，构成了知青文学的主力阵容。许多人成为新时期文学的重要作家并一直保持旺盛的文学创造力。同时也是批评界和研究界持续研究的重要对象。值得注意的是，无论周立波、曲波、草明还是"知青作家"，他们的创作虽然也具有东北文化博大雄浑、壮阔宏伟的风格或气质，但是他们的原乡文化也无意识地融入了他们的创作中。不同的文化资源和记忆使东北文学具有了鲜明的文化融和性。因此，在强调东北文化特殊性的同时，"新流人文化"对东北文化建构的价值和意义同样重要。

新时期以来，东北本土作家的创作开启了一个新的历史阶段。张笑天、梁晓声、金河、刘兆林、邓刚、达理、谢友鄞、朱春雨、金景河、胡小胡、于德才等的小说；胡昭、曲有源、李松涛、胡世宗的诗歌；程树臻、贾宏图、乔迈、中夙的报告文学等，多次获全国大奖，取得了令人瞩目的文学成就。尤其值得提及的，是马原、洪峰、徐坤等先锋作家的创作。马原、洪峰与其他先锋文学作家开启了中国先锋文学的先河，他们改写了中国文学一体化的局面，《冈底斯的诱惑》《瀚海》等小说为当代文学的发展提供了新的可能。徐坤继承了先锋文学的遗产，她的《白话》《先锋》以及《厨房》等，在"后先锋"时代占有重要位置。

进入新世纪以来，东北文学焕发了新的生机。迟子建是东北唯一获过"茅盾文学奖"和三次获得"鲁迅文学奖"的作家。因此是新世纪东北的核心作家之一。她的长篇小说《额尔古纳河右岸》，通过对鄂温克人历史与现状的书写，不仅将一个富有诗意的民族呈现在我们面前，同时她将一个民族的心灵史讲述得声情并茂绵长悠远。她的中、短篇小说同样取得了重要成就：《雾月牛栏》《清水洗尘》《白银那》《日落碗窑》《世界上所有的夜晚》《起舞》等，构成了迟子建璀璨的小说世界。跌宕的故事和多种文化的交融，将迟子建的小说装扮成北国的俏丽佳人；久负盛名的阿成，一直保持旺盛创作力，他的创作成就主要集中在短篇小说：《年关六赋》、《良娼》、《胡天胡地风骚》、《东北吉卜赛》以及"简史"系列等，多以哈尔滨生活为背景、以底层市民为主要书写对象，在或悲怆或温婉的讲述中，呈现出了一个既雍容俏丽又悲苦荒寒的哈尔滨。

张笑天是东北具有标志性意义的作家。出版有30卷《张笑天文集》计1800万字，从创作数量上说，当代作家几乎无人能敌。长篇小说《太平天国》、《永宁碑》等深受好评；中篇小说《公开的"内参"》、《离离原上草》等有广泛影响。特别是张笑天的电影剧本创作，使其成为新时期以来最重要的电影剧作家之一；朱春雨的中篇小说《沙海的绿荫》和长篇小说《亚细亚瀑布》，是80年代的重要小说；著名诗人曲有源的诗歌创作，无论是诗歌观念还是形式，是新时期探索中国诗歌变革的重要组成部分。他的《关于入党动机》传颂一时并获全国1979年–1980年新诗优秀奖。新世纪以来，金仁顺、朱日亮、刘庆等人的小说；胡冬林、格致等人的散文；薛卫民、张洪波、于耀江等人的诗歌，极大地丰富了吉林的文学版图。金仁顺的《春香》、朱日亮的《走夜的女人》、刘庆的《长势喜人》等，使他们进入了新世纪文学的第一方队。特别值得提及的是，吉林的两大文学刊物《作家》和《文艺争鸣》，它们赫然列为国内名刊已久，在文坛有重要地位。其获奖率和转载率均居国内前列而备受瞩目。

辽宁是中国文学创作的重镇。它以"团队"的力量在全国产生影响。近年来，孙春平的《怕羞的木头》等中篇小说、孙惠芬的《上塘书》、《生死十日谈》、谢友鄞的《一车东北人》、刁斗的《代号：SBS》、马晓丽的《云端》、皮皮的《爱情句号》、津子围的《童年书》、陈昌平的《斜塔》、李铁以工厂为背景的中篇小说等，是批评界近年来重要的批评对象和谈论的话题。辽宁当下的小说创作虽然还没有出现在全国具有"领袖"或象征意义的作家，但他们作为一个群体，在中国文学的造山运动中，逐渐形成了一个小说的高原地带。

值得强调的是，辽宁是一个散文创作的高地。它的重要性不在于作家队伍和声势，而在于它不能替代的影响力。王充闾的文化散文在文坛上独树一帜，可以看作是这个时代散文创作的标志性成就，他在文坛引起的巨大反响仍在持续。他的近作《张学良人格图谱》，力图走进人物的内心世界和精神世界，从而展现出张学良的人性和人格。张学良的义气，重情谊、一诺千金，敢做敢为，有英雄气也有草莽气等气质，在王充闾的表达中跃然纸上；鲍尔吉·原野的散文对人与自然、家乡、历史的感受新奇而生动，鲜明的个性难以取代；青年散文家张宏杰的"大历史散文"打破了散文写作的"范式"，他的历史学修养和对散文新的理解，为这一文体带来了新气象；素素的散文对东北的人与事、风情与风貌、日常生活的书写，充满了温暖的情与爱。在诗歌领域，李松涛的《黄之河》、林雪的《大地葵花》等，或大气磅礴、或中西融汇而独树一帜。

文学的大东北逐渐形成了自己多样的风格和文体完备的"北国风光"。更重要的是，在逐渐形成东北文学地缘特色的同时，东北作家作为中国文学积极、健康的力量在全国产生了越来越深远和广泛的影响。作为一个现代工业发达的地区，东北不仅有丰厚的历史文化资源，同时也有中原文化、工业文化、红色文化等多种文化资源。但是，独特的现实环境和复杂多样的社会生活，也对东北作家的创作提出了新的挑战。我们应该承认，东北文学的特征还在构建过程中，它与北京、上海、陕西、山西、河南、江苏、浙江、山东等省份有悠久历史文化传统和文学传统的地区大不相同。这些地区的地缘文化或文学特征及其承传是有系谱的，它们的历史文化资源可以如数家珍并特色鲜明。这一文化优势东北没有或者非常稀缺。但是，我们有理由相信，东北的文学家们将会实现他们建设中的大东北文学的宏伟梦想。东北地方性或边缘性的文学经验，也一定会为中国文学实践提供新的经验和认知可能。

非虚构文学：走进当下中国社会的深处

《人民文学》在2010年推出了"非虚构"栏目，其中先后发表的梁鸿的《梁庄》、慕容雪村的《中国，少了一味药》、潇湘风的《词典：南方工业生活》等，在读者和批评界引起了强烈反响。在寂寞庸常的文学气氛不见尽头的年代，使我们再次见到了文学微末的曙光，使我们感受到文学依然与我们的生活有关，与国家民族的现实和未来有关。文学没有被排除在当下生活之外，文学尚在人间。它不仅和天上的事务、想象的事务在一起，它同时也和中国的命运、和我们关心的重大事务在一起。因此，《人民文学》的想法和诉诸实践本身，其意义也许要大于已经出现的几部"非虚构"文学作品。

关于"非虚构"文学这个概念，我们无须做经院式的考辨，这不是我们今天讨论的主旨。我要说的是，当下文学确实取得了巨大成就，这是我们讨论问题的前提。但是我们也必须承认，那种让我们深感震撼、触及心灵、醍醐灌顶、挥之难去的作品还不多见，甚至越来越少。对当下文学质疑的声音虽然并不全是真问题，但可以肯定的是，我们的文学一定在哪些方面出了问题。在这样的时刻，《人民文学》一直在积极探索、思考当代文学的方向问题，比如对思想性的讨论、对"非虚构"文学的推出等，都显示了这本"国刊"的气象、高度和敢为天下先的智慧与勇气。

我曾在不同场合多次讲过，百年来我们最成熟和成就最大的文学题材，就是乡土文学或后来称作农村题材的文学。这个领域所达到的文学高度代表了百年中国文学的成就，这无须赘言。但是，当我们今天回到农村所看到的情形与文学在这个领域取得的成就，可能恰恰形成了很大的反差。当然，改革开放后我们也有许多类似华西村这样的明星村镇，那里的人们已经完全富裕起来，他们全都住进了别墅，拥有了现代工业社会拥有的一切。但是，且不要说那是个别的现象，重要的是，那是否是中国农村发展的方向已经成为问题。农村为社会应该提供的是两种东西：一是食物，一是纤维。食物是吃的，纤维是穿的。但是华西村现在还生产多少食物和纤维？难道都让农民走进现代化的乡镇企业，然后所有的人喝西北风吗。因此，华西村作为一个案不具有普遍性，按照它的方向发展不仅没有可能性，而且会引发更多的社会问题。在当下中国，更值得我们注意的，是梁鸿在《梁庄》看到的现实和发现的问题。在这部"非虚构"作品中，开篇她就讲述了"迷失"在故乡。故乡虽然"一派繁荣的建设图景。只是，十几年前奔流而下的河水、宽阔的河道不见了，那在河上空盘旋的水鸟更是不见踪迹。"这只是刚刚迈进故乡的门槛。后来的事情才是作家要说出的：为难的村支书、无望的民办教师、服毒自尽的春梅、住在墓地的一家人等。我们看到的梁庄一言以蔽之，就是破败。破败的生活、破败的教育、破败的心情。梁庄的人心已如一盘散沙难以集聚。乔叶今年有一篇小说《龙袍》，她写的也是关于乡村的感伤，是一种身在故乡人在异乡心无皈依的漂流感。她对国民性的批判也延续了百年来中国文学的忧患传统。这种叙述在当下书写乡村的文学作品中非常多见。特别对乡村女性命运的忧虑，乔叶有很好的表达。但是在梁鸿的"非虚构"作品《梁庄》中，我们却通过"梁庄"多面地看到了乡村中的破产和正处在破产中。更严重的是，这个破产不仅是乡村生活的破产，而且是乡村中传统道德、价值、信仰的破产。这个破产几乎彻底根除了乡土中国的赖以存在的可能，也就是中国传统文化载体的彻底被瓦解。

可以说，现代性的两面性，在《梁庄》中被揭示得非常透彻。这倒不在于作家诸如"河鸟在天空中盘旋，有时路边还有长长的沟渠，沟渠上下铺满青翠的小草和各色的小野花，随着沟渠的形状高高低低，一直延伸到蓝天深处，有着难以形容的清新与柔美。村庄掩映在路边的树木里，安静朴素，仿佛永恒"这样对前现代怀旧式的抒情。我们更关心的是走进现代或中国现代性的代价，特别是中国面积辽阔人口众多的乡村。但是，直到现在，我们依然在这条道路上迅猛前行，对现代性代价的反省还仅仅停留在书生们的议论中。

2005 年，慕容雪村发表了长篇小说《伊甸樱桃》。这虽然是一部有浓重说教意味和观念化的小说，但它对人与金钱关系的揭示仍然给人以巨大震动。特别是它对资产阶级奢侈品与百姓日用品的换算，让人耳目一新。2010 年 10 期的《人民文学》发表了他的《中国，少了一味药》。如果说《伊甸樱桃》是从金钱或物质层面对人性的揭示或批判的话，那么，这部"非虚构"的《中国，少了一味药》，则是在思想或精神层面对中国混乱心智的揭示或批判。人对谎言和欺骗的接受竟是在如此荒谬的过程中完成或实现的。这是一个我们只有耳闻又非常陌生的领域，如果这一切都是真实的，那么，慕容雪村在撕碎了一个弥天大谎的同时，也揭开了生活中另一个隐秘险恶的角落：这就是触目惊心。当下中国的信仰危机，是一个最严重的社会问题。传统的文化信念和现代建构的新文明正在瓦解。特别是底层社会的物资生产和流通领域，在利益原则驱动下，道德水准几乎降到了最低点。"不安全性"几乎是我们在生活中最突出的感受。《中国，少了一味药》揭示的是民众的心智问题，但更是一个文明问题。

在评论内蒙平庄煤矿工人作家创作时我曾说："在当下社会生活的整体结构中，工人群体的实际地位已大不如前。尽管它还是我们的领导阶级，是国家的主人公。但是，实事求是地说，在计划经济向市场经济转轨的过程中，受到冲击最大、牺牲最大的就是工人群体，尤其是底层的产业工人群体。由于历史的原因，这里的合理性我们无须多说。但他们承担的牺牲和面临的严峻的生存困境是不容争辩的事实。而这些并不能置换为一种道德的优越或悲壮的心理。我们在平庄矿区的文学叙事中，明确被告知的是工人阶级以怎样的理解和宽容，坚忍和顽强面对他们的艰难时世。"萧相风的《词典：南方工业生活》，让我们目睹了工人身份作家切肤之痛的表达。

"非虚构"文学，在不多的作品中逐渐表现出了与传统文体的不同特征。这就是：客观性大于主体性，对重大事物的关注大于个人感受的抒发；对社会问题、矛盾的呈现、揭示，大于个人的冥想；在艺术上对多种文体元素的整合大于启蒙主义对国民性的批判。1996年，蜚声欧美文坛的美国作家特普门·卡波蒂在沉默了几年之后，突然抛出了他坚持称之为"非虚构小说"的《血案》一书。这本书以新闻的笔触描述了发生在堪萨斯州的一桩凶杀案，一夜之间成为大行其道的畅销书。如果说普门·卡波蒂因他的《血案》有了"非虚构"文学的命名的话，那么，在中国兴起的"非虚构"文学恰恰远离了"畅销"诉求。这些作家走进了中国社会的最深处，他们有自己的使命和担当。

我曾在不同的场合感慨中国文学没有方向，更多的文学是误打误撞，是跟着感觉找出路。事实上，没有文学方向就没有文学追求，没有方向的文学是难以成气候的，是不能出大作家和大作品的。今天，"非虚构"文学的出现，为我们提供了新的文学方向的参照。也就是，有作为、有理想、有抱负的作家，都应该关心现实生活中的重大事务，关心在现代性过程中出现的新问题、新矛盾。关心正在变化的世道人心。这是文学和现实、和读者建构关系的重要通道。孤芳自赏的文学可以存在，"小众文学"也自有它的价值。但是，在社会矛盾丛生、危机四伏的时代，我们有义务支持那些关心国家民族的作家们创作的振聋发聩的作品，从而使文学再度得到民众的信任和关心。

文学经典与"伟大的小说"

80年代初期,英国两所举世闻名的大学——牛津大学和剑桥大学,由师生们发起了一场激烈的争论,争论的问题是:"英语文学"教学大纲应包括什么内容?它的连锁反应便是对文学价值、评价标准、文学经典确立的讨论。激进的批评家发出了"重新解读伟大的传统"的呼请;而大学教授则认为:"传授和保护英国文学的经典是我们的职责。"这一看似学院内部的争论,却被严肃传媒认为"一半是政治性的,一半是学术性的"。

类似的讨论在西方其他国家也同样存在过。而事实上,经典的确立与颠覆从来也没有终止过。文学史,从某种意义上也可以说就是经典的确立与颠覆的历史,经典的每次危机过程也就是经典的重新确立的过程。经典的危机与确立,引发的原因显然不止人们对经典作品的认同有歧异。按照我们传统的理解,经典就是熟悉的权威性著作;按照佛克马的理解,"经典"是指一个文化所拥有的我们可以从中进行选择的全部精神宝藏。但这样的理解又可以追问出无数个问题:比如,认定权威性或"精神宝藏"的标准是什么?由谁来认定?这一认定出于何种意图或目的?

这些追问在经典危机的时代不仅咄咄逼人，同时也具有难以抗辩的合理性。但如果认为这样的追问是不能质疑的，那么围绕经典的讨论就变成了另一个问题，即还有没有经典，要不要经典？经典危机和确立的历史，一方面表明了这些追问的合理性，一方面也表明了它的时段性。永恒的经典是不存在的，没有休止的追问也会使追问本身变成假问题。

经典的确立从来就不是一个纯粹的文化问题，与之相关的还有对经典确立的历史环境及其需要。在中世纪，文学经典的功能在于它统治了教育，并与帝权、神权共同构成了宰制性权力。此后，利用经典为政治服务，作为统治阶级工具的现象至今也没有结束。即便美学作为一个独立学科得到了承认，但政治与文学的关系从来也没有彻底解除。假如没有经典带给我们的文化认同，包括政治在内的所有问题是无从讨论的。

经典确立的复杂性还不仅仅限于它与社会政治的关系。就其本身来说，经典是人确立的。它就不能不有人的局限性。其次，经典需有一个经典化过程，也就是历史化过程。当代文学史不要说已经出版了近70部，仅就近年来出版的有影响的文学史著作，对经典的判断和叙述就非常不同。因此，这些在切近距离被写进文学史的"经典"，可被看作是"文学史经典"。"文学史经典"与"文学经典"的差别，就在于，后者是经典化、历史化了的"经典"；前者是尚未经历这一历史化和经典化的"经典"，它只具有文学史意义，而不具有文学经典意义。

这个看法，是针对我们以往的对经典的理解提出的。或者说，我们曾经历过的那种对经典理解的语境已经发生了重大的改变。这一改变，不仅与当下文学生产的方式相关，同时更与文学在社会生活的处境与地位相关。对中国而言，20世纪既是现代小说发生的世纪，也是现代小说成熟和终结的世纪。我们可以毫不夸张地说，上个世纪末乃至这个世纪初，中国现代小说的艺术水准已经超过了此前的任何时期。但恰恰在这成熟的时期，现代小说开始衰落了。原因很简单，就像先秦散文取代了骚体，汉赋取代了先秦散文，唐诗取代了汉赋，宋词取代了唐诗等一样。古代文学专家普遍认为，宋诗比唐诗更成熟也更深沉，但诗必言唐的观念根深蒂固，宋诗再成熟，影响也远没有唐诗深远。现代小说的成熟与衰落，就与宋诗相似到了这样的程度。

当今世界，不是没有了文学经典，而是关心"文学经典"的人口已经被分流于影视、读图、DVD、卡拉OK、酒吧、美容院、健身房、桑拿浴甚至是星巴克、超市或者远足、听音乐乃至独处。日常生活在商业霸权的宰制下也为人们提供了多种文化消费的可能。在这一处境下，文学经典还为多少人关心，已经很说明问题了。

也正是这样的文化背景，使关心"文学经典"的人更加焦虑。一般来说，学界讨论什么问题，就是对什么问题表示焦虑的一种形式。今天讨论"经典"问题，问题背后所凸显的可能恰恰是对这一问题的焦虑。最近，我注意到了《南方都市报》正在讨论的"伟大的小说意识"的问题。这一问题的提出者是美籍华裔作家哈金。他认为中国要写出伟大的小说，必须要有"伟大的小说意识"，就像美国有一个普遍被认同的小说意识一样。他认为美国有这样的伟大的传统。而中国从来就没有这样的传统，从《红楼梦》到鲁迅，都被他否定了。他认为《红楼梦》只是那个时代的好作品，而鲁迅只写了七年小说，七年时间连小说技巧都不可能掌握，怎么会写出文学经典。哈金先生是一位著名的小说家，曾经获过美国重要的文学奖项，但他能这样评价中国的小说传统，我们只能对他的勇气表示震惊。于是，他用美国"伟大小说的定义"，照猫画虎地为中国"伟大的小说意识"给出了定义："一部关于中国人经验的小说，其中对人物和生活的描述如此深刻、丰富、真确并富有同情心，使每一个有感情、有文化的中国人都能在故事中找到认同感。"且不说这个定义的陈词滥调，即便它能够实现，我不知道是否还有一个普遍的认同感的存在。

以上的分析，我旨在说明，当"伟大的小说"或"经典文学"已经成为过去。历史是只可想象而难以经验的。人类肯定还会写出伟大的小说，但这个"伟大的小说"只能存在于文学史，因为我们还有一个"文学"学科和靠研究文学吃饭的人群，我们必须讲授文学"经典"和"伟大的小说"，比如那些获得了"诺贝尔文学奖"的作品。但必须说明的是，像18世纪的法国文学，19世纪的俄罗斯文学、20世纪的美国文学那样深入人心，已经永远不可能了。不是因为别的，只因为那是文学的宿命，因此，哈金先生不管处于何种善良或理想的愿望，"伟大的小说"只能是一厢情愿的想象。

一份杂志与都市文学

——写在《广州文艺》改刊之际

2009年11月10日至13日,《广州文艺》在广东从化召开了"都市文学"研讨会。"都市文学"虽然还是一个暧昧不明的概念,但与会者都意识到了当下中国的城市化进程对文学的巨大影响。事实也的确如此。都市文学的数量日益增多,不仅有都市生活经验的作家写都市,而且在其他领域展开故事的作家也相继参与其间,在2009年将目光和笔触转移到都市的作家日益增多。但今天的都市早已不是古典欧洲的巴黎、维也纳或罗马。我们很难打捞出当代中国的都市文化经验,它像一只变幻莫测的万花筒,光怪陆离难以捉摸。因此,中国当代都市的文化经验,仍然是一个不确定的经验。这种不确定性,我们在不同作家的不同书写中得到了确证。

但是,由《广州文艺》领衔主演都市文学,也不是没有缘由的空穴来风。在中国现代文学史上,虽然先后出现了诸如《子夜》、施蛰存、刘呐欧、叶灵凤的"新感觉派"以及50年代出现的周而复的《上海的早晨》等书写都市文学的作品。但这些小说,还不是我们今天所说的"都市文学"。《子夜》要表达的还是民族资产阶级与买办资产阶级的较量与争斗；《上海的早晨》要表达的是建国初期上海对资本主义工商业进行社会主义改造的过程。他们都不是今天我们所说的"都市文学"。但 1959 年出版的欧阳山的《三家巷》以及秦牧的《花城》等散文，陈国凯的《羊城一夜》，后来张梅、张欣的小说，《情满珠江》等电视剧，逐渐进入了我们想象的"都市文学"的模样。因此，广州应该是中国都市文学的发祥地和大本营。上海虽然更现代、更都市化，但在王安忆、程乃珊的作品中，似乎旧上海的味道更浓一些，她们接续的是张爱玲的遗风流韵；卫慧的《上海宝贝》、《蝴蝶的尖叫》，棉棉的《糖》、《啦啦啦》才华横溢，但因过于时尚而流于都市生活的表面。如此说来，事实上"都市文学"在我们的文学生活中还没有真正地形成，或者说它仍在形成或探索的过程中。

  这种状况与我们熟悉或成就最大的乡土文学是大不相同的。乡土记忆是我们民族共同的文化记忆，无论是"农村题材"还是"乡土文学"，我们都无须识别就可以感知它是否与本土文化有关。因此，中国在本质上或文化基因上还是一个"乡土中国"。我们不仅可以在鲁迅、沈从文、废名的作品中感受乡土的诗意与宁静，也可以在《太阳照在桑干河上》、《暴风骤雨》、《红旗谱》、《创业史》中感知中国历史或社会变革的过程。甚至在《艳阳天》、《金光大道》中，仍然可以看到乡土中国那些不变的生活元素。比如乡风乡俗、乡村伦理、土地观念等核心价值观。中国现代文学史上乡土文学的发生，一开始就蕴涵着一个有趣的现象：乡土文学作者并不是在乡村写出"乡土文学"的，而是一批离开了故乡，在都市生活中接受了现代文明洗礼的青年人。这时的乡村，是一个只可想象而难以经验的"乌托邦"。他们再回过头来看自己生活过的乡村时，就是城市的"镜中之象"。因此，"乡土文学"是被城市发现的，或者说乡村文明是被现代城市文明发现的。用"镜像"理论解释"乡土文学"的发生，虽然有些牵强，但我们应该承认的是，没有现代城市文明，或者说，来自乡村的知识分子如果没有经历城市文明，我们所看到的"乡土文学"是不会出现的。

但都市文学就不同了。对于有着强烈的农民文化记忆的中国的社会主义者来说,对城市的看法一开始就是十分复杂的。城市既是商业文化中心、是行政管理中心、是现代化的表意符号,同时又是引诱享乐、声色犬马、腐败堕落、香风毒雾的所在。对城市的占领是革命取得最后胜利的象征,但对城市的警觉排斥和耿耿于怀又是挥之不去的。因此,对于城市的社会主义文化领导权,就成为革命后的一个重要问题。对于执政者来说,一方面要实现现代化,并用"五年计划"的方式将中国的现代化进程列出了时间表。另一方面,出于革命历史经验,他们认为只有保持"非城市化"的生活方式——革命战争时期的艰苦朴素的作风,才能保有无产阶级和社会主义者的本色,才能与资产阶级的生活方式保持必要的距离。这是一种典型的"前现代"的思想方式,在实现现代化之前,描绘前景并奋力实践,展现勃勃雄心是这个时代的一大特征,就像普通的农民,一个"发家致富"的口号,就可以调动全家乃至一个阶级的激情和奋斗的信念。因此,在思想文化领域、意识形态领域反城市的倾向,是中国农民文化在社会主义初期的一种紧张的反映。这种"保守主义"的城市态度,作为主流思想和统治思想的一部分,一方面缓解了官僚主义、权力腐败的进程,提高了社会主义现代化的效率;一方面,也延缓、阻碍了城市化的进程。商业化是现代城市的主要特征之一,它具有组织消费、引领时尚、促进流通、加快生产周期的功能,但同时它也具有社会主义思想所要抵制的、毛泽东曾告戒过的、须引起注意的"软化"功能。或者说,一方面我们要加快工业化进程,一方面要抵制城市文化的诱惑。因此,初期"社会主义现代化"的思想和实践,有着鲜明的道德理想主义的色彩。对这一点,文学艺术不仅维护了它,而且它们的形象性还无意中放大、夸大了这一道德理想的激情和伦理意义。当代中国最先批判的文学作品就是与都市文学相关的作品。比如萧也牧的《我们夫妇之间》,当代都市文学刚一抬头就遭到了打压,他被认为是"依据小资产阶级观点、趣味来观察生活,表现生活的小说"。因此,包括都市文学在内的都市文化在中国的现代性中是受到挤压的,这也可以称作是毛泽东的"反现代的现代性"。五六十年代演出的《霓虹灯下的哨兵》、《年轻的一代》、《千万不要忘记》等,都是要警惕城市的"香风毒雾"和资产阶级生活方式。这是我们的都市文学不发达的重要原因之一。在那个时代,城市似乎不属于我们而只属于资产阶级,但毛泽东还是带领革命队伍进了城并且迷恋,被放逐农村的知识青年和"五七干部"还是盼望早日回城。因此中国的现代性一直处在不确定之中,至今仍然没有成为过去。

以广州为中心的"珠三角",是中国最发达的地区之一,也是中国城市化进程最快的地区之一。悠久的城市历史和当代城市文化经验相对丰富,这里不断产生都市文学在情理之中。但是,在中国究竟什么样的文学才是"都市文学",仍然云里雾里莫衷一是。如此说来,"都市文学"还不是一个自明性的概念,它仍在生成的过程之中。这一点与现代都市文学不同,现代都市文学似乎都是由"贵族"创造的,比如张爱玲的《倾城之恋》、白先勇的《永远的尹雪艳》等。那里的生活方式、场景以及人物关系是乡土文学和市民文学中不曾出现的。但那毕竟是过去的都市文学,在那个时代,没有贵族就没有都市文学。但今天的情况大不相同了,虽然富人很多,但没有贵族。这个情况表明,今天的都市文学不仅有更广阔的空间,而且也更趋于复杂。对都市文学,无论我们怀有怎样的想象和期待都不过分。事实上,包括所谓的"官场文学"在内,以及"打工文学"、时尚文化、中产阶级趣味和网络文学等,都为都市文学积累了丰富的前提、基础和经验。都市文学的发生发展,首先不是一个理论问题,而是实践问题。我相信在《广州文艺》雄心勃勃的努力和奋力打造下,这一文学现象一定会蓬勃发展并形成气势。它将带给我们全新的文学经验,那是因为它与都市生活建立了新的精神或灵魂的联系。

琴坛村的民主琴弦

中国乡村社会发展的不平衡性不仅是一个事实，我们在不同作家、不同文体的叙事中同样可以明确地被告知。中国的改革开放本身是一个"试错"和探索的过程，中国社会发展道路的全部复杂性需要新的实践。事实证明，在过去那条曾被誉为"金光大道"的路上，乡村中国和广大农民并没有找到他们希望找到的东西。是改革开放正在探索和实践的道路逐渐透露出了曙光和希望。但中国乡村发展的不平衡性，使任何一种叙述都难以周全。这种情况不仅在虚构的文体中存在，即便是"报告文学"或"非虚构文学"中仍然存在。比如梁鸿的《梁庄》和朱晓军、李英的《让百姓做主——浙江省琴坛村罢免村主任纪事》（载《北京文学》2011年第四期）。在《梁庄》中，激进的乡村变革带来的不仅是美学的质疑，不仅是乡土诗意的正在消失，缓慢生活秩序的正在解体，更严重的是，这个破产是乡村中国传统的道德、价值、信仰的破产。这个破产几乎彻底根除了乡土中国赖以存在的可能，也就是中国传统文化载体的彻底被瓦解。那么，乡村到底应该向何处去？这当然不止是美学需要回答的问题，更是社会历史发展需要回答的问题。

但是，我们在朱晓军、李英的报告文学《让百姓做主——浙江省琴坛村罢免村主任纪事》中，看到的是另一种景象："琴坛村像名字一样美，依山傍水，风景秀丽。可是，它犹如分糖果时溜出去的孩子，被时代遗忘了，被财富遗忘了。在经济发达的浙江，像别墅区似的村庄随处可见，琴坛村却像上世纪80年代似的一片破旧的土屋。村民靠茶叶和高山蔬菜维生，日子像扎在腰的裤带勒得很紧。穷像根鞭子，把村民往城市赶，村里三分之一的人在金华或经商，或打工。"描述中的琴坛村与那些没有富裕起来的村庄大体相似，青壮劳力到城里了，剩下的老人孩子一起装点的仍是乡村的破败。但是，2009年10月的琴坛村发生了一件大事：年轻人"杀"回了村，他们要罢免村主任邓士明，要选出自己放心的村主任。原因是村主任邓士明将一条穿村而过的龙潭溪承包出去，村里仅有的集体资源，他擅自承包出去，而且承包价还不到其他地方的十分之一。于是，"这座被时代遗忘的山村犹如落进龙门山地震带，频频发生'地震'，震波不仅传到金华市、浙江省，还传遍全国。"

在乡村中国，如何推进民主化进程仍然处在探索过程。琴坛村的罢免和重新选举村主任，在中国不是第一次，但它仍可理解为乡村中国民主化进程的缩影。它出现的所有问题，与此前"村选"出现的问题几乎没有区别。复杂的村民关系，不完整或凌乱的村委会，各种力量各种利益的较量，甚至罢免和选举程序都不甚了了。但他们还是以村民联名的方式向乡政府提出了罢免村主任邓士明的申请。有趣的是当村委旺根告诉邓士明这一消息时，他居然满不在乎地说："我早知道了，他们没那个能耐，瞎起哄而已。"这时的邓士明已经忘记了自己是动用了全家的力量才当上村主任的。但他上任后不仅没有兑现自己的承诺，也几乎没有任何作为，这也是村民、特别是年轻人要罢免他的重要原因。但是罢免实施起来要困难得多，邓士明不接受罢免申请书，他老母亲坚决维护儿子地位，承包商也借机参与甚至恐吓，村民也有恐惧、担忧以致家庭纠纷，然后是"大道消息、小道传闻、风言风语、飞短流长在众口传播着"等等。琴坛村当时混乱的局面可想而知。

应该说邓士明也不是那种十恶不赦称霸一方的村官，他没有欺压百姓，没什么大错。因此他也"感到委屈，感到窝囊，这个村主任当得他自己没少费力不说，还搭上了哥哥和弟弟"。但是，在不断发展的时代环境中，特别是见过外部世界，渴望琴坛村早日富裕起来的村民那里，他们的理由只有一个，那就是他们不再需要一个"不称职"的村官。琴坛村最终实现了罢免邓士明、选举出了新的村主任的愿望。对我们而言，重要的也许不是琴坛村这个具体事件，它的象征意义要重大得多。这也正如一位媒体工作者所说："如果说改革开放伊始，小岗村农民用按血手印方式领农村经济改革风气之先，今天琴坛村村民同样用按红手印方式表达了政治民主的诉求。一个是经济，一个是政治，都有里程碑的意义！"琴坛村演奏的民主琴弦，在当代中国的深远意义在日后将被进一步证明。

浪漫主义文学思潮的兴起

自80年代以来,中国当代文学一直沐浴着欧风美雨在前进。我们对20世纪以来欧美文学的现代主义、后现代主义等前卫文学耳熟能详如数家珍。公允地说,80年代以来的欧风东渐,极大地提高了中国当代文学的整体水准,写作技巧、文学观念的变化等,使当代中国文学的文学性有了空前的提高。时过境迁,悖论也来源于此:我们用什么去征服强势文学国家的读者,我们真正有效的文学资源究竟在哪里?新的困惑就这样如期而至,新的探索当然也没有终止。近年来,在中篇小说领域,一个最令人瞩目的现象就是浪漫主义倾向的出现。我们知道,没有经过浪漫主义文学的洗礼,或没有经过大规模的浪漫主义文学运动,应该是百年中国文学最大的缺失。我们也有过浪漫主义文学,但这个"浪漫主义"前面是有修饰语的。比如"革命的浪漫主义"、"社会主义浪漫主义"等。这与法国、德国的浪漫主义文学是非常不同的。但是近几年来我们发现,与过去我们所经历的浪漫主义不同的浪漫主义文学潮流,正在悄然生长。它们对人性、爱情、历史以及内心欲望的另一种表达,都是此前我们不曾遭遇的。

我们知道，80年代不仅在批评界被重新研究，而且在作家那里也正在被重新书写。但是，如何讲述80年代的故事，如何通过小说表达我们对80年代的理解，就如同当年如何讲述抗日、反右和文革的故事一样。在80年代初期的中国文坛，"伤痕文学"既为主流意识形态所肯定，也是知识分子精心建构的，而且在读者那里引起了巨大反响。但是，当一切尘埃落定之后，文学史家在比较中发现，真正的"伤痕文学"可能不是那些暴得大名声名显赫的作品，而恰恰是《晚霞消失的时候》、《公开的情书》、《波动》等小说。这些作品把文革对人心的伤害书写得更深刻和复杂，而不是简单的"政治正确"的控诉。也许正因为如此，这些作品才引起了激烈的争论。近年来，对80年代的重新书写正在学界和创作界展开。就我有限的阅读而言，蒋韵的《行走的年代》大概是迄今为止在这一范围内写得最好的一部小说。它流淌的气息、人物的面目，它的情感方式和行为方式，以及小说的整体气象，将80年代的时代氛围提炼和表达得炉火纯青，那就是我们经历和想象的青春时节：它单纯而浪漫，决绝而感伤，一往无前头破血流。读这部小说的感受，就如同1981年读《晚霞消失的时候》一样让人激动不已。大四学生陈香偶然邂逅诗人莽河，当年的文艺青年见到诗人的情形，是今天无论如何都难以想象的：那不止是高不可攀的膜拜而是发自内心的景仰，那个年代的可爱就在于那是可以义无反顾的以身相许。于是一切就这样发生了。没有人知道这是一个伪诗人伪莽河，他从此一去不复返。有了身孕的陈香只有独自承担后果；真正的莽河也行走在黄土高原上，他同样邂逅了一个有艺术气质的社会学研究生。这个被命名为叶柔的知识女性，像子君、像萧红、像陶岚、像丁玲，亦真亦幻，她是五四以来中国知识女性理想化的集大成者。她是那样地爱着莽河，却死于意外的宫外孕大出血。两个女性，不同的结局相同的命运，但那不是一场风花雪夜的事。因此，80年代的浪漫在《行走的年代》中更具有女性气质：它理想超拔却也不乏悲剧意味。当真正的莽河出现在陈香面前时，一切都真相大白。陈香坚持离婚南下，最后落脚在北方的一座小学。诗人莽河在新时代放弃诗歌走向商海，但他敢于承认自己从来就不是一个诗人，尽管他的诗情诗意并未彻底泯灭。

《行走的年代》的不同，就在于它写出了那个时代的热烈、悠长、高蹈和尊严，它与世俗世界没有关系，它在天空与大地之间飞翔。诗歌、行走、友谊、爱情、生死、别离以及酒、彻夜长谈等表意符号，构成了《行走的年代》浪漫主义独特的气质。但是，当浪漫遭遇现实，当理想降落到大地，留下的仅是青春过后的追忆。那代人的遗产和财富仅此而已。因此，这是一个追忆，一种检讨，是一部"为了忘却的纪念"。那代人的青春时节就这样如满山杜鹃，在春风里怒号并带血绽放。不夸张地说，蒋韵写出了我们内心流淌却久未唱出的"青春之歌"。

林白的《长江为何如此远》，可以看作是一部与80年代有关的怀旧的小说。几十年后的大学同学聚会，引发了今红对80年代大学生活的怀想。那是一个物质贫困百废待兴的年代，也是一个拘谨惶惑跃跃欲试的年代。不同身份和背景的青年聚集到大学校园开始了他们新的生活。那究竟是怎样的年代？对那个年代他们将用怎样的心情怀想和对待。这是小说为我们提出和回答的问题。77、78级的大学生，2012年适逢毕业30周年。这是不同寻常的30年。他们经历了文革、上山下乡，毕业后亲历了改革开放的整个过程。30年后，他们大多年过半百甚至退休乃至离去。那么，如何讲述这一代人30年的历史显然是一个难题。30年可以讲述出不同的历史，但是，林白选取了心灵史的角度，30年的心灵体验或许更为真实。

小说开篇就是一个疑问或不解："'为什么长江在那么远？'"今红问。她来到黄冈赤壁，没有看到苏东坡词里的'惊涛拍岸卷起千堆雪'，岩石下面是一片平坡，红黄的泥土间窝着几摊草，有一些树，瘦而矮，稍远处有一排平房，墙上似乎还刷着标语。"苏东坡的一曲《念奴娇·赤壁怀古》，使赤壁名满天下。但是历史是讲述者的历史，从讲述者那里听来的历史大都不可期待兑现。因此，当今红来到黄冈赤壁时没有看到东坡词里的壮观景象就不足为奇了。今红的同学林南下的解释是："因为长江已经多次改道了呀！"可见那个时代的青年无论有怎样的经历，毕竟还是年轻。但这个发问却使小说充满了历史感，并为小说的收束埋下了伏笔。我惊叹林白对历史语境和时代氛围的还原能力。小说中出现的《沙家浜》《朝霞》、十六开本的《文艺报》以及《光荣与梦想》和《宇宙之谜》，就是那个时代我们曾经的读物，而《解放》《山本五十六》《啊，海军》以及《年轻的朋友来相会》《三套车》《山楂树》《怀念战友》等，也是我们那个时代观看的影片和高唱的歌曲。如饥似渴的学习气氛有马克思恩格斯研究小组，有《共产党宣言》《反杜林论》《路易波拿巴的雾月十八日》《德意志意识形态》的讨论，以及《资本论》研究小组，当然也有毛泽东思想研究小组。这些内容几乎就是那个时代大学生活的全部内容。青春时节固然美好，但30年时过境迁再相聚的情形早已不似当年，篝火晚会再热烈也是青春不再流水落花。但是，无论如何30年都是一个值得纪念的时刻，当年那个不起眼、至今也说不上快乐或不快乐的今红感到的却是：

浓雾已经完全散尽，露出了澄澈的天空。星星也出来了，这么多的星星难得看到，有的微红，有的金黄，有的则闪着白光，一直到树梢和远处的坡顶，简直漫天都是。今红觉得，这深夜的天空并不是完全漆黑的，而是有一点点蓝，非常非常深的蓝，深得深不可测、深得无限的蓝。在弱下去的火焰中，今红感到自己看见了重重叠叠的樱花花瓣纷纷扬扬，向着高远的星空飞旋，越飞越高，变得透明。这一景象是如此不可思议，以至今红的眼里再次充满了泪水。

林白用近乎感伤的笔调书写了当年与当下。与为何如此远的长江相比，个人的历史实在微不足道，那"惊涛拍岸卷起千堆雪"的壮丽壮观也许只存在诗人夸张的抒发中，大江东去中的个人只是一掠而过而已。小说举重若轻却有万千气象。

近年来，也有一种类似浪漫主义的"纯情"作品在坊间流行。但是它与我们理解的浪漫主义不是一回事，它既是一种潮流，也是一种时尚。比如《山楂树之恋》、《那一曲军校恋歌》、《1980 的情人》等，在媒体上不断掀起狂潮。特别是《山楂树之恋》被张艺谋搬上银幕之后，"纯情"神话几乎战无不胜所向披靡。但事实上，这一现象所表达的恰恰是新的市场策略，是凯恩斯"有效需求论"的又一次文化实践。就如同 1991 年代中国第一部室内电视连续剧《渴望》的横空出世一样：在滥情和欲望无处不在的时代，"纯情"的稀缺为这一现象的出场提供了空前广阔的消费空间。但是，如何讲述历史和曾经的情感故事，那里隐含的价值观和历史观可能是我们更感兴趣的。与"煽情"的、有市场诉求的浪漫文学大异其趣的，是《行走的年代》、《长江为何如此远》以及迟子建的《起舞》、叶舟的《姓黄的河流》、晓航的《断桥记》等小说。这些小说一起构成了当下浪漫主义的文学潮流，为小说新的可能提供了另外一种路向。

《五十度灰》和它的"神话"制造

2011年，E. L. 詹姆斯的《五十度灰》出版以来，在西方出版市场炒得沸沸扬扬，出版十个月后，一举冲上纽约时报畅销小说榜，上榜第一周即占据榜首。纸质书和电子书的销量居高不下，英美主流媒体包括网络争相报道，对其议论的热情至今仍经久不衰兴致盎然。它被称为是一部"继《达·芬奇密码》后，兰登书屋再次创造的图书销售神话"的小说，是"21世纪的口耳相传"取得巨大成功的小说，并且在英国国家图书奖评选中获得了"年度图书"大奖等等。那么，《五十度灰》究竟是一本什么样的小说，是什么原因使这部小说如此吸引读者的眼球并获得巨大的市场效益？

从小说的角度看，《五十度灰》本是一部并无惊人之举相貌平平的通俗小说：二十一岁的文学女青年安娜斯塔西娅·斯迪尔临近毕业的同时也面临就业危机。此时，她受病休室友凯瑟琳之托，代表校报去采访格雷集团首席执行官克里斯蒂安·格雷。在宏伟壮丽的格雷集团大厦内，初出茅庐的斯迪尔谨小慎微，她发现她的采访对象是一个典型的"高富帅"，令她大感意外的是自己的一见钟情。她试图忘掉他，回到勤工俭学的郊区五金店上班，没想到的是在这里与格雷邂逅重逢。光鲜照人的亿万富翁亲临这个名不见经传的五金店，亲自购买华盛顿州难寻的稀有商品：绳子和胶带。于是两人迅速陷入情网。小说如果沿着这条线索展开，最多也就是一个耳熟能详的浪漫爱情故事。但是，走近格雷的斯迪尔发现，格雷不仅是一个腰缠万贯的企业帝国的王者，而且还是一个会品酒、会弹钢琴、有教养的优雅男士。而斯迪尔的美貌也让格雷一见倾心欲罢不能。但是，格雷很快就向斯迪尔展示了他另一面的与众不同：格雷有一间精心设计的"密室"，这间密室成为两人性爱活动的主要场所。于是，SM、性奴、虐待与被虐待等情节成为小说集中讲述的内容并且不厌其烦。值得注意的是，在格雷的调动下，斯迪尔从不适、恐惧逐渐到接受甚至渴望。她在与格雷不正常的接触中也发现了另一个自己，抑或说是格雷塑造了另一个斯迪尔。

小说最后一定是一个感伤的结局，这不仅因为《五十度灰》沿用了浪漫主义感伤小说的基本元素，重要的是，那与人性相悖的性行为一开始就预示了危机的存在。这一点与中国古代白话小说的始乱终弃模式并不相同。是斯迪尔主动离开了格雷，不是格雷抛弃了斯迪尔。斯迪尔在格雷的诱导下对性虐虽然也产生了兴趣甚至期待，但是斯迪尔的承受力终还是有限的——当格雷对其诉诸暴力之后，斯迪尔再也不能忍受，她主动提出了分手。因为格雷给她的皮带撕咬肉体之痛，"与这场蹂躏相比根本不在话下"。

本书的作者介绍中说，E.L.詹姆斯"从小就梦想能创作出人人都爱看的小说"。由于要照顾家人和自己的事业，这一梦想只能束之高阁。直到四十五岁方鼓起勇气动笔写了自己第一部小说《五十度灰》，并随后出版了《五十度黑》和《五十度飞》。这里的关键是E.L.詹姆斯所理解的"人人都爱看的小说"是什么样的小说。应该说《五十度灰》从一方面揭示了人性的多面性和复杂性，格雷表面上与常人没有区别，他年轻富有帅气，博得女孩子好感甚至青睐都在情理之中，可这一外表掩盖下的性趣味却是常人无论如何难以理解的。可恰恰是没有任何性经验的天真的女大学生斯迪尔遇到了他，关键是斯迪尔不仅接受了格雷的趣味而且越陷越深不能自拔，她获得的快感也被表述得一览无余。因此，如果"常人"是被社会观念塑造出来的话，那么，"趣味"显然也是被诱导或塑造出来。在这个意义上可以说，小说对人的不确定性和多种可能性的揭示或表达，并非是空穴来风。但是，小说的本意显然不在这里。

小说全篇毫无遮掩的情色场面和描写，既是小说备受争议的焦点，也是小说在市场畅行无阻的核心要素。我们知道，无论是贝塔斯曼、兰登书屋或全球其他知名出版商，他们对大众文化的敏锐嗅觉几乎无人能敌。有资料说："兰登书屋在捕捉到具有市场潜力的小说内容后，发挥传统出版商的优势，主动与作者沟通并迅速签约，同时获得了纸质书和电子书的双重出版权，通过多个角度和途径积极推广两种版本的图书。为庆贺《五十度灰》取得的巨大成功，兰登书屋传承贝塔斯曼与员工分享利润的合作伙伴精神，在新年来临之际奖励了全体员工，每人分得五千美金作为分红奖励。"《五十度灰》的市场神话并非独一无二。此前，在全球图书市场创下销售神话的《哈利·波特》系列小说被翻译成七十四种语言，在全世界两百多个国家累计销量达五亿多册，居历史上非宗教图书市场销售第一；《达·芬奇密码》被喻为"阴谋与惊悚被巧妙地糅合到诸多精心设置的悬念当中，……众多的难解之谜，环环相扣，构成一个令人着迷的神话"在营销中大获全胜；而《暮光之城》系列的故事虽然简单，"但其中隐含的情感足以震撼人心"。这些不无夸张的评论本身就是市场营销的一部分。因此，《五十度灰》的神话也是策划、营销和制造出来的。它是西方文化产业——图书营销策略的产物，是以不同的方式夺取读者注意力的具体实践。创意产业是不可复制的，试想，当《哈利·波特》、《达·芬奇密码》、《暮光之城》的奇异之光即将暗淡之后，还有什么内容能够再次激起读者兴奋的神经呢？只有情色甚至变态的情色。情色与暴力是大众文化永远取之不尽用之不竭的泉源。而《五十度灰》正是以极端的方式再次利用了这一资源。它从一个方面也表达了创意产业如果一味关注市场和利润，它究竟能走多远可能会成为一个问题。在这个意义上，《五十度灰》应该是一个值得认真分析、解剖的个案。

隐士并未归去

2010年1月27日,"当代美国最伟大的文化隐士"塞林格走完了他人生最后的路程。这当然是全球文学界的一件大事,人们怀念、哀悼这位创作了《麦田里的守望者》的作者。有趣的是,塞林格在世时曾沉寂多年,他是一个名符其实的"文化隐士"。外界除了阅读他的作品外,对他的其他消息所知甚少。反倒他逝世后,关于他的各种消息纷沓而至。这期间,由坎尼斯·斯拉文斯基所著的《塞林格传》尤为引人注目,2012年现代出版社出版了由史国强教授翻译的中译本,使我们有了进一步了解这位"文化隐士"今生今世的机会。

给塞林格带来巨大文学声誉的,当然是他的伟大作品《麦田里的守望者》。小说1951年在美国出版后,在读者中引起了巨大反响,福克纳说他从《守望者》的页码里找到了当年的自己。他说"塞林格的《麦田里的守望者》把我想说的话都表达出来了"。他认为霍尔顿·考尔菲尔德的"悲剧是,当他试图进入人类时,结果发现那里没有人类"。或者说二战结束了,但二战造成的巨大阴影并没有从人们心头消散。美国青年内心的巨大压抑,在霍尔顿·考尔菲尔德那里得到了形象而集中的表达。但对这部伟大作品的评价并非众口一词，它在英国的遭遇比美国"冷清得多"。英国的评论说小说里"不停地流淌着亵渎和猥琐"，还有很多评论贬低小说的结构和小说里的美国粗话。这件事情，不仅让塞林格感到尴尬，他甚至愤怒地吼道："让他们都见鬼去。"

《塞林格传》不仅让我们了解了塞林格创作的全貌，分享了作者细读文本和准确评价的能力和魅力。更重要的，是作者为我们揭示了塞林格是如何成为"当代美国最伟大的文化隐士"的。传记中我们经常读到这样的描述："为了专心写作，塞林格几乎足不出户，……他特意钻进自己那颠倒的森林里。"《守望者》出版之后，塞林格的生活发生了变化，他的知名度高了许多："晚会和晚宴邀请纷至沓来。女性急着与他约会。陌生人找他要签名。读者来信骤增。塞林格承认，一开始他还挺得意。说到底，这是他一生追求的目标。等他真的进入这一环境后，在各方的要求之下，他又变得鼠首两端。……他与不信任的女子约会。他接受邀请，又发现自己并不舒服。喝酒太多，又后悔自己接受了邀请。但等到下一周，他又接受了人家的邀请。与霍尔顿·考尔菲尔德相同，塞林格好像不知朝哪个方向走。"传记作者的这些讲述非常重要。或者说，塞林格作为一个"文化隐士"，并非他先天喜欢与世隔绝来独往。而是他矛盾的个人性格决定的。这就如同他既可以拒绝肯尼迪总统为著名作家举行宴会的邀请，又在肯尼迪遇刺身亡时失声痛哭。塞林格极端化的矛盾性格显得怪异甚至匪夷所思，但是，如果不是这样，那又该是一个怎样的塞林格呢。

《守望者》在美国出版十二年后的1963年，作家出版社出版了翻译家施咸荣翻译的《麦田里的守望者》，这是中国读者第一次了解了塞林格，在当时的语境中，这部小说只能在很小的范围内流传。但是，1963年的中国不可能成为塞林格的时代。那时的中国人正热衷于"大写十三年"、批"鬼戏"、学习雷锋。一个美国作家的小说没有引起注意是完全可以理解的。塞林格在中国真正被认识是 80 年代的事情。可以肯定的是，借鉴或学习西方现代派文学的中国作家，应该说都从《麦田里的守望者》中找到自己喜欢的东西和灵感。或者说，在当时一些青年作家的有现代派倾向的作品和人物中，我们似乎总可以或隐或显地看到霍尔顿·考尔菲尔德的影子。

塞林格已经仙逝，但"隐士"并未归去。这当然不在于再也不会发生塞林格为了保护自己的隐私而不惜打官司甚至烧毁信件的"爆料"，也不在于他的逝世会逐渐透露出更多的关于他的各种材料。而是说，塞林格留下的巨大的文学遗产，将成为人类重要的文学财富的一部分，他是我们关于思考人类精神境遇重要的参照，他还会带给我们新的灵感，甚至包括他矛盾的性格和遁世的选择。

媒体文化与精神生活的重建

媒体文化在今天俨然已成为一种具有文化领导权的文化,也可以认为是一种意识形态,不但支配着物质生产,同时也支配着精神生产。

自上世纪90年代以来,以经济建设为中心支配了社会生活和它的发展方向,它被普遍认同的同时,也为商业文化的生长、发展提供了空间和合法性。媒体文化就是在这样的背景下产生和发展的。"小品"是当下媒体文化的宠儿,从课堂教学的一种形式演化为一种大众娱乐的文艺形式,大概只用了二十余年的时间。还没有哪种文艺形式像小品这样"长盛不衰"。没有小品的晚会是不受欢迎的,不仅一般的娱乐场所要演出小品,而且权威传媒的晚会也将小品列为重要的内容以达到"掀起晚会的高潮"的效果。小品使传统的相声相形见绌走向末路,一些相声演员已经改弦易辙去演小品。于是,在演艺界或普通观众那里,小品演员的"知名度"几乎到了"妇孺皆知"的程度。小品演员成了大众文化的一种表征,成了这个时代真正的"文化英雄"。但是,纵观小品发展的历程,我们发现,小品是沿着一条越来越庸俗化、越来越迎合低级趣味的方向发展的。因此，小品的"创作"不仅已经捉襟见肘，而且显露了勉为其难的危机。

小品的危机，说到底是一种"农民文化"的危机。二十多年的小品舞台上，呈现出来的内容和题材，基本上是愚昧、滑稽的"农民文化奇观"。在全球化和现代文明的语境中，被构建的农民文化越来越具有"奇观性"，在展示这一"奇观"的过程中，对农民文化的"妖魔化"，是当下小品主要的表达策略。我们应该承认，大众文化的市场化，适应了这个时代的消费要求，也使20世纪以来"一体化"的文化生产的格局发生了根本性的转型。但是，大众文化毕竟是消费性的文化。因此对大众文化不能用精英或经典的批评尺度去要求。作为批评家的知识分子的价值观念，在面对大众文艺进行理性批评判断时，其文化目标诉求的差异，很可能导致批评错位而成为无效的批评，从本质上说，包括小品在内的大众文化是消费性的，它的功能是娱乐的。但值得注意的是，这一受到普遍欢迎的形式，如果仍然沿着当下的思路发展，缺乏对"娱乐边界"的警觉，那么，未来我们精神家园的重建将不得不充满忧患。

传媒对小品的热衷、对一些民众低俗趣味的诱导和迎合，足以使任何严肃的努力湮灭于这种声浪中。这也正是我们对当下媒体文化的忧虑所在。对于转型时代的中国大众文化的阐释显然要面对各种复杂、困难的问题。它的复杂程度使任何一种判断都有失武断。我们也常常听到对自己文化传统悠长久远的盲目自豪，但是，一旦落实到具体的问题上，我们既不知道传统文化是什么也不知道在哪里。中国的传统文化太复杂，既有民间的也有庙堂的，既有健康的也有陈腐的，既有中断的也有延续的。重要的是，它甚至连一个象征的、具有凝聚意义的仪式都不存在。如果勉强可以类比的话，那就是我们也曾举办过十几年的春节联欢晚会，它被主办者自己称为"新的民俗"、"贺岁大宴"。尽管主办者统计其受欢迎的程度年年攀高，但只要稍稍分析晚会的内容就会发现,"春晚"的重头戏是充满了庸俗气息的、被"妖魔化"的农民文化小品。这些小品所追求的低俗趣味足以让人对这个"民俗"或"大宴"深感怀疑,其背后隐含的问题就是高雅文化已不再被向往和尊重,这尤需加以警惕。

权威传媒对一些民众低俗趣味的诱导和迎合,足以使任何严肃的努力湮灭于世俗的声浪中。这一点,我们有必要对小品"欢笑说"背后所隐含的文化民粹主义作出必要的检讨和反思。如果说小品是为了让人民高兴,那么,人民不仅需要除夕夜高兴,他们希望每天都能过上高兴的日子。另一方面,当广泛的民众动员的时代过去之后,与"大众"相关的一些概念也早已失去了原有的含义。他们被赋予的革命性、先进性不仅逐渐地褪去,甚至还会受到深刻的质疑。特别是进入市场和商业化时代之后,"大众"对于文化的要求也从一个方面证实了我们的上述疑虑。在商业化的时代,"大众"就是一个消费的群体。也正因为有这样一个群体的存在,才有今日意义上的"大众文化"及其市场的出现。但这时的"大众"仍不是一个整体,他们善变的、不同的趣味会决定生产和消费的关系。因此"大众文化"领域不是一个审美的领域,它对"快感"的要求,说明了大众文化就是一块欲望之地。

一个值得我们参照的文化是:多年以来,我们几乎都可以通过电视实况转播看到维也纳金色大厅的新年音乐会。来自世界各地的人们,整洁而文明地坐在金色大厅里,等待着那个激动人心时刻的到来。多少年过去之后我们发现,维也纳的新年音乐会,除了象征荣誉和地位的指挥常有更换之外,每年的曲目几乎都很少变化。这似乎也成了一种象征,一种仪式:它象征着欧洲古典文化传统的持久和稳定,象征着欧洲人对一种文明的尊崇和认同。时至今日,维也纳新年音乐会已经填平了高雅文化和大众文化的鸿沟。人们来到这里,与其说是来欣赏一场高水平的音乐会,毋宁说是来参加一个庄重的仪式。金色大厅这时成了名副其实的圣殿——那里不是狂欢，而是一个对自己历史和文明以示纪念的盛典。事实上，朋克、摇滚、街头文化乃至当今的新潮和时尚在欧洲几乎无奇不有，但欧洲的文化时间仍给人以平缓和从容的感觉。传统文化在大学校园，在知识阶层那里，仍被普遍接受，它有超稳定的性质。新潮文化尽管热闹并具有冲击性，但决不具有支配性。它悬浮于生活的表层，似乎更具有戏剧色彩和文化多元的装饰性。希望表达我们精神生活的文化不要求新求变得太快，要静下心来回头看看我们走过的路。

另一个例证是电视剧的发展。30年来，以电视剧为表征的电视文化确实发生了重大变化：从上世纪80年代的国家民族叙事逐渐转向了更具有娱乐性、艺术性甚至文学性的趋向。特别是近几年，《大宅门》《亮剑》《五月槐花香》《青衣》《闯关东》《女人一辈子》《奋斗》《潜伏》等剧目的播出，使中国电视剧的水平达到了一个新的高度。甚至不夸张地说，晚清以来中国现代史或当代生活重要的问题，都在电视剧中得到了表达。但是，也必须看到，我们还没有产生像韩国《大长今》这样表达国家文化意识形态的电视剧。大长今被中国观众所热爱，是韩国电视文化的力量。大长今坚忍、宽容、美丽、勤劳，具有东方女性的所有美德。这部电视剧就是试图通过大长今的文化让所有的人认识另外一个韩国，然后拉动韩国经济的发展。我们的电视剧似乎还只是注重一部剧的风格或市场，还没有出现能够艺术地、被广泛认同的表达国家文化意志和力量的作品。

这是一个充满矛盾和悖论的文化时代：一方面是丰盛的小品文化，一方面是坚持"文化是一种力量、文化是一种影响、文化是一种情怀、文化是一种温暖"的文化立场。同是一个权威媒体，所传达的文化精神是如此的大相径庭。这里不仅仅是欣赏趣味的雅俗关系问题，而是我们正在重建的精神生活和公共文化向哪个方向发展的问题。因此，事关重大。我希望表达我们精神生活的文化不要求新求变得太快，要静下心来回头看看我们走过的路。这些问题不是今天才提出的，1993年前后开展的"人文精神大讨论"一直到今天，问题从来没有终止过，现在看来不仅没有解决反而担心更多了，我们不得不重新阐明自己的立场。

内心的困惑

——华语传媒文学大奖年度批评家奖获奖演说

主席先生、女士们、先生们：

非常荣幸获得这届华语传媒年度批评家奖。此前，有多位我尊敬的同行和朋友曾站在这里接这一奖项，能和他们一起获得这一殊荣，我感到非常光荣。我曾多次获得过提名，这次评委们能够慷慨地授予我，我必须由衷地表达的感谢之情。另一方面，当文学批评不断遭遇诟病的时代，接受这一奖项显然也意味着某种冒险——它很可能是一个勉为其难的事件。

进入新世纪以后，对文学批评的议论从来没有如此激烈，无论是普通读者、专业研究者还是批评家本身，不满甚至怨恨的声音强大而持久。这种不满或怨恨表面上似乎是因商业化、媒体化等问题而起。或者说由于"历史断裂"或社会构型尚未完成使一些人感到深刻不适造成的。但是，问题可能远远没有这样简单。如果没有商业化，没有媒体的存在，我们期待的"多元文化"如何实现？我们期待的创作、批评的自由，其空间将设定在哪里或怎样的条件基础上？需要承认的是，我们对当下的文化生产和文学实践条件还缺乏阐释能力。我们可能只看到了社会的红尘滚滚，欲望横流，以及精神生活的迷乱或一团糟，并且以简单的批判和不断重复的方式夸张地放大了它，而忽略了变革时期文化生产、传播方式变化的历史和目的性的一面。

我想说的是，把文学批评的全部困惑仅仅归咎于商业化或所谓"媒体化"、"市场化"、"吹捧化"等等，还没有对文艺批评构成真正的批评。因为那从来就不是文学批评的全部。一方面，义愤填膺的否定特别容易获得喝彩和掌声，它是坊间或"体制内""批评家"获得报偿最简易的方式；另一方面，这里以过去作为参照所隐含的怀旧情绪也遮蔽了当下生活的全部复杂性。证明过去相对容易些，解释当下却要困难得多。而对当下生活失去解释能力的时候，最简单的莫过于以想象的方式回到过去。事实上，代表一个时代文学水准的是它的"高端文学"而不是末流，同样的道理，代表一个时代文学批评最高水准的，同样是它的"高端批评"成就。

有统计说，每年仅长篇小说大约出版 2000 至 3000 部之间。这个庞大的数字对批评家构成了巨大的压力：这种状况已经构成了我们批评实践的困难之一。除此之外，批评的武器或知识对我们的挑战尤其重大。事实的确如此。当传统的"元理论"被普遍质疑之后，批评家的思想活动并不是在寻找一种"元理论"。在现代主义之后，传统的"元理论"不再被信任，特别是到了德勒兹、巴塔里时代，他们发现在"千座高原"上，一种"游牧"式的思想四处奔放，那种开放的、散漫的、没有中心或等级的思想和批评活动已经成为一种常态。这就是西方当下元理论终结后的现状。美国当代"西方马克思主义"批评家杰姆逊将这种状况称为"元评论"。他在《元评论》一文中宣告，传统意义上的那种"连贯、确定和普遍有效的文学理论"或批评已经衰落，取而代之，文学"评论"本身现在应该成为"元评论"——"不是一种正面的、直接的解决或决定，而是对问题本身存在的真正条件的一种评论"。作为"元评论"，批评理论不是要承担直接的解释任务，而是致力于问题本身所据以存在的种种条件或需要的阐发。这样，批评理论就成为通常意义上的理论的理论，或批评的批评，也就是"元评论"："每一种评论必须同时也是一种评论之评论。""元评论"意味着返回到批评的"历史环境"上去："因此真正的解释使注意力回到历史本身，既回到作品的历史环境，也回到评论家的历史环境。"

面对我们身处的时代和历史环境，我们从事的批评活动总是不免犹豫不决充满矛盾。大概也正是这种心态，使文学批评陷入了一种空前的"信誉危机"和无关宏旨的地步。阿诺德在《当代批评的功能》中说：批评就是"只要知道世界上已被知道和想到的最好的东西，然后使这东西为大家所知道，从而创造出一个纯正和新鲜的思想潮流"。而我们的文学批评还没有创造出这个"纯正和新鲜的思想潮流；"苏珊·桑塔格在《静默之美学》中说："每个时代都必须再创自己独特的'灵性'。"但我们还没有创造出"力图解决人类生存中痛苦的结构性矛盾，力图完善人之思想，旨在超越的行为举止之策略、术语和思想"。这是我们深感困惑和为难的。

"内心的困境"是我们文学批评困境背后潜在的真实原因。我相信这不是我个人的体会，当然我也难以确定这个困境何时能够摆脱。可以肯定的是，文学批评和批评家应有的尊严和地位，只有在批评实践中才能获得。但现在的批评常常是，我们说下一句话的时候，忘记了上一句已经说了什么。在评价一个作家、一种现象的时候，我们忘了我们身处的当下和历史环境。在这个意义上，我认为我们批评的速度可能和经济发展的速度一样过快了。我们没有抓住那些"最好的东西"告诉大家，因此也就不能"创造自己独特的灵性"。我们必须有勇气面对这样的批评的现实，然后努力把我们的事情做得更好一些。除此之外，我还能说些什么呢！

谢谢大家！

2013年4月13日

第五辑

序与跋

为了精致的写作和阅读

——"短篇王"丛书总序

❝短篇王"书系的出版,是为了推动精致的写作和阅读。这一想法的萌生,源于对当下文学状况的某种忧虑。在市场力量的推动下,消费性的写作作为文学主流已经成为不争的事实,这一被隐形之手塑造的文学环境,不仅激发了作家的市场诉求的积极性,而且也潜移默化地培育了读者粗糙的文学趣味。这一陈述当然不止是幽怨的拒绝或简单的批判,而是说一种单一的文学消费观念已经形成,文学对精神事物的漠然和对感官领域的热衷,似乎表明文学正在逐渐退出审美领域而为快感要求所取代。只要看看近年来坊间流行的畅销小说,对这一判断就会被认为大体不谬。

短篇小说因体裁的先天"缺憾"不可能在市场上成为"拳头产品";但也正因其体式的要求,短篇的精致几乎是第一要义。曾经热爱过文学的人,大概都不会忘记欧·亨利、都德、契诃夫、海明威、鲁迅、汪曾祺等作家的短篇作品。即便是"先锋"、"现代"、"后现代"的作家,也不乏短小精致的传世之作。在当下时尚的文学消费潮流中,能够挽回文学精致的写作和阅读，张扬短篇小说大概是有效的方式之一。

"短篇王"需要做一点说明，列入出版或将要列入出版的这些短篇小说作家，可以理解为是致力于短篇创作的作家，也可以理解为在当下的文学环境中，短篇可能更精致更具文学的审美意义。但并不意味着尚未列入系列的短篇小说作家就不是最好的作家。这些不言而喻的问题之所以要特别提出，是因为在今天做任何一件事情都会容易引起歧义甚至非议。作如是说明，倘若有议论也应该是这个范畴之外的事情了。作为主编，这当然是一种必要的慎重。请各位看官理解才是。

一份杂志与当代中国文学现场

——《文艺争鸣》获奖作品集及文选序

1986年，是"新时期文学"的第十个年头。这一年注定要发生许多重要的文学事件。后来的中国当代文学史记录了这些事件，比如：王蒙发表了他重要的长篇小说《活动变人形》、莫言发表了重要的中篇小说《红高粱》、张炜发表了重要的长篇小说《古船》、路遥发表了长篇小说《平凡的世界》；中国社会科学院文学研究所在北京召开了"新时期文学十年学术讨论会"等等。如火如荼的时代高潮迭起。同年一月，还有一个重大的文学事件就是《文艺争鸣》杂志的创刊。在80年代气势磅礴的时代大潮中，一个地方性学术刊物的诞生没有引起特别关注是完全可以理解的——80年代的大事件此起彼伏实在太多了。但是，后来的历史证明，这份杂志对于推动中国当代文学创作和批评的发展，对于推动和建构这个时代的学术营垒和格局，其无可替代的地位和重要影响日益深远。二十多年的时间，《文艺争鸣》以其前沿性、学术性和开放性树立了自己健康和积极的学术刊物形象，它在理论、史论和评论等方面推出的大量文章和作者，使其成为名副其实的当代学术重镇。可以说,当代中国从事文学理论、现当代文学研究和文学批评的重要学者,几乎无一例外地在《文艺争鸣》上发表过文章,《文艺争鸣》的显赫地位由此可见一斑。

经过多年的努力,《文艺争鸣》终于将自己打造成为学术名刊。它在学术期刊中的地位是:全国中文核心期刊,中国人文社会科学核心期刊,《中文社会科学引文索引》(CSSCI)来源期刊,《中国期刊全文数据库》(CJFD)全文收录期刊。在全国主要社会科学期刊的评价体系的评估中,多年位居文学艺术类期刊影响力排名前列。每年都有多篇文章被《新华文摘》、《人大报刊复印资料》、《中国社会科学文摘》转载。因其广泛影响,成为各高校文学艺术院系、各社会科学研究机构,以及专家、学者、本科生、研究生的重要专业读物。这些数据和情况,从一个方面反映了当下学术体制对刊物的评价。但是,更重要的可能是来自学者的认同和评价。在《文艺争鸣》百期华诞时,著名学者钱理群为其写下了这样的贺语:"她总是在喧嚣中大胆地发出自己独立、清醒、真诚的声音,希望她永远这样走下去,不管前面等待自己的是什么。"[1] 这既是对《文艺争鸣》过去的肯定,也是对其未来的期许。许多年过去之后,我们看到的是《文艺争鸣》不变的学术风骨和不断求新求变的学术抱负,是大批团结在《文艺争鸣》周围的优秀学者和青年才俊诚恳的友谊以及他们最好的文章。这种相互吸引构建了《文艺争鸣》稳定和良性的学术环境。

在权力和等级无处不在的时代,作为一个地方刊物,要想脱颖而出实现自己的学术理想和抱负,其艰难可想而知。无论是学术资本还是金融资本,《文艺争鸣》都不像国家级刊物那样具有先天优势。它的优势是后天逐步创建起来的。创刊以来,《文艺争鸣》因坚持前沿性、学术性、包容性而形成了自己鲜明的风格和特征。所谓前沿性,就是引领学术风潮,以敏锐的学术视野发现新问题或及时地参与当下最重要的学术话题。这也是《文

---

[1] 钱理群:《文艺争鸣》百期华诞贺语,载《文艺争鸣》2002年3期。

艺争鸣》一贯的特色。翻开刊物，扑面而来的诸如："当代文学研究的危机"、"当代文化现象批判"、"20世纪中国文艺纵横"、"近百年来中国文学史研究反思"、"新世纪文学研究"、"新世纪文艺学的前沿反思"等栏目或话题的提出，以及对"人文精神"大讨论、底层写作、打工文学等重要文学话题的提出和参与，显示了编者宏阔的学术眼光的同时，也显示了他们深切的国家民族关怀。人文学科领域里的任何学术话题，都隐含着学者、编者的价值立场和现实关怀。这也正是人文学科的终极功能和意义。

所谓的"学术性"，是指研究、探讨的内容具有专门性和系统性，也就是以学科领域里某一专业性问题作为研究对象，用科学的方法、创造性思维发现问题和解决问题。多年来，学术性是《文艺争鸣》赖以存在和不断发展的基础，也是吸引、凝聚和团结学者队伍的保证。在不同时期，我们既可以读到诸如"日常生活审美化"、"文学的祛魅"、"先锋与常态"等问题的讨论，同时可以看到长期设置的栏目如"当代文学论坛"、"新世纪文学研究"、"新时期文学研究"、"文学史视野"、"史料与纪事"等。这些问题的提出及栏目设置，显示了编者对本学科学术性的理解所能达到的深度。事实上，这些问题不仅一直为学界所关注，而且，与文学相关学科的学术研究，几乎就是围绕这些问题展开的。因此，《文艺争鸣》因其学术性在理论学术类期刊的阅读点击率排在前十名，进入了（TOP10）期刊。

所谓包容性，一是指刊物能够容纳不同的观点和看法——"文艺争鸣"如果没有不同的观点和看法，其"争鸣"不啻为空谈。因此，《文艺争鸣》不仅发表原创的、有新发现、新观点的文章，同时也发表意见不同甚至观点截然相反的文章，有的文章甚至相当激进，但是，只要言之成理持之有据，编者都能容纳。海纳百川是《文艺争鸣》的一大特点；另一方面，编者能够团结、容纳不同性格、风格的作者。这一点在今天尤为重要。我们知道，当下的学术体制，刊物是一个"权力机构"。从大的方面说，它引导或制约学术生产和传播；小的方面，它可以因个人趣味和偏好，决定某个学术群体或个人与刊物的关系。我们见过一些刊物的编者，由于修养或价值观问题，他们将自己拥有的学术权力迅速地转换成了"权势"，特别是在年轻学者面前。他们更感兴趣的不是发现作者和文章，而是到各高校做"坐上宾"，坐"主席台"。把学术权力变为个人资本，把刊物变成了个人的"卡拉OK包房"。这种现象，与这个时代不断突现的权力意识、等级观念处在一个结构里面。因此，这是非常不堪的现象和腐朽的价值观。一位批评家在一次演说中说："多年前，罗兰·巴特在法兰西学院就职演说中，没有花多少篇幅去表达他的学术观点，而是大谈文学和权势的关系。这个人终其一生都痛恨权势，在他后来名满巴黎的年月，他本来可以利用权势，但他没有这么做。远离权势，作为一个自由的、依靠自己的话语力量生存的批评家，巴特始终保持着批评应有的自尊。"[①] 真正的学者当然不会理会这种权势，尽管它还会以不同的方式存在。可以肯定的是，《文艺争鸣》的包容性使刊物和作者一直保持着一种健康正常的关系。这实在是太难能可贵了。

　　现在《文艺争鸣》杂志将1995—2002年间获奖的文章汇编成书，并编选了2002—2012年间发表的优秀论文。汇编这些文章，对杂志来说，既是一种回顾和检视，也是一种收获和总结；对读者来说，能够用一种简便的方式集中阅读《文艺争鸣》多年积累的优秀文章，自然有意外的惊喜。应该说，这些文章从一个方面代表了《文艺争鸣》在近20年的时间里的办刊水准，也从一个方面表达了《文艺争鸣》的学术理念和价值观。集中阅读这些文章，我心中也不免感慨。这些文章从某个方面构成了这个时段的文学历史，其中很多重要文章联系着中国文学的重要时刻。因此，阅读这些文章似乎又回到了这一时期文学史的现场，它帮助我们复原了不同时期的历史语境，也帮助我们认识知识分子这一群体在当下的环境里的变化和选择。其中，我感受尤深的是《文艺争鸣》对青年学者的提携和培养。打

[①] 陈晓明：《2002年度批评家获奖演说》，见华语传媒文学大奖网站，2003年4月21日。

开获奖文章目录,我们发现有许多"60后"学者的名字,比如张新颖、倪伟、李震声、葛红兵、摩罗、杨帆、王世诚、李继凯、王彬彬、敬文东以及"70后"的黄发有、蒋泥等。90年代,"60后"学者大多三十出头,他们风华正茂锐气十足,面对80年代激情万丈风烟四起的文坛,他们还难以成为主角。因此,"看客"的身份于他们说来也许太久了。因此,90年代正是他们一展身手的好时机。果然,他们怀珠握玉出手不凡。当然,他们也同时遇到了《文艺争鸣》有眼光和胸襟的编者们。杂志不仅为他们提供发表文章的阵地,同时也在评奖中极力地举荐了他们。

我记忆犹新的是《文艺争鸣》对年轻学者摩罗的推举。打开获奖篇目,摩罗曾三届获奖,这不仅在《文艺争鸣》评奖中是唯一的一个。我想其他评奖连中三元大概也是凤毛麟角。杂志的编者对摩罗的厚爱可见一斑。应该说,摩罗那个年代写下的文章不是用新意可以形容的,他的锐气、勇气和他的见解,有如空谷足音一鸣惊人。他获奖的三篇文章分别是:《论当代中国作家的精神资源》(1996)、《虚妄的献祭:启蒙情结与英雄原型》(1998)、《论中国文学的悲剧缺失》(1999)。我仅以《论当代中国作家的精神资源》为例,试图说明摩罗当年的思想风华。在人文精神大讨论尚未落幕的年代,摩罗文章的主旨或要解决的问题是:"站在20世纪的末端,我们究竟该怎样认同自己的精神资源?在这个问题上,我们曾经有过什么样的迷失?今天应该有怎样的反思?我们的笔应该伸向哪里?我们用以烛照生活的精神之光应该是什么?它能够从何产生?这是些颇为复杂同时也颇为重大的问题,不是一本书或一篇文章能说清楚的,甚至也不是几年间就能明朗的。本文只能表现出关注这些问题,触及这些问题的愿望。"① 他的话语方式和关注的问题,延续了百年中国知识分子的忧患传统,同时也对知识分子自身提出了严厉的质疑和批判。也只有在1996年代的语境中,才能产生这样的文章。即便今天看来,文章提出的问题仍然语焉不详,仍然

---

① 摩罗:《论当代中国作家的精神资源》,载《文艺争鸣》1996年5期。

是有重要价值的。因此这篇文章列为1996年获奖文章之首。当时的评委们给文章极高的评价。认为："这篇论文有一种给人当头棒喝的感觉，从学术角度说，也反映了研究者对知识分子传统和现实处境的严肃反思"；"这是我一年来最喜欢的论文之一，作者的精神态度令人感动。他是抓住了当代文学的病根的，像这样去分析当代作家的创作，探索中国文学未来的道路，才是体现了文学批评的价值和意义"；论文提出的问题，"都是本世纪中国知识分子精神史上的最具尖锐性的问题，作者敢于正视这些问题，表现了难能可贵的科学态度与理论勇气。而作者对这些问题的展开与分析，都具有创造性与启发性，并有一定的理论深度。"[1] 这些资料不仅反应了那个年代知识界的情感态度和问题意识，同时也从一个方面表达了《文艺争鸣》举荐青年学者的不遗余力。但后来摩罗离开了他90年代的立场，当然也离开了《耻辱者手记》、《自由的歌谣》等作品的立场。他认同了另外一种观念，他当然有自己选择的自由。

评奖和文选见仁见智，总难免有遗珠之憾。但是，就目前看到的获奖和文选篇目而言，应该说即便放到全国的范围内评价，也都是好文章，这是没有问题的。通过这些文章，我们也看到了《文艺争鸣》的编者们，践行了创刊时老一代学者公木先生的嘱托与期许，这就是："真正的争鸣在于追求。"[2] 当然，《文艺争鸣》的追求，不是唯新是举，不是新的就是好的。它是在"守正创新"的基础上实现的。或者说，中国的现代性一味追新逐潮，并没有得到全部希望得到的，某些新事物也是带着它负面的东西一起来到我们面前的。因此，有时对"新"的警觉也未必是一件坏事。如果是这样的话，那么，我期待《文艺争鸣》在不断探索、不断追求的道路上走得更远，为当代中国文学作出更重要的贡献。

2012年4月25日于北京

---

[1] 《1996年"文艺争鸣奖"评选揭晓》，载《文艺争鸣》1997年期。
[2] 公木：《真正的争鸣在于追求》，载《文艺争鸣》1986年创刊号。

文人的情怀、趣味与文化信念

——贾平凹散文集《大翮扶风》序

在当代中国作家中，有两副身手，能将小说和散文都写得好的作家有很多。五十年代出生的一拨作家中，张承志、史铁生、张炜、韩少功、铁凝、王安忆等就都各怀绝技身手不凡，他们的小说和散文几乎是齐名的。但说起他们每个人首先想到的还是小说家，这是小说的地位决定的，散文在今天不是主流文体的看法不管正确与否，是没有被宣告的共识应该大体不谬，这对散文来说是不公平的。话又说回来，面对电视剧等大众文化来说，小说的"委屈"又到那里诉说呢？一个时代有一个时代的文体风尚，也许正因为如此，才有了先秦散文、汉赋、唐诗、宋词、元曲、明清白话小说、现代白话文学以及影像文化。各领风骚几百年，现如今也就是各领风骚三五年就不错了。但散文肯定是个迷人的文体，不然就不会有这样多的作家写了那么多的散文。散文又是一个最具挑战性的文体。在所有的文体中，散文应该是最古老的之一。从先秦开始至今不衰，男女老幼皆可为之，但文章一出，高下立判。所以散文又是一个非常困难的文体，能写好散文实在不是一件容易的事情。

贾平凹的散文写作几乎是与小说同时开始的，至今仍在被各大出版社争相出版印刷，足见其散文在读者那里被欢迎的程度；在文学界，从孙犁先生开始一直到学院批评家，贾平凹的散文始终是被研究和关注的对象。因此，说贾平凹的散文雅俗共赏虽然是陈词滥调但绝不是溢美之词。在我看来，贾平凹的散文之所以受到普遍的欢迎，与他散文中流淌或渗透的文化传统有关，而且是偏向于中国文化传统一路。说到"传统"，又是一个大词，"传统"几乎是一个没有可能说清楚的问题。但我非常同意王富仁先生的看法。他认为，我们现在理解的文化传统，应该是中国古代文化、现代文化、西方翻译文化合流或被整合后形成的一种文化。而且这种文化传统一直是变化的而不是恒定不变的。如果是这样的话，那么说贾平凹的散文流淌或渗透着文化传统就不会有太大疑义了。但这又等于什么也没说，古今中外的文化传统都被贾平凹继承了既没有可能也不是事实。我要说的是，贾平凹散文中流淌或渗透的文化传统，主要是中国文化传统，但那又是经过现代文化和西方近代以来文化熏染影响的一种文化。在贾平凹散文中的具体表现，就是中国文人的情怀、趣味和文化信念。

说到"文人"，历来褒贬不一毁誉参半。当文人被赞美时，是"千古文人侠客梦"、"生当作人杰，死亦为鬼雄"，是"琴心剑胆"、"感时忧国"、"天下兴亡匹夫有责"，是"才高八斗、学富五车"；当文人被毁誉时，是"文人相轻"、"本是同根生，相煎何太急"，"一为文人便无足观"。中国传统文化历来是有弹性的，既进退有余又居处不定：达可兼善天下，穷可独善其身；但又居庙堂之高忧其民，处江湖之远忧其君。传统文人的这种禀赋性格，也深刻影响了现代政治家对这一阶层的评价。中国现代主流文化对文人或知识分子历来没有好脸色。也正因为如此，知识分子的思想改造、整肃、批判、检讨才成为又一种传统。但人能够被改造吗？或者说一种传统能够被改造吗？大概不能。

在现代知识分子阶层形成之前,中国舞文弄墨的人被称为"文人"。文人就是现在的文化人。幕僚、乡绅等虽然也有文化,也可能会有某些文人的习性,但他们的身份规约了他们的生活方式和情感方式,他们还不能称为文人。就像现在的官员、公务员、律师、工程师、教师等,虽然也有文化,但他们是政治家或专业工作者,也不能称为文人。在传统中国,"文人"既是一个边缘群体、特殊的阶层,也是一个最为自由的群体。他们恃才傲世,放浪不羁,漠视功名,纵酒狎妓,无所不为。这种行为方式和价值观都反映在历代文人的诗文里。五四新文化运动之后,这一传统被主流文化所不齿,它的陈腐性也为激进的现代革命所不容。因此,文学中的传统"文人"气息在相当长的一个时段里彻底中断了。90年代以后陆续发表的贾平凹的《废都》、王家达的《所谓作家》、张者的《桃李》、莫怀戚的《经典关系》等,使我们又有机会领略了"文人"的气息。庄之蝶和胡然虽然是现代文人,但他们的趣味、向往和生活方式都有鲜明的传统文人的印记。他们虽然是作家,也有社会身份,但他们举手投足都有别于社会其他阶层的某种"味道":他们有家室,但身边不乏女人;生活很优裕,但仍喜欢钱财;他们谈诗论画才华横溢,但也或颓唐纵酒或率性而为;喜怒哀乐溢于言表。但那终是小说,是虚构的文本,是不能与叙事者对号入座的。

散文与小说又有不同,不能虚构不能先锋很难在形式上创新,无论抒情记事明理哲思,无论是书写外部世界还是内心世界,都须是作家真实的感受真实的体会。因此,散文在本质上应该是向内的。"一为文人便无足观",是指文人向外时治国平天下或面对政治的了无兴趣或无为无措。修齐治平是志向也是价值目标,成事了就是官僚或政治家,成不了事或后来潦倒的,也只有抒情记事闲云野鹤一路了。后来有"文化大散文"一说,但文学界似乎不大认同,原因是那向外的宏大叙事不那么真实,也有卖弄之嫌。文人一卖弄就酸腐,看热闹的认为有学问,看门道的就不以为然了。贾平凹的散文没有这样毛病,他的语言畅达无碍,但又不是言志诗文那般江河日下一泻千里。他的散文是乡间溪流，虽有波澜但不突兀，他不是靠荡气回肠百转千回攫取人心，而是如绵绵细雨润物无声。这与他关注的事物、选取的题材有关。不仅这本《大翮扶风》，包括他所有的散文，书写的都是日常生活寻常事，都是我们曾经经历耳熟能详的事物。比如自然景物、风土风情、家人邻里、故乡佚事、亲朋好友、山水游记、书里书外等等。在这些寻常事物中贾平凹书写着自己的情怀，这个情怀是人间情怀，虽然没有日月经天般的高远，却表达了他对生活真切的热爱。比如他记述家乡的六棵树，写看香椿叶子实则看人家年轻媳妇的男人们；写把秦腔和西凤白酒、长线辣子、大叶卷烟、牛肉泡馍一起看成是"共产主义五大要素"的农民；写自己曾经惧怕、后来可以"借酒"聊天开导自己的父亲；如此这般家长里短，但这就是生活，在这多少有些琐屑的生活里，我们读到的是作家对人间烟火的关注和留意。事实上，越是我们熟悉的生活可能书写起来越困难，就像鬼容易画人难画一样。

　　文人的趣味无论高雅或是低俗，在文字中是不能掩藏的。当下的生活热闹又苍白，丰艳而空洞，说是红尘滚滚灯红酒绿并不夸张。时下有个流行很久的词"应酬"，什么意思呢？是"应付酬谢"？无论什么事情一要应付便趣味全无。作为名人的贾平凹遇到的"应酬"是可以想象的。在《辞宴书》中可见一斑。"饭局"是"应酬"最常见的形式，但和什么人吃饭、说什么话、乘什么交通工具、怎样排座次、什么时间开席、如何敬酒、如何笑、如何听人谈话凡此种种，能把人生生累死。当然不能说拒绝了"饭局"就高雅了，但作者向往的"一壶酒、两个人、三碗饭、四盘菜，十分钟吃一顿"的快意是大可意会的。当年读陈建功的散文《涮庐闲话》大抵也是这种境界。虽然不抵周作人的"喝茶当于瓦屋纸窗之下，清泉绿茶，用素雅的陶瓷茶具，同二三人同饮，得半日之闲，可抵上十年的尘梦"来得雅致，但意味却没有二致。于是在《生活的一种》中，我们看到了贾氏院要栽柳，饮酒备小盅，出游踏无名山水，读闲杂书籍的生活理想。但在残墙补远山,水盆盛太阳的冥想中似乎也看到了陶潜桃花园梦幻的若隐若现。

贾平凹的散文我最喜欢的还是他写人的一些文字。有趣、有神韵。三言两语一个人就活脱脱地出来了。我觉得这与贾平凹有写小说的本事有关。很多人物我们都能感到他是用小说的方法在写散文中的人。《屠夫刘川海》,一个杀猪的屠夫,人朴实本色,但专对男女之事兴味盎然,一个专注这等事情的人与屠夫的身份也就相符了;《闲人》我认为是一名篇。

闲人总是笑笑的。"喂,哥们!"他一跳一跃地迈雀步过来了,还趿着鞋,光身子穿一件褂子,也不扣,或者是正儿八经的西服领带——总之,他们在着装上走极端,但却要表现一种风度。他们看不起黑呢中山服里的衬衣很脏的人。但他们戴起了鸭舌帽,很多学者从此便不戴了,他们将墨镜挂在衣扣上,许多演员从此便不挂了——"几时不见哥们了,能请吃一顿吗?"喊着要吃,却没乞相,扔过来的是一颗高档的烟。弹一颗自个吸了,开始说某某熟人活得太累,脸始终是思考状,好像杞人忧天,又取笑某某熟人见面总是老人还好,孩子还乖?末了就谈论天气,那一颗烟在说话的嘴上左右移动,间或喷出一个极大的烟圈,而拖鞋里的小拇指头一开一合地动。

虽是散文,但"闲人"的形象和盘托出生动无比。闲人作为一个阶层自古有之。但贾平凹对闲人却有很高的评价。这大概也是他心向往之的一种境界或状态。其他像《关于女人》、《看人》、《朋友》、《石头沟里一位复退军人》、《摸鱼捉鳖的人》等,将各色人等都写的活龙活现惟妙惟肖。这种功夫里隐含着贾平凹乐观、幽默和善意的会心。这就是文人的趣味。读现代散文,我们常为丰子恺、梁遇春、梁实秋、聂绀弩、林语堂等的幽默所感染。一个有趣味的作家才能写出有趣味的散文。

说到文化信念，在今天已经是一个奢侈的词汇。但在贾平凹并未刻意的言说中，文化信念一直贯穿行文其间。文化信念经院式的解释是：指将文化的基本原理和教条、信条，升华为一种信念，人类将文化信念当成自己最基础、最现实的信仰；文化信念超越人对科学理性的崇拜和对神明的敬畏；文化信念是个人信仰观的核心组成部分。说得简明些，就是人所坚持的最基本的核心价值观。这些观念是不能出让、无须讨论、不能妥协的尺度。比如《在女儿婚礼上的讲话》，这大概是贾平凹发表的为数不多的"讲话"之一，因为发表"讲话"意味着"资格"。作为作家名声再大也是不适于发表"讲话"的。好在这是在女儿婚礼上，是自己家的事情，作为家长在这样的场合是都可以或必须发表"讲话"的。作为家长的贾平凹主要讲了"三句话"，这"三句话"当然远不及"三个代表"重要，但它却在一个庄重的场合表达一个家长在日常生活中的文化信念：

> 第一句，是一副对联：一等人忠臣孝子，两件事读书耕田。做对国家有用的人，做对家庭有责任的人。好书能受用一生，认真工作就一辈子有饭吃。第二句话，仍是一句老话："浴不必江海，要之去垢；马不必骐骥，要之善走。"做普通人，干正经事，可以爱小零钱，但必须有大胸怀。第三句话，还是老话："心系一处。"在往后的岁月里，要创造、培养、磨合、建设、维护、完善你们自己的婚姻。

作为家长的贾平凹用的都是"老话"，这不是照抄照搬图省事，这既是经验也是文化信念，既"政治正确"也符合"科学发展观"。因此，说贾平凹作为一个现代文人，主要坚持中国文化传统一路并非是空穴来风。

书中还收录了《废都》和《秦腔》后记。我认为这是贾平凹至今最重要的两部小说，也是奠定他在中国当代文学地位的作品。《秦腔》已获"茅盾文学奖"，有了公论这里不再赘言。但无论1993年前后《废都》遭遇了怎样的批评，他个人遭遇了怎样的磨难，都不能改变这部作品的重要性。我当年也参与过对《废都》的"讨伐"，后来我在不同的场合表达过当年是批评错了，那种道德化的激愤与文学并没有多少关系。在"人文精神"大讨论的背景下，可能任何一部与道德有关的作品都会被关注。但《废都》的全部丰富性并不只停留道德的维度上。今天重读《废都》后记，确有百感交集的感慨。

如果说贾平凹的小说隐含着他对"国事家事天下事"关怀或忧患的话，那么他的散文就是"风声雨声读书声"从容澹定。小说经过百年历史的经营塑造，担负的东西越来越多，内容越来越复杂。不堪重负的小说如果不和国家民族建立关系，笃定是末流，这是否就是小说的正途我不敢妄下断语。但散文经过八十年代以后的不断建构，反到越来越松弛，除了"文化大散文"之外，散文与生活建立的联系，或者它的人间烟火味道弥漫四方。在贾平凹的散文里，我们可以读到拒绝，读到心仪，读到由衷的喜悦和忧伤。这些发自内心的体会和平实的语言方式，就是贾平凹的散文能够传之久远的最后秘密。

遵平凹先生和出版社之嘱，说了上面的话，权当序言。

地域风情与人文关怀

——画集《关东三马》序

许勇、易洪斌和郭广业,十年前曾在人民美术出版社联袂出版了画集《关东三马》。画集出版后,读者从一个方面领略了关东画家在"马界"风采的同时,"关东三马"也从此享誉画坛。对三位关东画家而言这是一段趣事佳话,对东北文艺界而言,则是一段增光添彩的美谈。十年过去之后,其中的郭广业已经作古,他的画作已经成了艺术的遗产。无论是为了纪念友谊、为了缅怀逝者、还是展现他们新的美术作品,许勇和易洪斌决定出版新版《关东三马》,都是一件值得庆贺的文化事件。

十年之后,当我们重新阅读"关东三马"时,对这三位画家的艺术贡献也有了新的认识。东北并不是只有大豆高粱没有文化的"蛮荒之地",也不是只有"二人转"没有高雅艺术的"北大荒"。百年来,从"东北作家群"到当代文艺,东北应该是现代中国文艺的重镇,东北的文艺经验,也是现代中国文艺经验的一部分,而且是艺术特色鲜明的一部分。东北的艺术特色在"关东三马"的艺术创作中同样体现得非常鲜明。我以为概括起来可以有这样三点：一、地域风情：在"三马"的创作中，既有可以识别的他们的个人风格，同时也有可以概括的共性特征。这个特征总体性地贯彻在他们所有的关于"马"的表述中。尤其是背景的处理，几乎都是高山大川，疾风劲雨，千顷松涛，万里草原。这种地域性的特征是地缘文化的表意形式，同时也是他们对东北文化性格的提炼和描摹。这种文化性格形象而具体，真实而本质，它同东北人的文化性格一样，剽悍粗砺，豪迈放达；二、美学风格："三马"的画作，在美学风格上的相近，就在于他们都崇尚雄健之美，都有昂扬的主旋，朗健的风格。这一美学上的特征，使他们的画面海阔天空如凝固的旋律，既激荡人心又与传统建立了联系。我之所以肯定他们这近乎"守成"的美学风格，恰恰是因为多年来文艺在"形式的意识形态"的支配下所付出的代价。应该说，80年代以来，"形式的意识形态"曾改写了我们的艺术格局，艺术从"一体化"走向了"多元化"，而且在这个意识形态的支配下，"艺术性"得到了极大的提高。但是，艺术终究要为人所理解，终要读者懂得画家画了什么。从80年代至今的各种"主义"，大概只留给了我们整体的印象，涉及到具体作品就难说了。在这个意义上，"三马"一直坚持的美学风格，是尤其值得我们推崇的；三、人文精神："三马"都有强烈的人文关怀。这种关怀体现在他们的画作上，就是人间大爱。"爱"是"三马"的基本主题和情怀。人与自然，天人合一，是他们共同遵循的文化信念。这个文化信念不仅体现在他们"名世"的关于"马"的描绘中，更体现在他们的人物画中。

"三马"中许勇年长，资力最深。他受业于50年代。他毕业创作的《出发前》，即以马的形象构建了画面主体，按热情迸发、春潮在望的生活场景，生动地传达了那个时代的人文气息，同时也从生活的角度对马与人类的亲和关系，作了最为直观和形象的表达。从此许勇与马结下了不解之缘。他坚实的艺术功底使许勇对马的造型和构图能力别具一格。他的《百骏图》千姿百态，《草原十骏》风采华丽，《群星图》绚丽生动，《塞上曲》披风沥胆,《骏马悲歌》处乱不惊,《雨中》坚忍不拔;许勇的马大多华鞍丽辔,但其意并非是装饰性,它背后隐含和诉求的,恰恰是如弓在弦如刀出鞘,整装待发,征途在即的精神渴求。他的马或昂首嘶鸣或低头踱步,都是对主人的期待,马的人格化在情态与鞍辔中作了无言的宣告:它们也是画家心中的英雄。

许勇的马别具一格,人物画同样别有风采。他 50 年代创作的《义和拳民》和新时期创作的《义勇军进行曲》、《洪水·赤诚》、《1937·南京》等,都有强烈的悲剧感和历史的凝重感。他的画面多为深色调。但许勇后期的人物画有了很大的变化,这个变化是从悲怆、激越逐渐转向了从容、安详。他的《瑞雪丰年》虽然也有大雪飘飞,但主人伫立马上,平静地注视着他的马群,在瑞雪纷飞中似乎憧憬着好年景;《秋高气爽》中,女牧民伏在马背上回眸远望,秋色尽染,画面色彩斑斓如在云端,其浪漫气息和感染力尽在其间;《春日融融》中,美丽的少女飒爽英姿,妩媚中尽显英武,组画《节日的其其格》,更是将草原牧民祥和安宁的生活表达得淋漓尽致诗意盎然。这是许勇的"草原牧歌",是许勇对新生活的由衷礼赞。

易洪斌画马的作品,最令人震撼的是他的力量与情怀。他的力量是气吞山河的气势;他的情怀是华夏古风的高远。在这个浅吟媚语充斥于世、迎合与庸常之气盛行的时代,易洪斌将阔大与雄沉、深郁与苍古的画卷展现于我们面前,让我们萎靡已久的内心重又注入了久违的激情,重新体验了恍若隔世的浪漫和感动。在"全球化"一统天下的叙事中,他力图回到本土资源,为独立的民族文化身份作出求证。这一争取的实现,不止是易洪斌对绘画艺术心仪已久的感情,同时也是他于画坛之外铸剑十年的修炼。令我深怀兴趣的是,在趋新大潮如浪排天的时代,易洪斌先生为什么"背道而驰"地选择了那种古旧的形式,选择了不合时世的传统文化一脉?在我的印象中,易洪斌对西方美学造诣颇深,同时他又工于诗词,熟悉中国历史,对中国传统文化有深厚的积累。因此说他"两脚踏东西文化"

并非溢美之词。但最能表达他个人趣味和追求的绘画艺术，他却选择了有鲜明本土文化特征的形式，这显然是经过深思熟虑的。在我看来，易洪斌的这一选择，不止与他本土的文化身份诉求相关，更重要的是来自于他对中国现代性矛盾的郑重思考。百年来，现代化是包括知识分子在内的民族激进的理想和世纪梦，"唯新是举"是知识者普遍的心态，向西方学习是改变中国命运的潜在心理和流行口号。然而时至今日，现代化已初见端倪的时候，人们又普遍感到，现代化带给中国的并非全是幸福的承诺。在物质生活相对丰盈的同时，人们的心情却苍茫无措，心无依托却无处诉说，发达资本主义的心理疾患已开始在中土流行并且蔓延。这时，有识之士开始重新审视民族传统和文化之根。那被反了百年的传统文化是不能简单处理的。就艺术层面而言，无论是婉约还是豪放，无论是孤芳自赏还是兼善天下，它都属于民族原有的审美风尚和情怀，是民族独具的审美趣味和表达形式。但长期以来，传统/现代，东方/西方，被叙述为思想文化论争的主题词，传统的本土文化被设定为攻击的主要对象，它是陈腐、保守、僵死、反动的别一说法。而在九十年代，"全球化"理论又以霸权的形式遮蔽了文化差异性存在的事实。这时，易洪斌选择了中国传统的绘画语汇，无声地言说了他的文化立场和民族情怀。当然，这样阐发易洪斌绘画的思想文化大背景，指出他对传统文化的承建和发展，并不意味着这位艺术家就断然拒斥现代文明。恰恰相反的是，在他的作品中，那古旧的形式里不仅有汉魏风骨、盛唐气象，同时更有近百年来孕育的现代激情。读他的作品，我常常联想到毛泽东时代的抒情诗人。有论者常提到他的湘人出身和北方阅历。这固然是易洪斌艺术创造的重要因素。无论是三湘文化、"湖湘学派"或是北国情愫，它们原本就是中华母体文化的一部分，它不能不在艺术家的情感记忆中留下印记。但艺术家所完成的艺术履历，总是多种因素合力的结果，那里既有出身、阅历留下的地域风情或经验，同时更有个人对艺术的独特理解和追求，而这一理解和追求，又总与时代的审美之风和人文环境相关。

青年时代的易洪斌生活于毛泽东时代。那是一个充满了理想和激情的大时代，作为一代伟人，毛泽东所开创的业绩和盛世景象，在易洪斌的作品中留下了深刻的记忆。这不只是说《风雷动》、《横空出世》、《大漠那边红一角》等作品，或是直接用毛泽东的词句命名或是取意，而且在《来疑沧海尽成空》、《雷阵》、《大地》、《海神》、《一半是水，一半是铁》、《风云会》、《大野奔雷》等气势磅礴的作品中，让人领略了那一时代的理想和激情，同时也让人感到毛泽东抒情艺术对他的影响。画面上万马奔腾如旌旗如战鼓的战斗渴望，寻求献身的诉说方式，金戈铁马的威武悲壮，都可以看作是那个时代的文化哺育。

易洪斌善画马，并已辈声画坛"马界"。但在我看来，崇尚壮伟之举、浩然之气的易洪斌，显然是承继了韩干、徐悲鸿等大师的遗风流韵。韩干的《照夜白》神形兼具，但动人之处仍是不可僭越的盛唐气象，那浑硕的体魄、矫健的四蹄，都给人一种健康和自由之美。杜甫曾盛赞韩干画马："逸态萧疏，高骧纵恣，四蹄雪电，一日天地。"已足见韩干驭马之功力。而徐悲鸿则"尽精微，致广大"，以"奔马"的气势唱出了一个时代的浩歌。但我不喜欢郎世宁的马，他的《八骏图》不只是因其有半生不熟的"混血"胎记，更在于他妄有堂皇而失于奢靡，它的世俗气也蜕尽了马的雄奇而只能归于玩赏。易洪斌对前辈的阔大多有承继，但他的作品更在于抒怀言志，他的马群或一往无前排山倒海；或仰天长啸龙卷风云，但间或也踱步低语悠然从容。像《海神》、《观沧海》等作品，无论是立意还是技法，都应是易洪斌创作的上乘之作，它的感染力不仅来自画面本身，而且也来自画外无声的余韵。它既有雄心壮志的抒发，亦有壮志未酬的怅然。在技法上，易洪斌也不拘一格。《蛟龙出海图》、《横空出世》、《双龙》、《云从龙》等的变形与夸张；《忆长安》、《乾陵归来》对石刻艺术的借鉴；《龙之舞》、《骏骨英风》、《宝马》、《骊影》、《骅骝亦骏物》等对唐三彩造型艺术的借鉴，都给人以新奇之感。也正是这些丰富的文化品格，使易洪斌的马有了"斯须九重真龙出，一洗万古凡马空"的大境界。

当然，易洪斌也并非是一味的慷慨悲壮豪情不止。他那些情感上细微清柔的人物画，同样具有撼动人心的力量。《此恨绵绵》是他第四次状写项虞悲剧。画面上，远处有乌骓与画戟齐鸣，近处是霸王与虞姬饮恨；战云密布、此恨绵绵，动静之中张驰有致，伟岸与娇小又都是情与力的喧腾。项虞悲剧被艺术家处理得惊心动魄挥之不去。而《山鬼》、《虎兮福兮》、《执子之手》等，又与《此恨绵绵》有异曲同工之妙，那是人与自然、威武与清柔和谐的统一。而《先民》则如凸兀的山脊，深厚而雄浑；《坐看云起时》则从容练达。至于众多女性的万种风情更是别有韵味。近年来易洪斌创作了更多的以女性为对象的画作。这些画多为裸体，但张扬的或是女性体态的曼妙、无穷变化，或是女性的万种风情迷人风姿，给人的终归是一种美感。我更欣赏的是易洪斌在画面上将女性与老虎的处理方式；一面是女性的万种柔情，一面是老虎伟岸却着迷的憨态。英武与柔媚就这样构成了《长相依》。此外像《在水一方》、《丛中俏》、《花影》、《红尘难得此清凉》等，虽然题材相近，但因寓意不同，女性的"隐喻"也变换无穷尽。这些新作显示了易洪斌题材的变化，但更表达了作为画家的易洪斌的艺术想象力和浪漫主义风采。

郭广业是黑龙江的专业画家，已于近年去世。郭广业笔下的马，肌肉与骨骼都有解剖学的依据，显示了他坚实和良好的专业素养。他名重一时的《百马图》，充分展现了画家的构图能力和对神形各异的马的熟知与理解。纵观郭广业的马，给人突出或与众不同印象的则是如下两点：一是他的马大多是正面奔放的形象，进入视角的是扑面而来的逼人气势。像《齐奔》、《呐喊》、《雄风》、《牧马图》、《长风》等作品，都给人以一往无前的激情感染，四蹄翻飞，奋勇争先，一如竞技场面。画家着意展示的不止是马健美的腰身和细致的神情，更要画出马的神勇风采。因此，郭广业的马大多处于动态之中，仿佛前有召唤后有鞭追，风驰电掣势不可挡，一如勇武的志士才俊，在腾越奔突中尽抒豪情。二是他画马的背景处理。郭氏的马大多处于阔大的空间之中，沧海桑田、落霞晚照，风高月黑、巨澜翻卷，唯有骏马势如破竹所向披靡，在阔大的时空中突现出英姿勃发的万千气象。这也正如诗文中"一切景语皆情语"一样，郭氏的马显然是他个人情怀的表达。

需要指出的是，80年代末期即已在郭广业笔下出现的以沧海长天为背景的马画构图意境，到了90年代已逐渐发展为郭广业画马的一大创意和特色。他的天马系列、海马系列并非简单地将马安上翅膀、加上鱼尾，如某些西方雕塑和绘画所表现的那样，而是别具匠心独出己意，或是让神骏奔腾于云飞风起的长空，让自己的思绪随画中墨韵而律动，或是使骐骥啸傲于涛奔浪走的大海，瑰奇物象反映画家之心潮澎湃。在这些画马作品中，马不仅仅是古代画家表达士大夫情怀的载体，而是现代知识分子人生思考、审美理想的体现，被赋予了更多的思想和情感。郭广业的人物画同样别有韵味。他的笔下多为少数民族人物，马背上的人物英姿勃发神采飞扬。牧民的刚烈剽悍乐观爽朗淋漓尽致。他们或是叼羊比赛或是尽情歌舞，或是举杯畅饮或是挟鹰狩猎，画面充满了生活情趣和游牧民族朗健豪迈的精神面貌和品格。

"关东三马"呈现出了大体一致的审美价值取向，这就是对阳刚之美的崇尚和追求。他们三人的画马作品都腾越着一派大气，高标着一种风骨；人物画则洋溢着生活的激情和对人间大爱的表达。因此，"关东三马"无论画马还是画人物，都体现了他们强烈的人文关怀。在他们的画面上，我们联想到的远远超出了看到的。这是"言有尽而意无穷"在绘画上的另一种表达。

是为序。

幽灵化的江湖王国

——《江入大荒流》序

2010年，毕飞宇向我推荐余一鸣的中篇小说《不二》。飞宇的眼光自然毋庸置疑，他不仅是成就斐然的作家，同时也是著名的小说编辑。但余一鸣我闻所未闻，这个时代已鲜有黑马出现，余一鸣真如飞宇讲述的那般了得吗？我迅速地读了发来的电子版。读后我震惊不已——不见经传的余一鸣果然不鸣则已一鸣惊人。

《不二》诙谐、戏谑的风格非常好看。但这只是小说的外部修辞装饰，它内部更为堂皇的是思想和艺术力量。现在有力量的作品不多，特别是能够切开生活光鲜的表皮，将生活深处的病象打捞出来的作品更是凤毛麟角。在这个意义上说，《不二》是一部我们期待已久的小说。小说从五年前红卫的"二嫂"孙霞的生日写起。那个场景是世俗生活中常见的场景，在这个场景中，小说的人物红卫、东牛、当归、秋生、红霞等粉墨登场集聚一堂。这是一个常见的俗艳聚会。但这个聚会却为后来发生的所有事情埋下了伏笔。特别是东牛与红霞那种说不清道不明的关系。聚会的谈话有三个关键词：一个是

"二嫂"、一个是"研究生"、一个是"师兄"。"二嫂"就是"二奶",但"这词不中听,不如二嫂的称呼来得亲切而私密";"研究生"就是不断变换的"二奶",就像研究生老生毕业新生入学一样;"师兄"是东牛弟兄们按年龄排的序。这种既私秘又公开的世俗生活非常高雅地"知识分子化"了。按说也有道理,他们的生活方式和趣味理应出自一个"师门",这个"师门"就是"官场"、"商场"和"情场"共同塑造的社会风气和趣味。但那时的东牛事出有因确实没有"二嫂"。也正是因为东牛没有才成全了后来他与孙霞的一段情缘。

孙霞是小说中非常重要的人物。男人的世界她一眼望穿,她也曾利用自己对男人的了解利用男人。但她内心深处仍有一个飘渺的乌托邦,有一个幻想的"桃花园"。虽然所指不明,但也毕竟给人以微茫的光。这是一个明事理知情义的女人,似乎是一个现代的杜十娘或柳如是者流。她与东牛恰好构成了对比关系:最初给人的印象是,东牛有来自乡土的正派,无论对"师弟"还是对女性,既侠义又自重;孙霞初露头角时则是一个风月场上的老手,见过世面游刃有余。但孙霞在内心深处她应该比所有的男人都干净得多。为了东牛她不惜委身于银行行长。孙霞和行长上楼后又下来取包时:

孙霞说,你现在决定还来得及,我还上不上楼?

东牛说,上。

孙霞甩手一耳光打上他的脸,东牛并不躲让,说,打够了上去不迟。孙霞一字一句说,东牛,想不到我在你眼中还是一个贱货,你终于还是把我卖了。

这个情节最后将东牛和孙霞隔为两个世界,人性在关节时分高下立判。因此,如果释义《不二》的话,这个"不二"是男人世界的"不二",东牛不是"坚贞不二",而是没有区别,都一样的不二。这时我们才看到余一鸣洞穿世事的目光和没有迟疑的决绝。有直面生活的勇气和诚恳，面对人性深处的溃败、社会精神和道德底线的洞穿，余一鸣"不二"的批判或棒喝，如惊雷滚地响遏行云。

现在，余一鸣寄来了他的长篇处女作《江入大荒流》。据一鸣说，2011年2期的《人民文学》发表了他的中篇小说《入流》，发表后好评如潮，于是朋友建议他写成长篇小说。因此，《江入大荒流》中的人物或诸多情节、细节与《入流》多有重复，但在结构上发生了根本性的变化——这不是《入流》的加长版，而是一部重新设计和结构的长篇小说。小说构建了一个江湖王国，这个王国里的人物、场景、规则等是我们完全不熟悉的。但是，这个陌生的世界不是金庸小说中虚构的江湖，也不是网络的虚拟世界。余一鸣构建的这个江湖王国具有"仿真性"，或者说，他想象和虚构的基础、前提是真实的生活。具体地说，小说中的每一处细节，几乎都是生活的摹写，都有坚实的生活依据；但小说整体看来，却在大地与云端之间——那是一个距我们如此遥远、不能企及的生活或世界。小说的这一特征，让我们看到了余一鸣杰出的写实能力和想象力。这就是一个作家的天赋。

《江入大荒流》构建的是一个江湖王国，这个王国有自己的"潜规则"，有不做宣告的"秩序"和等级关系。有规则、秩序和等级，就有颠覆规则、秩序和等级的存在。在颠覆与反颠覆的争斗中，人物的性格、命运被呈现出来。长篇小说主要是写人物命运的。在《江入大荒流》中，江湖霸主郑守志、船队老大陈栓钱、三弟陈三宝、大大和小小、官吏沈宏伟等众多人物命运，被余一鸣信手拈来举重若轻地表达出来。这些人物命运的归宿中，隐含了余一鸣宿命论或因果报应的世界观。这个世界观决定了他塑造人物性格的方式和归宿的处理。当然，这只是理论阐释余一鸣的一个方面。事实上，小说在具体写作中、特别是一些具体细节的处理，并不完全在观念的统摄中。在这部小说里，我感受鲜明的是人的欲望的横冲直撞，欲望是每个人物避之不及挥之不去的幽灵。这个欲望的幽灵看不见摸不着又无处不在，它在每个人的身体、血液和思想中，它支配着每个人的行为方式和情感方式。

现代性的过程也可以理解为欲望的释放过程。1978年以前的中国，是欲望被抑制、控制的时代，欲望在革命的狂欢中得到宣泄，革命的高蹈和道德化转移了人们对身体和物质欲望的关注或向往。1978年以后，控制欲望的闸门被打开，没有人想到，欲望之流是如此的汹涌，它一泻千里不可阻挡。这个欲望就是资本原始积累和身体狂欢不计后果的集中表现。小说中也写到了亲情、友情和爱情。比如大大与小小的姐妹情谊、栓钱与三宝的兄弟情义、栓钱与月香的夫妻情分等，都有感人之处。但是，为了男人姐妹可以互相算计，为了利益兄弟可以反目，为了身体欲望夫妻可以徒有名分。情在欲望面前纷纷落败。金钱和利益是永恒的信念，在这条大江上，郑总、罗总、栓钱、三宝无不为一个"钱"字在奔波和争斗不止，他们绞尽脑汁机关算尽，最后的目的都是为了让自己的利益在江湖上最大化。因此，金钱是贯穿小说始终的一个幽灵。

另一方面是人物关系的幽灵化：江湖霸主郑守志是所有人的幽灵。无论是罗总、栓钱、三宝，无一不在郑总的掌控之中。小说中的江湖从某种意义上说是郑守志建构并强化的。在他看来，"长江上的道理攥在强人手里"，而他，就是长江上的强人。当他决意干掉罗总的时候，他精心设计了一场赌局，罗总犯了赌场大忌因小失大，在这场赌局中彻底陷落并淡出江湖；栓钱做了固城船队的老大，郑守志自然也成了栓钱的幽灵。小说中的人物关系是一个循环的幽灵化关系：小小与栓钱、沈宏伟与小小、三宝与沈宏伟、栓钱与三宝等等。这种互为幽灵的关系扯不断理还乱，欲说还休欲罢不能。其间难以名状的"纠结"状态和严密的结构，是我们阅读经验中感受最为强烈的，这构成了小说魅力的一部分。

特别值得我们注意的，还有余一鸣的写实功力。他对场景的描述，气氛的烘托，让人如临其境置身其间，人物性格也在场景的描述中凸显出来。随便举个例子：沈宏伟催债来到了三宝的船上。沈宏伟为了占小小的便宜挪用了公款借给了三宝，沈宏伟和小小犯案三宝现场捉奸，沈宏伟催债便低三下四举步维艰。这时的三宝不仅羞辱沈宏伟，还没有底线地羞辱妻子小小。但是，三个人

的关系和性格,在遇到江匪时得到了更充分的展示:

小白脸用手电筒上下照着小小,说,是来船上走亲戚的?与那位是俩口子?

小小不说话,蹲着的沈宏伟说,我和她不是。

小白脸说,那么说,你应该是老板娘?为我们长江里的男人挣脸哪,为我们长江添风景哪。

小白脸用电筒晃晃陈三宝,陈三宝不说是也不说不是。

小白脸说,奇怪了,这么大一个美人儿,没人认领。

黑暗中立即爆发出笑声。

小小说,我谁的女人也不是,我的男人死的死了,残的残了,都不是男人了,你要是个男人,就在这甲板上你把我干了,让我看看这世界上究竟有没有男人!

甲板上唿哨陡起,小白脸的手下一齐叫好。

就在这时,一个黑影一俯身摸出一把寒光闪闪的板斧向小白脸扑去。小白脸只一闪,就有一杆铁篙向那黑影脑袋上砸去,黑影晃了晃,倒了下去,板斧在甲板上发出尖利的金属响声,一帮人立即冲上去拳打脚踢。

小白脸用电筒照了一下那人,是沈宏伟,已经不省人事了。

小白脸说,这不好。要文斗不要武斗。

在这个场景中,小白脸的假斯文真幽默、小小的刚烈和无所顾忌、三宝的猥琐以及沈宏伟的舍身救美,和盘托出淋漓尽致。这就是掌控小说和塑造人物的功力。仅此一点,余一鸣就是横篇孤绝。还有一点我感受明显的,是余一鸣对本土传统文学的学习。在他的小说中,有《水浒传》梁山好汉的味道、有《说唐》中瓦岗寨的气息。这个印象我在评论《不二》时就感到了。比如他写一个女人的手：

"……这个叫孙霞的女人如果是固城人，一定不是庄稼地里长大的女人。看她那双拿筷子的手，娇小细致，骨节紧凑玲珑，指尖捏着筷子夹菜时，那握成的拳头似乎是一只精灵的小兽，骨节如峰，肉窝似泊，青筋若脉，一张一弛如奔跑的猎豹律动。倘若发育时节在地里抓过锄头杆铁锹柄，这手定然是要茁壮长开的，比如老六秋生带的那个女子，尽管看上去是花苞一般的年纪，打扮得也新潮前卫，但只要看她那双小蒲扇一样的大手，你就知道这女子小时候是苦大仇深的柴火妞。"

这就是余一鸣的厉害。这个细节一方面传达了小说人物东牛目光聚集在了什么地方，而且如此细致入微，东牛的内心世界就被捅了一个窟窿；一方面作家继承又改写了明清白话小说专注女人三寸金莲的俗套。这样的细节像钻石翡翠布满全篇灿烂逼人。类似的描写在《江入大荒流》中有进一步的发挥。比如开篇对郑守志编织毛衣的描写，他的淡定从容和作家的欲擒故纵，都恰到好处，使小说的节奏张弛有致别有光景。

"山随平野尽，江入大荒流"，这是李白《渡荆门送别》中的名句。是写李白出蜀入楚时的心情：蜀地的峻岭、连绵的群山随着平原的出现不见了；江水汹涌奔流进入无边无际的旷野。李白此时明朗的心境可想而知。理解小说《江入大荒流》，一定要知道上句"山随平野尽"，这显然是余一鸣的祝愿和祈祷——但愿那无边的、幽灵般的欲望早日过去，让所有的人们都能过上像"江入大荒流"一样的日子。这样的日子能够到来吗？它会到来吗？让我们和余一鸣一起祈祷祝愿吧！

这些看法供一鸣和读者参考。

是为序。

风声 雨声 读书声

——《咏归楼主诗词二集》序

我认识咏归楼主的时候,他叫曾胡,是一个翻译家兼出版家。那是80年代晚期,他在西单牛肉湾胡同的一个院落里落脚编书,我经常去那里找曾胡先生聊天。聊天就是天南海北无所不谈,兴致所致随心所欲,没有目标也没有结论。曾胡是一个非常好的聊天对手,他有性情、有见识、有耐心。如果没有尽兴,我们会在附近的小酒馆要两壶白酒或几瓶啤酒,边喝边聊。那时还都年轻,"家事国事天下事事事关心",话题如天大,志壮冲九霄。现在想起还心头阵阵发热:青春真是好时节!

转眼我们二十多年不曾谋面,转眼我们就老了。老是老了,但还都没有"青春在眼童心热,白发盈肩壮志灰"的颓唐。再见面时,依然如故,曾胡还是那笑呵呵的模样,还是那经常光顾东华门小吃街、翻译《荆棘鸟》时代的曾胡。不同的是他现在有了新的名号——咏归楼主。刚听说我还以为他去了琉璃厂卖古董了呢。接着有《咏归楼主诗词一集》相赠,原来改编书、翻译为写诗词了。书印得古香古色,诗词也写得古香古色。过去的交往中知道曾胡有旧学功底，但说终归是说，可以是天桥把势光说不练，听到的是读书和见识。但写就不一样了。写就是实践，诗词如书画，一落纸面上高下立判。待回家慢慢细读，才知道咏归楼主诗词功力非同凡响，感慨之余也非常敬佩。

年初，咏归楼主来访。推杯换盏后告知来意，原来楼主有意出版诗词二集，并言之凿凿嘱我一定写序。我对旧诗词素无研究，所有的家底也就是妇孺皆知的"床前明月光"之类。但盛情难却却之不恭，好处是先睹为快。读过这部"二集"，最初感到的是"一集"的接续。凡二百余首分为"秋词"、"东南飞集"、"雪域行"、"杂诗"等，都是楼主驱车亲历的风情风物，或触景生情感物伤怀，或登高远眺抒情言志。但诗风大多婉约隽永，如后主李的《虞美人》或耆卿柳的《雨霖铃》。比如他的《秋词·五》："销魂岂是夜相思？心事渐多君未知。一路潇潇撑薄伞，又遇秋寒落雨时。"其伤怀和孤独扑面而来拂之难去；比如《秋词·二十六》："客雨唏嘘叩板门，玉人牵手尚余温。泣秋何必溅花泪，一路风霜早离魂。"旅人是情侣，但仍有天涯孤旅的伶仃感。诗词的豪放与婉约只是风格的区别，没有高下。但咏归楼主意属婉约，不止是趣味，也许更与对人生的感悟、经历乃至情感环境有关吧。

曾胡是一个外表粗犷、内心浪漫的人。多年来，他淡出江湖，独往独来如天马行空，是真正的"民间写作"。写作于他说来，也就是兴趣、是喜欢、是存在的方式之一。与外部世界的功名利禄全然没有关系。就这样一个喜欢做自己喜欢的事情——像当年太白一样，携一美人、带一壶老酒，独闯天涯，看遍世界美景，这样的人物还不是人物吗！但说到底，在曾胡内心涌动的，终归还是"风声雨声读书声"的情怀。他远离一些事物，正是他拒绝一些事物的方式。我要说的是，我对他的选择和他的诗作深怀敬意，一个内心与诗有关的人，总是站在高处。

是为序。

三十年：携手走过青春

——东北师大《"80·1"内参》序

一代人有一代人的青春，一代人有一代人对青春的理解。但可以肯定的是：青春就是激情的绽放，就是生命的狂欢。因此，哪代人的青春都是不可复制的。当"80后"、"90后"的青春大放异彩的时候，蓦然回首，1980年代的大学生已经人到中年华发飞雪了。这时我们才会真正地感慨：青春时节是多么美好又易逝！

1980年的秋天，大学校园里发生了什么我都记不得了。我印象最深的是，校园里突然涌进了无数年轻的新面孔，他们英姿勃发生机蓬勃。和我们这些从农田、深山、工厂、部队考进大学的77、78级老学生毕竟不一样，于是我们也顿时感到年轻了许多，这时的大学校园才名副其实起来。他们是文革后第一届走进大学的高中应届毕业生，因此也是当时大学校园最活跃、最单纯、最靓丽的青春风景。

后来，在校园所有的场合都可以看到这些青春的身影。那时的大学还远没有今天这般自由或散漫，大学"规训"的力量和求知的动力几乎无可抗拒。他们要早起晨练、背外语单词、课堂上认真回答老师的问题；当然也唱"洁白的雪花飞满天，白雪铺盖着我的校园"或者《外婆的澎湖湾》；也经常和我们这些高年级的同学讨论雪莱、拜伦甚至赫尔岑、别林斯基或马克思的《路易·波拿巴的雾月十八日》；更重要的是我们共同经历了新时期最初的思想解放运动的洗礼。我和这些年轻的同学多有交往，后来我发现，我们77、78级似乎是一代人的符号，是一代人的代名词。我们有共同的历史记忆和文化经验。而80级则不是这样，无论他们后来取得了多么了不起的成绩，也大多是个人的荣誉。个人性——正是从这个年级开始的。

也许是为了不忘却的纪念，也许是要坚决地整合起他们这代人的集体感或团体意识——东北师大中文系"80·1"居然用如此坚韧的意志，坚持了十四年办他们的"80·1内参"。我真是被他们感动了。这里有演义、人物列传、班史、书简、庆典解说，或诙谐幽默、或义正词严、或琐事记要、或国家民族，天涯海角的"80·1"凭这份"内参"，便可对同学一览无余如在眼前。因此，这是一份别有意义的印刷物。具体地说，这是一个班级的"史记"，是他们青春的证词；宏大地说，这是他们一代人关于青春的知识考古学，那里有他们"原生态"意义上的青春气息：四射的激情、飞溅的热血、忘情的狂欢、深情的追忆等等，是他们携手走过的三十年的青春。

如今，他们也已经人到中年，疯也疯过了，狂也狂过了，肚子见大头发见白了，将近"知天命"的时候，荣辱、名利、得失都可以放得下了，但是，唯有这三十年的青春情怀同窗情谊是不能忘却的，他们有了这份情谊，就拥有了永远的青春。作为他们的高年级同学、学长，我祝贺这份记录他们友爱、友情的"内参"的出版，他们也将我带进了曾经的青春岁月，那个时代一去不复返了，但却在我们心头永驻。

《众神狂欢》第三版后记

《众神狂欢》自1997年由今日中国出版社出版至今已经十几年过去了。其间韩国汉学家金太万博士、李宗敏博士曾将其翻译成韩国文在韩国出版，韩国有些大学还即将其作为教材，用以了解90年代以来中国大众文化或文化环境的变化。2003年中央编译出版社出版了修订本，由原来的20万字扩充为30万字，添加了一些新的内容。现在，中国人民大学出版社将其收为"三十年中国社科人文书系"，我没做新的改动，完全按照2003年的版本刊印。

事实上，新世纪以来中国大众文化的发展有了相当大的变化，这个变化不止是说这个文化类型越来越成熟、学界对大众文化的认识和研究也越来越深入。同时，"文化产业"概念的提出和相关产业链条的构建，对这个文化类型的认识完全不同了。这并不是说大众文化生产有了合法性就不存在问题了。而是说，站在严肃文艺的立场上对这个文化类型进行批评是不对的。严肃文艺是形式探索、追寻意义、表达价值观和终极关怀的艺术；文化产业是以文化作为依托，最大限度地寻找附加值，并赚取剩余价值的产业行为。一个是精神活动，处理人类的精神事务；一个是商业活动，处理的是经济事务。如果全部用精神活动的尺度要求或度量商业或经济活动，就是一种错位的批评。即便如此，目前大众文化的生产情况并不令人乐观，与文化产业相关的影视、舞台演出、音像甚至图书出版，存在的问题仍然很大。对民间文化、少数民族文化以及残存的传统文化，将其作为"奇观"而不是保护的短视行为仍然存在。如何解决这些问题大概需要很长的时间，这不是本书能够完成的。但本书持有的基本观点我没有改变，涉及的一些材料，在今天可能仍然能够看到。因此，对新的读者来说也许不会有太多的失望。

感谢中国人民大学出版社重新印行了本书，特别是责任编辑刘汀先生，他的热情和负责精神给我留下了深刻印象。我还要感谢十多年来阅读和关心本书的读者以及同行专家，他们先后提出的印行错误和发表的评论，给我难以表达的温暖。在商业主义无处不在的时代，还有这么多人仍关怀学术，是一件多么幸福的事情。

《坚韧的叙事》后记

关于当代文学的创作和批评，从来没有像这些年议论得如此激烈，无论是普通读者还是专业研究者，不满甚至怨恨的声音强大而持久。尽管如此，我还是难以屈从这种普遍的看法。因此，对新世纪以来的文学创作，在不同的场合我基本是在肯定或者是"辩护"。当然，对这个红尘滚滚的时代来说，文学批评已经不那么重要，更不会在乎一种立场或态度的存在。

对中国当代文学的诸多议论，使我想起了美国著名作家约翰·巴斯的一篇文章——《枯竭的文学》。巴斯的这篇文章发表于1967年，距今整整40年的时间了。《枯竭的文学》发表之后，在美国引起了关于批评之死或文学之死的讨论。后来，从国内外学者那里也时常听到关于文学或批评死亡的噩耗，巴斯当年说的话还经常被当作有力的证据而引用。但是，可能不大有人注意，巴斯所说的"枯竭的文学"是有特别对象的。他是指实证主义或现实主义文学的枯竭——当然，后来的历史证明事实也远非如此。巴斯之所以这样说，与他当时正处在文学新方向的前沿大有关系，他那时正在试图摆脱"文学"的规约，创造一种更新奇的文学。40年过后的今天，文学的可能性已经远远大于巴斯的时代。如果是这样，对文学的绝望或怨恨，事实上是对新世纪文学的解读方式有关。

2003年，赵京华先生翻译出版了日本文学批评家柄谷行人的《日本现代文学起源》一书。在中文版序言中，柄谷行人说："我写作此书是在1970年代后期，后来才注意到那个时候日本的'现代文学'正在走向末路，换句话说，赋予文学以深刻意义的时代就要过去了。在目前的日本社会状况之下，我大概不会来写这样一本书的。如今，已经没有必要刻意批判这个'现代文学'了，因为人们几乎不再对文学抱以特别的关切。这种情况并非日本所特有，我想中国也是一样吧：文学似乎已经失去了昔日那种特权地位。不过，我们也不必为此而担忧，我觉得正是在这样的时刻，文学的存在根据将受到质疑，同时文学也会展示出其固有的力量。"

柄谷行人上面这段话，我在批评一个作家的时候曾经引用过。我感到震惊的并非来自柄谷对文学命运的基本判断，而是来自他对文学在中国命运的判断——在经济和文学都"欠发达"的国度里，文学的衰落竟和发达国家相似到了这样的程度，这究竟是文学无可避免的宿命，还是"全球一体化"的必然结果？我们都知道柄谷所说的"现代文学"和我们所说的"文学"指的是什么。被赋予"深刻意义"的文学在今天确实不会被人们特别关切了。因此，中国当下文学著作印数的下跌和批评家的无关紧要，就不应看作是个别的例子，它恰恰是全球性的共同问题。同样道理，即便文学昔日的地位无可挽回，那么，也诚如柄谷行人所说：文学还会展示它固有的力量。

有一次和洪子诚老师通电话，请教读《批评的尊严——作为方法的丸山升》后的体会是否正确。在这篇文章里，洪老师以他一贯的平实风格叙述了他对丸山升批评方法的认识。在文章的最后他说："在这篇读后感性质的文章的标题里，我用了'尊严'这个词，来概括读丸山升先生著作之后的感受。这确有一些踌躇。在我们生活的许多崇高词语贬值或变质的时代，这个词可能过于重大，但也可能过于媚俗。不过，如果从坚持某种目标和信念，通过"抵抗"形成某种属于自己的独立方式，不断寻求对于'事实'的接近这一点，使用这个词应该是恰切的吧。"我知道，这个交代除了洪老师的谦虚和温和之外，事实上也隐含了他对中国当下批评没有言说的看法。在这个意义上，"尊严"这个词就意味深长了。

事实也如此。当下批评无论持有怎样的立场其实并不那么重要，重要的很可能是对待批评本身的态度。在洪老师的文章中，丸山先生对批评的诚恳给我深刻的印象，我以前不能做到，今后也未必做到。他确实是一个从事文学研究和批评的严肃学者。如前所述，我虽然对当下的文学一直在肯定或辩护，但实际上，这些年来从事文学批评的心情是非常复杂的，特别是读过奥尔罕·帕慕克的《我的名字叫红》等小说之后，感到中国很难产生这样的长篇小说。新世纪以来，成就最高的，可能还是中篇小说。

关于"新世纪文学"的研究，与我所在的沈阳师范大学中国文化与文学研究所和《文学争鸣》杂志社有关。2005年我们在沈阳师范大学联合召开了"新世纪文学与文学的新世纪"学术研讨会，"新世纪文学"被正式命名，近年来这一研究已成"显学"或热点。当我们对一个时代的文学难以命名的时候，时间的概念也许是最好的选择。这本书，是我近年来对新世纪文学研究和批评的系列论文，应我的朋友陈晓明教授的约请编辑而成。之所以编得貌似"专著"，与晓明兄善于建构庞大的学术体系和彰显学术的勃勃雄心有关。他的学术抱负、才华和勤勉，常常加剧我面对批评时的勉为其难和力不从心。即便如此，我还是"恭敬不如从命"地按照他的指示编成现在的样子。稍可自慰的是，虽然不是专著，但都是相同的主题，都是在新世纪文学创作的范畴之内展开的。请读者和方家指教。

《坚韧的叙事》韩文版序

这本书是我研究、评论21世纪中国文学创作现状的部分论文。作为一个文学批评家，多年来，我一直关注、追踪中国当代文学的发展，并尽可能比较快地写出评论文章表达我的看法。21世纪的中国文学处在一个充满悖论的文化背景上：一方面，百年来的现代白话文学为新世纪的文学创作提供了丰富的经验，使这个时段的文学一开始就处在相当高的水准上，复杂而丰富；一方面，由于来自多种文化、特别是大众文化的冲击，百年来成熟的现代白话文学也必然在绚丽的时刻开始凋零。这个凋零与文学创作真实的状况没有关系。与之相关的是，任何一种成熟的文学形式必然要为新的形式所取代。也正因为如此，在中国对新世纪文学的评价毁誉参半。

这种情况，让我想起了日本著名批评家柄谷行人在《日本现代文学起源》中文版序言中说的话："我写作此书是在1970年代后期，后来才注意到那个时候日本的'现代文学'正在走向末路，换句话说，赋予文学以深刻意义的时代就要过去了。……因为人们几乎不再对文学抱以特别的关切。这种情况并非日本所特有,我想中国也是一样吧:文学似乎已经失去了昔日那种特权地位。不过,我们也不必为此而担忧,我觉得正是在这样的时刻,文学的存在根据将受到质疑,同时文学也会展示出其固有的力量。"也正因为如此,我认为文学在中国回到了它确切的位置。将这本书命名为《坚韧的叙事》,我想朋友们已经明白了我已经言说和尚未言说的意思了吧。

这是我在韩国出版的第二本著作。十年前——也就是2002年,韩国出版了我的《众神狂欢》,是由金泰万教授和李宗敏教授翻译的;这本书又是由金泰万教授翻译的,我对金泰万教授的感谢之情可想而知。上个世纪90年代初期,我和金泰万博士一起在北京大学读中国现当代文学专业的博士研究生,友情一直保持至今。2011年,他到中国访学一年,此间我们共同度过了一些美好时光——不仅讨论我们共同关心的文学问题,也曾频频举杯畅饮。现在泰万已经归国履职,而我们交往的那些日子仿佛仍在眼前……

感谢阅读这本书的韩国朋友们,如果这本书能够为你们提供一些认识和了解21世纪中国文学的状况,提供一些可资参照的观点或看法,我将深感荣幸——我有幸与你们在这里相逢。

《文学革命终结之后》后记

这是我继《坚韧的叙事》之后，出版的第二部关于新世纪文学研究的文集。对新世纪文学的认识和心情，正如我在一篇文章中说的那样："新世纪文学"在不同的议论中悠然走过了十多年的历史，十多年的历史发生了什么会有不同的叙述。但在我看来，更重要的是"新世纪文学"十年这束时间之光，照亮了我们此前未曾发现或意识到的许多问题，当然也逐渐地照亮了"新世纪文学"十年自身。从最初的对"新世纪文学"这个概念的质疑，逐渐转化为对当下文学、也可以理解为对近些年来文学价值认知的讨论，这是十年时间之光照亮的一部分问题。无论持有怎样的观点，有一点可以肯定的是："新世纪文学"十年需要做出价值认知的判断。但目前讨论因各种因素的制约，所达到的水准还不高，还仅仅限于情感态度和立场方面。但是，透过这些表面或感性的表达，其背后隐含的根本性问题，应该是对"文学革命"终结之后，我们对文学的现实如何认识，对文学的未来是否还怀有期待？我耐心地观望考察这个时代文学的发展变化，作为一介书生，这大概是我唯一能做的事情。

文集的命名为《文学革命终结之后》，是我一篇论文的题目，也是我对当下文学整体性的一种判断。在我看来，对当下文学的疑虑或焦虑，隐含了对文学"轰动"或"突变"的期待，换句话说，对那种石破天惊式的文学革命震撼性的期待。每次文学革命都引发了审美地震，也一次次地将文学推向了社会历史的前台。但是，在上世纪80年代末期，文学的"轰动效应"已不复存在，当后现代主义的"文学革命"业已完成之后，文学革命的道路基本终结。文学未来的路开始处于不明或彻底的开放，这种景况也从一个方面表达了"现代性是一项未竟的事业"的判断；当然，这只是事情的一个方面，另一方面，中国社会并没有完成"最后的定型"，一切还处于"不确定性"之中。文学是这个时代和社会的表意形式，不同的文学观念和声音，一定会有助于或影响它的最后定型。

这本文集的文章，除四篇发表在2009年外，其余均发表在2010、2011和2012年间。附录《民族心史：中国当代文学60年》发表于2009年8期的《文艺争鸣》，后来我做了一些修订，也一并编入文集。因为对当代文学的价值判断和认识，也同对新世纪文学的判断和认识有极大的相似性，这篇文章从一个方面表达了我对中国当代文学的整体看法。还有：《这个文体还是让人如此着迷》、《在不确定性中的坚持与寻找》、《2011：长篇小说的青春书写》、《批判性与文学精神的重建》四篇文章，是我与夫人吴丽艳合作完成的。

我感谢《文艺报》、《文艺研究》、《文艺争鸣》、《南方文坛》、《小说评论》、《当代文坛》以及其他专业学术刊物多年来对我的友情和支持，这些文章大多是通过这些刊物发表的；感谢我的朋友臧永清，是他的美意使本书得以出版。他没有任何条件的慷慨允诺，不仅出于个人情谊，同时也表达了他内心对学术的一往情深；感谢陈晓明、程光炜、陈福民、贺绍俊、张清华等朋友，我们性格各异，学术方向、观点也多有不同，但是多年来，共同的学术理想、旨趣和不间断的讨论，使我在这个红尘滚滚的时代不再感到孤单。此时，客居的沈阳城正漫天大雪，2011年的冬天如期而至，但想起他们内心便充满温暖……

《谢冕的意义》后记

2003年5月,我和张志忠、王光明一起编辑了《谢冕教授学术叙录》(编辑工作主要是张志忠做的)。这是当时系主任陈平原教授倡导的,他要为已经离退休的、卓有成就的教授各编辑一部学术叙录,在内部印行,以资纪念或备研究者查考。这个活动从一个方面反映了北大尊崇学术、厚古不薄今的传统。它给老教授们的暖意,给后进的鼓舞自不待言。

转眼又是十年过去。2012年北大出版社出版了《谢冕编年文集》十二卷。文集以编年的方式收录了谢先生四十年代末期以来发表的600余万各类文字。6月26日,在北京大学召开了"诗意的人生和学术——《谢冕编年文集》出版发布暨学术座谈会"。系主任陈平原教授,孙玉石教授,赵祖谟教授,曹文轩教授,黄子平教授,任洪渊教授,吴思敬教授以及谢先生的学术朋友、学生等四十余人参加了座谈会。我见证了与会者对谢先生由衷的爱戴和诚挚的友谊。那是这个时代不多见的感人场景。洪子诚教授以别开生面的方式主持了座谈会,会后被与会者一致评为"最佳主持人",一时传为佳话。会议发言曾在《文艺争鸣》、《南方文坛》分别发表,在此一并辑录。

谢先生60余年的文学学术生涯,影响广泛,饮誉海内外;他的人格魅力,即卓尔不群又温良恭俭让,让熟悉或不熟悉他的人,都深怀敬意深受感染。他是当代中国一个伟大的学者,是我们敬爱的老师、和蔼的长者和亲爱的朋友。"谢冕的意义",不仅在于他取得的学术成就和人格成就,与当下文坛和社会比较起来,他的意义和价值进一步得到彰显。

本书编辑工作,历时数月。各位师友闻讯纷纷寄来了他们的大作,让我深受鼓舞和感动。但由于我对资料把握的有限性,难免挂一漏万。需要说明的是,本书作者,选择的大多是谢先生的朋友、同事和学生。这些文字既有严肃庄重的学术讨论,也有妙趣横生的信手拈来;既有媒体访谈,也有纪事自述。读者可以从不同的侧面了解丰富有趣的谢先生。当然,要在篇幅有限的一本书里全面地展示谢先生的成就和魅力是不可能的。好在《谢冕编年文集》十二卷已经出版,那是了解谢先生的第一手、也是最重要的文献。

谨以此书献给谢先生,祝亲爱的老师身体健康、青春永驻。

后　记

我非常钦佩许多作家和批评家有多副笔墨，他们除了自己的专长或专业之外，还能写散文或随笔。他们兴之所至笔走龙蛇，天上人间信马由缰。每每看到这些朋友的这类作品，除了感佩之外也不由得心生悲哀——我除了写些了无趣味的批评文字之外，其他文体几乎"一贫如洗"。这大概也是我等所谓"批评家"最不足为外人道的"难言之隐"之一。

我在给贾平凹的散文集《大翮扶风》写序言的时候说："散文肯定是个迷人的文体，不然就不会有这样多的作家写了那么多的散文。散文又是一个最具挑战性的文体。在所有的文体中，散文应该是最古老的之一。从先秦开始至今不衰，男女老幼皆可为之，但文章一出，高下立判。所以散文又是一个非常困难的文体，能写好散文实在不是一件容易的事情。"随笔可能比散文更随意，但写随笔的困难和散文几乎是一样的。好在年轻的朋友马季也是搞批评的，他理解批评家的苦衷，在组稿时虽然强调"可读性、幽默性，以'杂'为佳"，但也允许"知识性、评论性"。如是，我便将近年发表的写得"随意些"的短文集中起来，姑且称作"随笔"吧。

本书大都是近年来发表于报刊的文章，按内容大体分作五辑："人与事"，是写老师或朋友的。有的虽然也是书评之类，但原著述及的事情都是常理常识，且有趣味，因此凑成一辑；"读小说"，因为专业原因，几乎每天都与小说打交道。这类文章最多，选些有些意思的编辑一辑，别无深意；"后"时代，议论的是与"70后"、"80后"年轻一代有关的文学问题和作品。他们已经成为文坛的"新势力"。但我知道的情况不多，因此很可能说了些不着边际的话；"看文坛"，大都与文坛切近的讨论或话题有关，是否属于"言论性"也未可知；"序与跋"，是近年为朋友写的序言以及我自己著作的"后记"。这类文章有随意性，集中起来也只是纪念而已。

感谢年轻朋友马季的美意，感谢丛书的策划者和中国书籍出版社。

2013年8月9日 北京流火